궁귀검신

弓鬼劍神

궁귀검신 8

조돈형 新무협 판타지 소설

초판 1쇄 찍은 날 § 2002년 7월 25일
초판 1쇄 펴낸 날 § 2002년 8월 5일

지은이 § 조돈형
펴낸이 § 서경석

편집장 § 문혜영
편집책임 § 장상수
편집 § 박영주 · 김희정 · 권민정 · 이종민
마케팅 § 정필 · 강양원 · 김규진 · 안진원

펴낸곳 § 도서출판 청어람
등록번호 § 제1081-1-89호
등록일자 § 1999. 5. 31
어람번호 § 제2-0116호

주소 § 경기도 부천시 원미구 심곡1동 350-1 남성B/D 3F (우) 420-011
전화 § 032-656-4452 팩스 § 032-656-4453
http://www.chungeoram.com
E-mail § eoram99@chollian.net

값 7,500원

ISBN 89-5505-256-1 (SET)
ISBN 89-5505-423-8 04810

궁귀검신

弓鬼劍神

조돈형 新무협 판타지 소설

8

완결

도서출판
청어람

목
차

제 36 장

원로원(元老院)

원로원(元老院)

일 년의 시작을 알리는 것이 봄이고 하루의 시작을 알리는 것이 아침이라던가!

동쪽 벽에 위치한 창문 사이를 통해 따사로운 햇빛이 방 안으로 들어오고, 그 빛에 눈이 부셔 천천히 눈을 뜨며 새로운 하루를 시작하기 위해 정신을 차리고 있던 환야가 가장 먼저 보게 된 광경은 궁왕과 권왕이 주거니 받거니 하며 술을 마시는 모습이었다.

"허! 아직까지 드시고 계셨습니까?"

새벽의 일을 기억해 낸 환야는 황당하다는 듯 기막힌 표정을 지으며 그들을 쳐다보았다.

"아직이라니! 얼마나 마셨다고 그러느냐? 기껏 해야 세 시진이 조금 넘었을 뿐인데."

슬쩍 고개를 돌려 눈을 비비며 일어나는 환야에게 시선을 던진 궁왕이 들고 있던 잔의 술을 단숨에 비워갔다.

"하긴, 네가 워낙 일찍 잠이 들어서 그런 생각을 했는지도 모르겠다. 그런데 정말 괜찮은 것이냐? 평소의 너답지 않게 겨우 두어 잔 마시고 그리 쉽게 취하니 말이다."

궁왕의 빈 잔을 여유로이 채워주던 권왕이 근심 어린 어투로 말을 걸었다.

"모르겠습니다. 아픈 것은 아닌데… 몸이 조금 피곤했던 모양입니다."

"쯧쯧, 그러기에 쉬엄쉬엄해야지. 그렇게 정신을 못 차리고 무공에만 열중하니 몸이 축나는 것이 아니냐!"

환야는 자신을 염려하는 권왕을 향해 새하얀 치아를 내보이며 밝게 웃음 지었다.

"예, 그리하겠습니다. 하지만 이렇게 하지 않으면 도저히 자꾸만 뒤처지는 것 같아서 말이지요."

"뒤처지다니? 이곳으로 돌아온 이후 단 하루도 쉬지 않고 무공 연마에만 힘쓰지 않았느냐? 더구나 생사노괴(生死老怪)의 역천단(逆天丹)까지 얻었고. 비록 그 영감탱이가 허구한 날 집구석에 틀어박혀 냄새 나는 독물이나 약초 따위와 시간을 보내고는 있지만 역천단이라 하면 제법 귀한 영약이니라. 아마 상당한 내공이 더해졌을 터인데……."

"아직 부족합니다."

권왕의 말에 침상에서 몸을 일으킨 환야가 옷을 추스르고 다가오며 대꾸를 하였다.

"허! 그 정도면 이곳에서는 물론이고 전 무림에서 너의 상대는 없을 터인데… 아마 구양 궁주는 되어야 상대가 될 수 있을까? 그런데도 부족하다란 말이냐?"

이제 바닥을 드러내는 술독의 술을 아까워하며 술잔의 술을 조금씩 홀짝이던 권왕이 잔을 내려놓으며 물었다.

"일전에 말씀드리지 않았습니까? 정말 강한 사내가 있다고. 저도 그간 많은 노력을 했지만 아직 자신이 없습니다."

"믿기 어렵구나! 지난번엔 궁왕의 자존심을 생각해서 자세하게 묻지는 못했다만 과연 그가, 궁귀라는 아이가 네 말대로 그 정도의 실력을 지녔다는 말이더냐?"

재차 묻는 권왕의 얼굴엔 불신의 빛이 가득 깔려 있었다.

"그는… 강합니다. 정말 강합니다. 너무 강해 질투가 날 정도지요. 하지만 그래도 자랑스럽습니다. 누가 뭐라 해도 그는 내 의형제니 말이지요."

궁왕이 따라준 술에 간단히 입술을 적신 환야가 조심스레 잔을 내려놓으며 대답을 하였다.

"네가 그 녀석을 너무 과대평가하는구나. 지금이라도 당장 무림에 나가 그 녀석의 실력이 그토록 뛰어난지 한번 겨루어보고 싶구나. 최소한 나나 검왕이라면 지지는 않을 자신이……."

"못 이겨!"

묵묵히 얘기를 듣던 궁왕이 깨질 정도로 거칠게 술잔을 내려놓으며 말을 하였다.

"그게 무슨 말인가?"

"말 그대로네. 그와 싸워본들 이길 수가 없다는 말이네."

권왕이 언짢은 표정을 지으며 자신의 말을 중간에서 자른 궁왕을 바라보았다.

"이길 수가 없다니? 자네가 그 아이에게 졌다고 우리까지 진다고는 생각하지 말게."

"자네들은 내가 고작 무너진 자존심 때문에 그리 말을 한다고 생각하는가?"

"……."

침묵을 지키는 권왕을 잠시 바라본 궁왕이 말을 이었다.

"자네들은 모르네. 그가 어떤 실력을 지녔는지는 그와 직접 만나본 사람만이 알 수 있지. 평생 궁이라면 그 누구에게도 꺾이지 않을 자신이 있었던 나였건만 그에게는 변변한 힘을 써보지도 못하고 당했네. 기억하는가? 내가 자네와 검왕을 상대할 때 항상 마지막에 써먹던 수법을?"

"기억하지."

권왕이 무겁게 말을 받았다.

"자네들도 피하기에 급급하게 만들었던 그 초식도 그에겐 그저 단순히 위협만을 주었을 뿐이네. 그는 더욱 강력한 수법으로 공격을 파훼하고 나를 무기력하게 만들었네."

"……."

"아직도 믿기 싫은 표정이군."

"그렇다 하더라도 그건 어디까지나 궁술의 대결일 뿐이네."

권왕이 고개를 흔들며 대꾸를 하였다. 그런 권왕을 보며 궁왕은 예상을 했다는 듯 담담히 다음 말을 이어갔다.

"그는… 검을 들었을 때가 더 무섭네. 그가 잠깐 동안 보여준 검법은 내가 이전에 보아왔던 그 어떤 검법과도 비교가 되지 않을 정도로 뛰어난 것이었지. 내가 날린 화살이 그저 휘두르는 것처럼 보이던 그의 검을 뚫지 못했네. 아니, 그냥 먼지처럼 사라져 갔다는 것이 맞겠지. 비록 마지막 한 초식은 볼 수 없었지만 단언하건대 그것만으로도 이미 검왕을 앞설 정도였다네."

권왕은 도저히 믿기지 않는 듯 입을 벌렸다. 궁왕의 말에 대한 대꾸는 전혀 엉뚱한 곳에서 들려왔다.

"흠, 자존심 상하는 말이로군. 정말 그렇게 강하단 말인가?"

문을 열고 막 안으로 들어오려던 노인은 걸음을 멈추고 입을 열었다. 노인의 뒤에서 떠오르던 아침 햇살이 노인의 얼굴을 그늘지게 만들었다. 하나 그가 검왕 비사걸임을 모르는 사람은 아무도 없었다.

"자네 역시 믿지 못하겠는가? 하지만 나의 말에 거짓은 없네."

궁왕은 자리를 권하며 말을 하였다. 그러나 검왕은 입구에 서서 움직일 줄을 몰랐다.

"자네는 나의 진정한 실력을 모르네. 나의 진정한 실력을 아는 사람은 구양 궁주와 여기 있는 환야뿐이지. 네게 묻겠다. 궁왕의 말이 사실이더냐? 그자가 과연 나의 검을 능가할 정도란 말이냐?"

어느새 검왕의 시선은 환야에게 향해져 있었다. 검왕의 시선을 받은 환야는 약간은 곤란하다는 듯 안색을 굳혔지만 곧 망설이지 않고 대답을 하였다.

"검왕 할아버지껜 죄송하지만 틀림이 없습니다. 제 의형제는 정말 강합니다. 강호에 알려진 아우의 실력은 사실 본신에 지니고 있는 무위에 비하면 턱없이 부족합니다. 조금 전에 궁왕 할아버지는 아우가 펼친 검법을 보았다고 말씀하셨지만 그것이 전부는 아닙니다. 그가 궁왕 할아버지에게도 보여주지 않은 마지막 초식. 전 그것을 보았습니다. 비록 전력을 다해 펼친 것은 아니었지만 그 위력에 숨이 멎고 전신에서 일어나는 소름을 막을 수가 없었습니다."

"……."

검왕이 침묵을 지키자 궁왕이 다시 입을 열었다.

"혹시나 하여 말해 두겠네. 난 그의 검법에 대해 구양 궁주에게 물어보았네. 그와 비교하여 어떤가 하고 말이지. 그가 말하더군, 자신을 할 수가 없다고. 세상에 그 말을 믿을 수 있겠는가? 천하의 구양풍이! 화는 나지만 여기 있는 그 누구도 감히 넘보지 못하던 구양 궁주가 자신을 하지 못하는 사내가, 무공이 있단 말일세. 그것도 이제 겨우 약관을 넘긴 젊은이에게 말이네. 그런 표정으로 보지 말게. 내가 보기엔 그의 말에는 추호의 거짓도 과장도 없었네."

궁왕은 얼굴을 잔뜩 찌푸리고 있는 검왕을 응시하며 말을 마쳤다. 평소에 알고 있는 검왕은 하늘이 무너져도 안색 하나 바꿀 사람이 아니었다. 그런 그가 이처럼 얼굴을 찌푸리고 있다는 것은 놀람과 경악을 넘어 그가 얼마나 격동하고 있는지를 단적으로 나타내 주는 것이었다. 궁왕이 수십 년을 그와 함께 생활을 하였지만 검왕이 이토록 격한 반응을 보이는 것을 보게 된 것은 이번이 두 번째였다. 한 번은 구양풍이 죽임을 당했다는 말을 듣고는 웃음을 지을 때였고 또 한 번이 바로 지금이었다.

잠시 동안 무거운 침묵이 주변을 휘감았다. 그러나 그 침묵은 그다지 오래가지 않았다. 자신이 왜 아침부터 이곳에 와야 했는지를 의식한 검왕이 입을 열었기 때문이었다.

"그것은 두고 보면 알겠지. 어차피 조만간 만나게 될 것 같으니……."

검왕이 천천히 집 안으로 들어오자 얼굴에 드리워졌던 그늘이 사라지고 온통 아집과 독선으로 평생을 보냈을 것 같은 냉막한 얼굴이 드러났다.

"그건 무슨 말인가? 조만간 만나다니?"

"이곳을 벗어나면 만나게 될 것이 아닌가?"

검왕의 말에 깜짝 놀란 궁왕이 재차 물었다.

"그럼 자네가 강호에 출도할 것이란 말인가?"

"나뿐만 아니라 자네들도 가야 할 것 같네."

무거운 음성으로 대꾸한 검왕은 궁왕과 권왕이 미처 말을 건네기도 전에 환야에게 다가갔다. 잠시 동안 평소의 모습으로 돌아왔던 검왕의 얼굴에 또 한 번의 변화가 있었다.

"귀곡자에게서 전서구가 왔더구나. 읽어보거라."

검왕은 영문을 모르겠다는 듯 자신을 바라보는 환야의 시선을 외면하며 들고 있던 서찰을 넘겼다.

'전서구? 난데없는 전서구라니?'

뭔가 불안감을 느낀 환야가 약간은 긴장된 모습으로 천천히 서찰을 펼쳤다. 그러자 평소의 귀곡자가 보여주었던 웅후한 필체와는 동떨어진 글들이 휘갈겨져 있는 것이 눈에 들어왔다.

얼마의 시간이 지나갔을까? 다급히 서찰을 읽어가던 환야의 모습이 눈에 띄게 변모하고 있었다. 안색은 굳을 대로 굳어 있었고 꽉 다문 입술 사이에서 선혈이 비치고 있었다. 서찰을 들고 있는 양팔이 떨리는 것이 확연히 나타났다.

와락!

자신도 모르게 서찰을 구긴 환야는 고개를 뒤로 꺾은 채 잠시 동안 아무런 말도 하지 못했다.

"왜 그러느냐? 무슨 좋지 않은 소식이라도 온 것이냐?"

영문을 알 길 없는 궁왕과 권왕은 이런 환야의 모습에 깜짝 놀라 다급히 물었다. 하나 환야는 아무런 말을 하지 못했다. 이미 내용을 알고 있는 검왕만이 한숨을 내쉬고 고개를 돌려 창밖을 물끄러미 바라볼 뿐이었다.

'이거였나? 그렇게 불안하더니만… 크크큭! 멍청한 양반 같으니! 이렇게 쓰러질 것을 무슨 영광을 보겠다고 그리도 발버둥을 치셨는지… 원하지도 않았건만 억지로 이렇게 만들어놓고는 그렇게 홀쩍 가버리면 나는 어쩌라고! 젠장!'

환야의 뇌리에선 순식간에 지난 과거가 투영되듯 스쳐 지나가고 있었다.

나면서부터 어미를 잃은 환야는 다섯 살이 되면서부터 관패와 떨어져 커야만 했다. 패천궁이라는 거대한 세력의 정점에 가까이 있던 관패는 환야가 강하게 크기를 원했다. 그것만이 오직 실력만이 모든 것을 말해 주는 패천궁에서 살아남을 수 있으리란 생각에서였다.

관패는 대부분의 일에서 손을 떼고 원로원에 칩거하고 있던 사부 구양풍의 허락 아래 어린 환야를 원로원에 보냈다. 그의 생각대로 환야는 구양풍과 원로들의 사랑을 듬뿍 받으며 키워졌다. 그러나 관패가 의도한 모든 것이 제대로 된 것은 아니었다. 그가 원하는 대로 환야가 강하게 크긴 하였지만 관패가 환야를 위해 준비한 혹독한 교육은 여자로서의 환야를 점점 사라지게 만들더니 종내에는 말이며 행동거지, 발성(發聲)은 물론이고 하물며 사고방식까지도 철저하게 남자로 만들어 버리고 말았다. 하나 일의 심각성을 알아차리는 사람은 아무도 없었다. 구양풍과 원로원의 원로들은 붓에 먹물이 스며들듯 그렇게 자신들의 무공을 습득하는 어린 환야가 마냥 기특할 뿐이었고 환야의 모습이 어찌 변해가는지는 미처 생각을 하지 못했다. 그리고 그것은 관패 또한 마찬가지였다. 오히려 자신에 대해 뭔가 문제가 있다고 느낀 것은 환야 자신이었다.

환야가 자신에 대해 진지하게 생각하게 된 것은 여성으로서 첫 징후를 느낀 십오 세 때였다. 비교적 늦게 찾아온 변화는 원로원에서 여러 원로들과 아버지인 관패가 자신의 교육을 위해 보내온 자들의 손에 크며 자신의 진정한 모습을 알지 못했던 환야에게 엄청난 혼란과 충격을 주었다. 하지만 그때까지 남자로서의 삶을 살았던 환야가 다시 여자로서의 삶을 살기란 몹시 힘든 일이었다. 더구나 한참 정신없이 빠져 있던 무공 수업으로 인해 그 시기마저 놓치고 말았으니 결국 환야는 아버지인 관패의 욕심과 자신에 대한 스스로의 무관심으로 인해 여자로서의 삶은 포기한 것이나 마찬가지가 되었다. 그렇지만 이전과 달라진 것이 있었다. 왠지 모를 거부감으로 인해 관패와의 사이가 나빠졌다는 것이었다. 그리고 그것은 지금까지 이어지고 있었다.

"잠… 시 혼자 있겠습니다."

먼저 몸을 돌리고 고개를 내린 환야는 천천히 몸을 움직이며 입을 열었다.

"아니, 도대……."

권왕이 그런 환야를 잡으려고 하였지만 검왕은 권왕의 소매를 잡고는 고개를 저었다.

"놔두게. 충격이 클 것이네."

"도대체 무슨 일인가? 고개를 돌리긴 하였지만 볼을 타고 내리는 것은 틀림없는 눈물. 내 아직까지 저 아이가 저런 모습을 하는 것을 보지 못했네."

권왕은 자신을 말리는 검왕을 바라보며 의혹에 가득 찬 시선을 보냈다. 그때 몸을 숙여 환야가 떨구고 간 서찰을 집어 든 궁왕이 조심스레 입을 열었다.

"그 이유가 여기에 적혀 있을 것 같군."

"어서 펴보게. 도대체 무슨 내용이 적혀 있기에 저러는 것인지……."

재빨리 궁왕의 곁으로 다가간 권왕은 궁왕이 구겨진 서찰을 곱게 펴자 환야가 그랬듯이 단숨에 읽어 내려갔다. 그리고 그의 표정 또한 환야와 마찬가지로 순식간에 굳어졌다.

"어찌 이런 일이……."

궁왕은 믿기지 않는다는 듯 고개를 흔들었다. 그리고 다시 한 번 서찰의 내용을 살폈다.

…소신이 글을 쓰고 있는 동안에도 궁주님은 치열하게 싸우고 계십니다. 상대가 젊은 스님인 것으로 보아 소림에서 나왔다는 당대의 수호신승으로 생각됩니다. 더 이상 저들을 막을 수가 없습니다. 적을 막고 있던 모든 무인들이 목숨을 잃었고 적기당마저도 전멸하였습니다. 오직 새롭게 독혈인이 된 듯한 기수곤만이 궁주님의 곁에서 싸움을 하고 있습니다. 하나 상황은 좋지 않습니다. 패천수호대만 있었다면 일이 이 지경에까지 이르지는 않았을 것이지만 이 또한 소신의 불찰. 죄 많은 저의 목숨 또한 이곳에서 끝을 맺을 것입니다. 구, 궁주님께서 쓰러지셨습니다. 더 이상 자세한 말씀을 드리지 못하겠습니다. 이제 저도 궁주님의 곁으로 가야겠습니다. 궁주님께서 이루고자 하셨던 대업은 소궁주님께서 이루어주시길 바랍니다. 그리고 소궁주님께선 느끼

지 못하실지 몰라도 궁주님은 소궁주님이 궁주님을 사랑하는 것 이상으로 소궁주님을 사랑하셨다는 것을 알아주시기 바랍니다. 지하에서나마 소궁주님과 패천궁이 무림일통의 대업을 이루는 것을 빌고 또 빌며 지켜보겠습니다.

귀곡자 배상(拜上).

서찰에 적힌 글은 그곳의 상황이 얼마나 다급했는지를 너무나 잘 보여주고 있었다. 간간이 끊어진 글귀가 있는가 하면 대부분의 글들이 옆으로 휘갈겨져 있어 그 글을 알아볼 수 없는 것 또한 부지기수였다. 하지만 귀곡자가 전하고자 하는 요지만큼은 정확했다. 패천궁의 강남 총타가 무너지고 궁주인 관패가 쓰러졌다는 것이었다.

"이럴 수가! 어떻게 이런 일이 일어났단 말인가!"

서찰의 내용을 몇 번이나 확인한 궁왕이 크게 탄식을 하며 자리에 주저앉고 말았다.

"일났군, 일났어. 어떤 멍청한 놈이 그 따위 계획을 세웠는지는 모르겠지만 지금쯤 좋아하겠군, 뱀 대가리를 잘라냈다고 말이지. 그것이 용을 불러올지도 모르고 말이야. 멍청한!"

화가 치민 권왕은 마지막 남은 술을 거듭 들이켰다. 궁왕이 그때까지 창밖을 바라보던 검왕에게 물었다.

"그래서 자네가 강호로 나가겠다고 한 것이었나?"

"우리가 원하든 원하지 않든 일이 그렇게 되지 않았는가? 명목상이지만 우리도 패천궁의 사람이고 또 원로라는 자리에 있네. 궁주가 죽임을 당했다는데 가만히 있을 수야 없겠지."

권왕이 검왕의 말을 받았다.

"그것보다는 환야를 위해서라고 하는 것이 정확하겠네. 그동안 우린 패천궁이 중원을 일통하든 백도와 싸움을 하든 그다지 신경 쓰지 않았네. 그러나 이제 궁주가 죽었으니 환야가 패천궁의 궁주가 아닌가? 솔직히 관패는 별로 탐탁지 않았지만 환야라면 이야기가 달라지지."

"관패가 그렇게 환야를 다음번 궁주에 앉히고 싶어하더니 결국 이렇게 되고 말았군. 환야는 그렇게 싫어했는데……. 그나저나 큰 충격이나 받지 않았는지 모르겠네."

궁왕은 밖으로 나간 환야가 염려된다는 듯 걱정스러운 듯 중얼거렸다.

"하긴 겉으로야 아무리 사이가 좋지 않았다지만 그래도 그 피가 어디 가겠는가?"

권왕 또한 환야를 염려하며 한숨을 내쉬었다. 그러나 자신을 걱정하는 것을 아는지 모르는지 잠시 후에 모습을 드러낸 환야는 평소와 다름없는 모습이었다. 다만 어딘가 모르게 다른 분위기가 환야의 주변을 감싸고 있었다.

"같이 가주시겠습니까?"

환야가 자신에게 시선을 주고 있는 검왕 등에게 정중하게 물었다.

"궁주로서의 명령이냐?"

궁왕이 물었다.

"제가 궁주의 자격이나 있겠습니까?"

"네가 없으면 누가 있다는 말이더냐? 어찌 보면 구양 궁주의 진정한 후계자는 네 아버지가 아니라 너일 것이다."

권왕이 환야의 말을 받았다. 하지만 환야는 쓰디쓴 미소를 짓고 있었다.

"후후, 제가 여자인 것을 알고도 그렇게 생각을 하겠습니까? 다른 사람들은 달리 생각을 할지도 모르지요."

"패천궁에선 다른 무엇보다 실력이 우선시된다. 이미 너는 구양 궁주와 관패, 그리고 너로 이어지는 정통성을 갖추고 있다. 또한 우리 원로원에서 너를 인정할 것이다. 네가 여자든 남자든 그것은 문제가 될수 없다. 그 어떤 것보다도 우선하는 실력, 네가 패천궁의 다른 누구보다도 강한 실력을 지니고 있다는 것이 중요하지. 궁주의 자리는 당연히 네 것이다."

검왕은 예의 그 냉막한 얼굴로 말을 하였다.

"두고 보면 알 일이지요. 어쨌든 저는 부탁을 드리고 있는 것입니다. 할아버지와 손… 자의 관계로서 말이지요. 같이 가주시겠습니까?"

환야는 별다른 표정 변화 없이 다시 한 번 정중하게 물었다.

"허허허! 듣기 좋은 말이로구나! 암! 같이 가야지. 가고말고!"

권왕이 대소를 터뜨리며 대꾸를 했다.

"원로원의 원로 회의를 소집하겠네. 그곳에서 모든 것을 결정하도록하지."

"그것이 좋겠네."

검왕이 원로원의 원주 자격으로 원로 회의를 소집하자 궁왕이 그의 말에 동조하며 고개를 끄덕였다. 그리고 잠시 후, 먼저 자리하고 있던 검왕과 궁왕, 권왕을 비롯하여 연락을 받은 다섯 명의 원로들이 한자리에 모이고 마침내 패천궁이 세워진 이후 처음으로 원로 회의가 시작되었다. 비록 인원은 여덟 명에 불과하지만 그들이 지닌 힘을 감안했을 때 실로 중대한 일이었다. 과거 구양풍이 말한 패천궁의 진정한 힘이 준동하는 순간이었다.

＊　　　＊　　　＊

"어떻게 이런 일이!"

귀곡자로부터 날아온 전서구가 환야를 비롯하여 원로원의 원로들을 경악시키고 있을 때 그에 못지 않게 놀라고 있는 사람이 있었다. 그는 서찰에 적힌 내용을 도저히 믿을 수 없다는 표정으로 서찰을 들고 있는 두 손을 부들부들 떨었다.

"무슨 내용이기에 그리 놀라시는 겁니까?"

곁에 서 있던 천수유가 그런 궁사혼의 반응에 몹시 의아한 표정을 짓고 있었다. 그렇지만 궁사혼은 뭐라 대꾸를 하지 못하고 그저 서찰만 뚫어지게 쳐다보고 있었다. 그 분위기가 너무나 심각했기에 질문을 했던 천수유조차 입을 다물고 말았다.

"전황은 어떤가?"

한참 후 궁사혼은 힘없이 질문을 했다. 조심스레 곁을 지키고 있던 천수유가 재빨리 말을 받았다.

"적의 저항이 거세기는 하지만 그리 심각할 정도는 아닙니다. 시간이 지나면 승기를 잡을 수 있을 것입니다."

"이기고 있다는 소리는 아니군."

"그렇지만 지고 있는 것도 아닙니다. 다만 지형적으로 저들의 위치가 약간 유리할 뿐입니다."

천수유를 대신하여 말을 하는 해구신의 음성엔 자신감이 넘치고 있었다.

"후~ 승기를 잡고 있다면 모를까 이처럼 팽팽한 국면에선 퇴각하는 것 또한 쉬운 일이 아니건만……."

궁사혼이 크게 한숨을 내쉬며 탄식을 터뜨리자 깜짝 놀라 눈이 동그래진 천수유와 해구신이 거의 동시에 그 이유를 물었다.

"태상장로님, 이번 싸움에서 승리만 얻을 수 있다면 모든 것이 이루어집니다. 이토록 중요한 순간에 어찌하여 퇴각이란 말씀을 입에 담으시는 것입니까?"

"또한 전세는 시간이 조금 걸릴 뿐 우리에게 유리하게 돌아오고 있습니다."

그들의 거센 반응에도 궁사혼은 고개를 흔들었다.

"나 또한 이번 싸움의 중요성을 누구보다 잘 알고 있네. 하지만 하늘은 지금 우리의 승리를 원하지 않는 모양이네."

"그, 그게 무슨 말씀이십니까?"

천수유는 계속해서 알 수 없는 말만 늘어놓는 궁사혼이 이해가 가지 않았다. 그런 천수유에게 궁사혼은 자신이 방금 읽은 전서구를 건네주었다.

"군사가 보내온 것이네. 이것을 읽으면 내 심정이 이해가 갈 것이네. 말도 안 되는 일이 일어났어. 정녕 말도 안 되는 일이……."

서찰을 건네며 입이 쓴지 술을 찾는 궁사혼을 뒤로하고 서둘러 서찰을 읽어가던 천수유와 해구신이 보인 반응은 궁사혼에 비할 바가 아니었다.

"이, 이것이 무슨 말입니까? 구, 궁주님이 당하시다니요?"

"……."

궁사혼이 아무런 말을 하지 않고 거푸 술을 들이키자 그제야 사태의 심각성을 몸으로 느낀 천수유는 서찰에 적힌 내용을 몇 번이나 읽고 또 읽어 내려갔다. 그러나 아무리 여러 번 읽어보아도 내용은 변하지 않았다.

궁사혼과 천수유, 해구신 등이 읽은 글은 약간의 차이는 있었지만 환야가 받은 글과 별반 다르지 않았다. 강남 총타가 무너지고 궁주인 관패가 쓰러졌다는…….

"서찰의 내용이 사실이라면 이번 싸움은… 힘들 것 같습니다."

충격에서 벗어나지 못한 천수유와는 달리 비교적 빨리 정신을 가다 듬은 해구신이 심각한 어조로 입을 열었다.

"그럴 것 같네. 군사가 저 정도의 내용을 전서구로 보내왔다는 것은 이미 모든 것이 돌이킬 수 없는 방향으로 흘렀다는 것을 의미하겠지. 큰일이야. 장수 없는 병사들이 전쟁에서 이기는 것을 본 적이 있는가? 비록 이곳의 병력을 우리가 이끌고 있다지만 실질적인 장수는 궁주님 이셨네. 궁주님이 적의 공격에 쓰러지셨다는 것이 알려지면 엄청난 혼 란이 일어날 것이네. 사기는 그야말로 최악으로 떨어지겠지."

"하지만 태상장로님 말씀대로 퇴각하기도 용이하지 않으니 그야말 로 큰일입니다. 이를 어찌하면 좋겠습니까?"

"그래도 퇴각을 해야지 어찌하겠나. 물론 모든 사실을 알리고 동료 들과 궁주님의 복수를 위해 싸울 수도 있겠지만 그것은 훗날의 일이지. 지금 당장은 힘들 것이네. 패배는 불을 보듯 뻔하고. 하니 다소간의 희 생이 있겠지만 저들이 그랬던 것처럼 조금씩 뒤로 물러나는 것만이 피 해를 최소한으로 줄이고 전력을 보존하는 길이라 생각하네. 그리 고……"

궁사혼의 말이 잠시 멈추어졌다. 그리고 그가 다시 입을 열었을 땐 전신에서 엄청난 기운이 뿜어져 나왔고 눈에서는 차가운 한기가 어른 거렸다.

"다시 돌아올 것이네. 그리고 그때는 우리를 이끌 사람이 따로 있을 것이고. 내가 아는 한 그 누구보다 뛰어나고 강한 사람이 말이지. 그리고 진정한 복수가 시작될 것이야. 그때까지 우리의 임무는 승리가 아니라 최대한의 전력 보존이네. 천 장로!"

"예, 태상장로님."

조금 전의 낙담한 모습과는 사뭇 다른 표정의 천수유가 차분하지만 결코 평범하지 않은 음성으로 대답을 했다.

"지금 즉시 싸움을 멈추고 뒤로 물러나게 하게. 냉 대주에게는 모든 사실을 알려주도록 하고, 조만간 알려지겠지만 그때까지는 비밀을 최대한 유지시키도록 하게. 자네가 직접 나서서 그들을 이끌도록 하게."

"알겠습니다."

천수유는 지체없이 대답을 하고 뒤로 물러났다. 그와 동시에 궁사혼의 시선이 해구신에게 돌아갔다.

"자네 또한 준비를 해주게. 적지 않은 말들이 오고 갈 게야. 알아야 할 사람들에게는 자네가 직접 설명을 해주어 이해시키게. 그렇지만 수하들에게 입 단속을 시키는 것을 잊어서는 안 되겠지."

"알겠습니다. 그리하지요."

해구신 또한 천수유와 마찬가지로 재빨리 자리를 떠났다. 그러자 홀로 남은 궁사혼은 머리가 아픈지 손가락으로 지그시 머리를 누르고 생각에 잠겼다. 벌써부터 오만 가지 생각이 머리에서 맴돌고 있었다.

'과연 얼마나 살아 돌아갈 수 있을 것인가? 그리고 패천궁의 앞날은 과연 어찌 되는 것인가?'

그러나 그 어떤 질문에도 정확한 답은 떠오르지 않았다.

패천궁의 철수는 전격적이면서도 신속하게 이루어졌다. 그들의 돌연한 행동에 놀란 것은 오히려 그들과 맞서 싸우던 정도맹의 사람들이었다. 그러나 이미 이런 일들을 예견하고 기대하고 있던 수뇌들은 회심의 미소를 지으며 대반격의 기회가 왔다며 희희낙락(喜喜樂樂)했고 그들의 마음을 확인이라도 시켜주듯 황충에게서부터 전해져 온 전서구엔 엄청난 승전보가 실려 있었다.

"방금 황 방주님께서 전서구를 보내오셨습니다."

차분한 음성으로 말을 꺼낸 제갈공은 느긋하게 주변을 살펴보았다. 이미 결과를 알고 있는 영오 대사를 비롯한 몇몇 인물들은 표정 관리에 힘쓰고 있었으나 패천궁의 무인들이 물러감과 동시에 몰려온 대다수의 사람들은 제갈공의 입에 모든 시선을 집중시키고 초조하게 뒤의 말을 기다리고 있었다.

"방금 알려오신 대로라면 패천궁의 강남 총타를 초토화시킨 것은 물론이고 그동안 우리를 무던히도 괴롭히던 귀곡자를 비롯하여 그곳을 지키고 있던 모든 전력을 전멸시켰다고 합니다. 모든 계획은 대성공이며 실로 엄청난 전과를 올렸습니다."

결국 참지 못하겠는지 임시 맹주실로 모여든 정도맹의 수뇌들을 향해 격동에 찬 음성으로 소식을 전하는 제갈공의 안색은 평소와는 다르게 몹시 상기되어 있었다. 그러나 그런 제갈공의 모습은 다른 이들에 비한다면 태양 아래 반딧불이나 마찬가지였다.

"오오!!"

"대성공이구려!!"

"드디어 중원무림의 정의가 바로 세워지겠소이다!"

작전이 세워질 때부터 그 성공 가능성에 반신반의하던 사람들은 물론이고 절대적인 지지를 보냈던 사람들도 예상치 못한 결과에 저마다 감탄성과 환호성을 지르며 기뻐했다.

그러나 그것은 시작에 불과했다. 잠시 소란이 가라앉기를 기다린 제갈공이 다시 입을 열었다.

"또한 패천궁 궁주인 관패가 목숨을 잃었다고 합니다."

제갈공의 말을 들은 사람들은 일순 할 말을 잃었다.

관패가 누구란 말인가? 패천궁의 궁주이고 패천궁의 궁주라면 중원에서 최고의 힘을 자랑하는 집단의 우두머리였다. 비록 저들의 허를 찌른 작전이 성공을 하였고 심대한 타격을 주었다손 치더라도 궁주인 관패까지 주살하는 성과를 얻는다는 것은 애당초 기대에 없던 일이었다.

"그, 그것이 진정입니까? 진정 패천궁 궁주의 목숨을 빼앗았단 말입니까?"

흥분한 곽무웅이 더듬거리며 질문을 하고 그 뒤를 이어 수없이 많은 질문이 쏟아졌다.

"하하하! 모든 것은 사실입니다. 그 소식이 적힌 서찰이 이렇게 도착하지 않았습니까? 설마 황 방주님께서 허언을 적어 보내셨을 리는 없지요."

제갈공은 영오 대사의 앞에 놓인 서찰을 지적하며 대소를 터뜨렸다.

"오! 그 말이 사실이라면 그보다 반가운 소식이 또 있겠소이까?"

석부성이 탄성을 하며 환호성을 질렀다. 좌중의 인물들 또한 석부성과 같은 반응을 보이며 기쁨을 만끽하느라 정신이 없었다. 그때 만감이 교차하는 표정으로 기뻐하던 남궁우가 안색을 바꾸고 근심 어린 얼굴로 입을 열었다.

"그런데… 패천궁의 궁주라면 그 지닌 무공이 상당했을 터인데 별다른 피해를 입지는 않았는지 모르겠습니다."

"그렇습니다. 그 정도의 전과를 얻었다 함은 우리들 또한 제법 많은 피해를 입었다는 말과 상통하는 것이라 생각합니다."

남궁우에 이어 곽무웅 또한 우려의 말을 하였다.

"아직 확실한 신원이 파악되지는 않았지만 싸움에서 희생당한 정예들의 수가 대략 이백은 넘는다고 합니다."

제갈공의 말에 기쁨에 들떠 있던 좌중의 분위기가 삽시간에 가라앉았다. 아무리 대승을 거두어도 그에 따른 희생은 언제나 가슴을 아프게 하는 법이었다. 더구나 그곳에 참여한 정예들은 각 문파의 제자들. 그들과 직접적으로 관계된 사람이 목숨을 잃었을지도 모르는 일이었다.

"그래도 예상보다는 피해가 적었습니다. 몇 배에 이르는 적과 싸우면서 절반 정도의 인원이라도 살아남은 것이 얼마나 다행인지 모릅니다. 이는 모든 사람들이 최선을 다해 싸워준 결과이기도 하지만 특히 궁주인 관패와 일 대 일의 대결을 펼쳐 그를 잠재운 수호신승의 공이 무엇보다도 컸다고 할 수 있습니다."

"허! 역시!"

"수호신승이 관패와의 싸움에서 승리를 했다는 것입니까?"

사람들의 시선을 받은 영오 대사는 자리에서 일어나 크게 합장을 하였다.

"아미타불! 어차피 그 싸움은 선대에서부터 이어져 내려오던 것입니다. 부처님의 은덕으로 다행히 승리를 하기는 하였으니 크게 내세울 것은 없겠지요."

제법 겸양을 차린 말이기는 하였지만 담담한 영오 대사의 음성 속에 녹아 있는 자부심을 느끼지 못할 사람은 한 사람도 없었다.

"그렇다면 그들은 이제 어찌 되는 것입니까? 궁주를 잃은 저들이 가만있지 않을 것인데 말입니다."

"지난번 말씀드린 그대롭니다. 미안하고 안타까운 일이지만 탈출에 성공하는 것은 전적으로 그들에게 달려 있습니다. 죄송한 말씀이나 지금은 그것을 논할 때가 아닙니다."

남궁우의 질문에 재빨리 대답을 한 제갈공은 좌중을 둘러보며 말을 이었다.

"이곳까지 밀려들어 공격을 했던 패천궁의 무리들이 물러가고 있다는 것은 직접 검을 맞대신 여러분들께서 더 잘 알고 계실 것입니다. 그리고 저들이 저리 급히 물러가는 까닭 또한 우리는 알고 있습니다. 이제 우리가 취해야 할 행동을 결정해야 할 때라고 봅니다."

"결정은 무슨 결정이란 말이오? 그동안 저들에게 당한 피해가 얼마인지 잊으셨소? 당연히 추격을 시작하여 다시는 그 따위 망상을 품지 못하도록 철저하게 괴멸해야 할 것이외다."

목인영이 언성을 높이며 자리에서 일어났다. 그러자 청성파의 장문 석부성 또한 자리에서 일어났다.

"나 또한 목 장문인의 말에 찬성이오. 당장 추격을 시작하는 것이 좋겠소이다."

"이번 기회에 저들에게 당한 빚을 갚아야 할 것입니다. 당연히 톡톡한 이자를 쳐서 말이지요."

다른 사람들도 그랬지만 특하나 패천궁에 의해 본산이 쑥밭이 된 종남파의 장문인과 청성파의 석부성, 그리고 점창파의 하일청의 태도는 단호한 것이었다.

"남궁 형께선 어떻게 생각하십니까?"

제갈공이 남궁우의 의견을 물었다. 그런 제갈공을 말없이 바라보던 남궁우는 제갈공의 눈에서 그가 자신에게 뭔가를 원한다는 것을 느낄 수 있었다.

'이 상황에서 나에게 뭔가를 원한다? 그게 과연 무엇일까?'

남궁우가 별 대꾸 없이 입을 다물고 있자 성격이 급한 목인영이 대뜸 화를 냈다.

"생각할 것이 뭐가 있소? 남궁세가라면 그 어떤 문파보다 큰 피해를 입은 곳이 아니오? 당장 공격을 하도록 합시다."

"……."

"허허! 이렇게 답답할 데가!"

남궁우가 계속 입을 다물고 있자 싸울 것을 종용하던 목인영이 분통이 터진다는 듯 가슴을 치며 고개를 돌렸다. 그러자 별다른 대꾸를 하지 않고 입을 닫고 있던 남궁우가 말을 하기 시작했다.

"물론 저들에게 수없이 많은 문파가 쓰러졌고 남궁세가 또한 그들의 마수를 피하지 못했습니다. 하지만 그렇다고 당장의 눈앞의 복수에만 연연해서는 안 된다고 생각합니다. 지금 당장 나가 싸운다면 물러나는 저들에게 통쾌하게 복수를 할 수 있을지는 모르겠지만 쥐도 너무 몰면 고양이에게 덤비는 수가 있다고 했습니다."

"그렇다면 추격을 하지 말자는 말이오?"

잠시 고개를 돌렸던 목인영이 버럭 화를 내며 따지듯 물었다.

"그것은 아닙니다. 추격을 해야겠지요. 다만 추격을 하되 퇴로는 열어주는 적당한 선에서 추격을 하자는 것입니다. 물론 최대한의 피해는 입혀야겠지만 말입니다."

"그게 그것 아니오?"

"그 정도면 충분하다고 생각합니다. 많은 피해를 입어가며 애써 도망가는 적을 추격할 필요는 없다고 생각합니다. 그리고 이것은 저의 생각입니다만……."

잠시 말을 끊고 제갈공을 힐끔 바라본 남궁우가 다시 말을 이었다.

"저들은 구심점(求心點)을 잃었습니다. 어쩌면 우리와는 상관없이 저들의 힘이 약해질지도 모르는 일입니다."

"자중지란(自中之亂)을 말씀하시는 겁니까?"

"그렇습니다. 곽 장문인의 말씀대로 별다른 희생 없이도 저들 스스로가 무너질 수도 있다는 생각이지요."

"하지만 그것은 지난번 구양풍이 목숨을 잃었을 때에도 나왔던 말입니다. 하나 결과는 어떠했습니까? 우리의 예상을 비웃기라도 하듯이 저들은 엄청난 힘으로 강남을 비롯한 여러 지역을 단숨에 석권하였습니다. 이번에도 그러하지 말라는 법은 없습니다."

곽무웅은 남궁우의 생각에 적지 않은 회의(懷疑)를 가지고 있었다.

"과거 전대 궁주였던 구양풍이 목숨을 잃었을 때에는 관패라는 확실한 후계자가 있었지만 지금은 아닙니다. 그것은 생각보다는 큰 차이입니다."

말을 마친 남궁우는 제갈공을 바라보았다. 마치 '내가 할 일은 다 했다'라고 말을 하는 듯한 눈빛이었다. 남궁우의 시선을 받은 제갈공은 살짝 고개를 숙였다. 사실 제갈공이 하고 싶은 말은 이미 남궁우가 다 한 셈이나 마찬가지였다.

제갈공은 진작부터 적의 자중지란을 생각하고 있었다. 다만 그가 직접 그것을 설명하고 이해를 구하는 것보다는 남궁우라는 이 자리에 모인 다른 누구보다 패천궁에게 많은 피해를 받은 남궁세가를 대신하는 그를 통해 좌중의 불만을 조금이라도 누그러뜨리는 것이 보다 효과적이란 생각을 하였다. 그래서 남궁우에게 질문을 한 것이었고 제갈공의 질문을 받은 남궁우는 제갈공이 과연 무엇을 원하는지 생각했고 정확하게 알아챘다. 그랬기에 남들이 미처 눈치 채지 못할 정도로 고개를 숙여 감사의 인사를 한 것이었다.

"저 또한 남궁 형의 말씀에 동감을 합니다. 우선 작금의 상황은 그때와는 많이 다릅니다. 우선 궁주의 후계 구도가 완벽하지 않고, 아, 지난번 보고에 의하면 궁주였던 관패에게 아들이 있는 것으로 알려져 있으나 그다지 드러나 있지 않은 것을 보면 아직 본격적인 후계자 수업을 받지는 않은 것으로 생각합니다. 또한 과거 구양풍 궁주가 쓰러졌을 때에는 그 문제가 단지 패천궁의 일이었기에 대제자이자 오랫동안 사부인 구양풍을 대신하여 일을 맡아온 관패가 궁주가 되는 것이 그다지 문제가 되지 않았습니다만 지금은 절대로 그렇게 될 수가 없습니다. 현재의 패천궁은 어떻습니까? 패천궁이라는 이름으로 통합은 되었다지만 그 안에는 쟁쟁한 흑도문파들과 고수들이 자리 잡고 있습니다. 자진해서 들어간 문파들도 있고 힘에 의해 굴복을 강요당한 문파들도 있습니다. 그들에게 궁주의 사망은 크나큰 기회가 될 수 있습니다. 왜냐하면 그들이 패천궁이라는 세력에게 통합된 이상 그들도 패천궁의 사람이니 당연히 궁주의 자리에 도전할 수도 있고, 특하나 모든 것이 힘에 의해 좌지우지되는 흑도문파의 특징을 살펴볼 때 지금의 상황은 패천궁이란 거대 세력을 집어삼킬 수 있는 호기가 될 수도 있기 때문입니다. 문제는 그런 생각을 할 수 있는 문파와 세력들이 한둘이 아니라는 것이지요. 모르긴 몰라도 엄청난 내부 다툼이 있을 것입니다."

"하지만 우리와 싸우고 있는 상황에서 그리했다간 어찌 될는지 눈에 뻔히 보이는데 과연 그렇게 하겠소?"

처음으로 입을 여는 황보천악 역시 제갈공의 말이 미덥지 못한지 근심스런 어조였다. 하나 제갈공은 더욱 당당하게 자신의 주장을 펼쳐나갔다.

"사람의 욕심이란 알 수가 없는 것이지요. 먹으면 당장 죽을 줄 알면서도 때로는 독을 먹는 것이 사람입니다. 제 생각이 틀리지 않는다면 저들은 반드시 서로 궁주의 위를 차지하기 위해 피비린내 나는 암투(暗鬪)를 벌일 것입니다. 그러나 모든 일에 절대란 있을 수 없는 법. 저들을 그냥 고이 보내주자는 말 또한 아닙니다. 남궁 형의 말대로 피해를 줄 수 있는 최대한의 범위 내에서 피해를 주도록 하되 가급적 전면적인 충돌은 자제하자는 것입니다. 겨우 한 번의 충돌로 엄청난 사상자가 발생했습니다. 저들이 비록 궁주의 죽음으로 물러나기는 하지만 전면적인 싸움을 하게 되면 확실한 승리를 거둘 수야 있겠지만 우리 또한 헤아릴 수 없이 많은 피해를 보게 됩니다. 그러니 지금은 적당한 추격과 공격을 통해 피해를 주고, 그동안 저들에게 빼앗긴 지역을 회복한 후 앞으로 일어날 패천궁 내부의 상황을 예의 주시하며 때를 기다리는 것이 좋을 것 같습니다."

제갈공의 말이 끝나자 영오 대사가 입을 열었다.

"아미타불! 소승은 군사의 말에 일리가 있다고 생각합니다. 새삼 옛 일을 들먹이지 않아도 그와 같은 예는 많이 있었고 더구나 물러나는 저들을 그냥 보내자는 것도 아니지 않습니까? 설사 자중지란이 일어나

세력이 약해질 것이라는 우리의 예측이 틀렸다고 하더라도 상당한 가능성이 있는 일. 충분히 기다려 봄 직한 일이라 생각됩니다."

"하지만……."

"잠시 더 소승의 말을 들어보시지요."

영오 대사는 반박하려는 목인영의 말을 자르고 계속 말을 하였다.

"소승이 군사의 의견에 동조하는 것은 그것 때문만은 아닙니다. 그동안 이곳의 상황이 너무 급박하게 돌아가 내색은 하지 않았지만 아무리 생각해도 강남 총타를 괴멸시킨 저들의 위험을 외면하고 모든 것을 그들에게 맡긴다는 것은 문제가 있습니다. 단 한 명의 제자라도 잡혀 있으면 어떤 희생을 치르더라도 그 제자를 구출하는 것이 정의라 생각합니다. 한데 한두 명도 아니고 근 이백에 가까운 젊은이들이 적진에서 힘들게 싸우고 있습니다. 군사께선 미리 배를 준비해 두었다고는 하지만 그 또한 어찌 될지는 모르는 일입니다. 그렇지 않습니까, 군사?"

"예……."

제갈공은 영오 대사의 질문에 안색을 붉히며 대답을 하였다.

"해서 소승의 생각은 이렇습니다. 군사와 남궁 시주의 의견대로 이곳에서는 물러나는 적을 적당히 추격하여 공격하면서 추후의 일을 살피는 것으로 하고 당장 저들을 구할 구원대를 파견했으면 좋겠습니다. 물론 그 일 또한 은밀히 해야 하겠지요. 어떻습니까?"

영오 대사의 질문에 쉽게 대답을 하는 사람은 없었다. 애초 공격을 주장했던 몇몇 인사들은 얼굴을 굳히고 불만족스러운 표정을 지었지만 감히 준동하지 못했고 제갈공 또한 구조대를 파견하겠다는 말에 우려의 말을 전하려 하였지만 좌중의 눈치를 살펴보니 그마저 자신의 의견대로 하고자 하다간 오히려 역효과만 날 것 같아서 입을 다물고 있었다.

"맹주님의 말씀이 옳은 것 같소. 그들의 안전 때문에 한쪽 가슴이 늘 무거웠는데 그들을 구할 수만 있다면 오죽이나 좋겠습니까? 맹주님의 의견을 좇도록 합시다."

운상 진인마저 영오 대사를 거들고 나서자 더 이상 그 누구도 자신의 의견을 고집하며 거부하지 못했다.

"모든 것이 결정된 것 같습니다. 군사께서는 세부 계획을 세워주시기 바랍니다."

"알겠습니다. 그렇게 하도록 하겠습니다."

영오 대사의 명령에 제갈공은 급히 자리에서 일어나 허리를 굽히며 대답을 하였다. 이것으로 좌중의 의견은 하나로 통일된 듯하였다. 하지만 아버지인 제갈공의 곁에서 조용히 눈을 감고 있는 제갈영영만은 절대 그렇지 않았다.

'이게 아닌데… 어차피 이리될 것이었다면 그런 계획을 세우는 것이 아니었어. 당연히 공격을 해야 한다. 물론 아버님의 말씀대로 적들이 자중지란을 일으킬 수도 있겠지만 만약 그렇지 않으면 어쩌란 말인가? 또다시 지리한 싸움을 하게 될 것이야. 그것을 방지하기 위해서라도 저들이 틈을 보인 지금 피해가 얼마가 되었든 철저하게 괴멸을 시켜야 하는데… 아버님은 물론이고 다들 너무 결단력이 없구나! 맹주께서 구조대를 만들자는 말씀을 하지 않으셨다면 어떻게든 반대를 했겠지만 참아야겠지. 지금으로썬 남궁 대가를 구하는 것이 무엇보다 중요하니. 이번엔 미처 손을 쓰지 못했지만 앞으로는 절대 이런 일이 없도록 할 것이다. 절대로!'

제갈영영은 미처 손을 쓰기도 전에 떠나 버린 남궁진의 안위를 생각하며 침묵을 지키기로 했다. 그동안 가장 안타까웠던 것이 적진에서 목숨을 잃을지도 모르는 남궁진을 위해 그녀 자신이 다른 어떤 행동도 할 수 없다는 것이었다. 하지만 이제는 아니었다. 그녀의 머리 속에는 남궁진을 위한 앞으로의 계획이 벌써부터 하나씩 수립되고 있었다. 그리고 그 첫 번째가 자신이 구조대의 일원이 되어 남하하는 것이었다.

그러나 이런 제갈영영도, 맹주인 영오 대사와 군사인 제갈공 등 모든 사람들이 미처 생각하지 못한 것이 있으니 그것은 다름 아닌 패천궁의 후계자가 이미 환야로 정해졌다는 것이었다. 다른 누구도 아닌 원로원에서 환야를 인정하고 보호하고 있는 이상 그 어떤 시도나 계획 따위가 애당초 무용지물이라는 것을 아는 사람은 단 한 명도 없었다. 그리고 그것이 훗날 얼마나 뼈아픈 결과를 가져오게 될지 역시 예상하지 못했다.

정도맹의 정예들이 패천궁의 강남 총타를 괴멸시킨 소식은 하루가 지나기도 전에 전 중원을 휩쓸었다. 특히 궁주인 관패의 죽음이 알려지자 패천궁에 정면으로 맞서 싸우고 있는 백도의 환호는 물론이고 그동안 패천궁의 위세에 눌려 그들의 눈치를 보며 전전긍긍하던 정사 중간의 군소문파들도 드러내 놓고 표현은 하지 못했지만 내심 안도의 한숨을 내쉬었다. 반대로 궁주를 잃은 패천궁과 패천궁을 중심으로 모여들었던 흑도의 무인들은 엄청난 충격과 슬픔에 휩싸이고, 기회를 틈탄 정도맹의 공격에 이렇다 할 반격도 하지 못한 채 근근히 후퇴만을 거듭했다.

사태가 이렇게 급반전을 이루자 사람들은 이제 곧 싸움이 끝날 것이라는 말을 공공연히 하며 다음 상황을 예의 주시하고 있었다.

한편 소림에 밀려오던 위기를 막아내고 막 소림에 도착하여 노승의 거처에서 머물고 있던 할아버지와 구양풍 또한 관패의 죽음에 대한 소식을 들을 수 있었다.

"허허! 결국 이렇게 되고 말았군. 이렇게 되고 말았어……."

관패의 죽음을 접한 구양풍은 놀라움과 충격에 할 말을 잊고 땅이 꺼져라 탄식을 하였다.

"흠, 그에게는 안 된 일이나 싸움을 하다 보면 피해는 생기기 마련이지. 너무 상심하지는 말게나."

할아버지 또한 안타까운지 한숨을 내쉬며 구양풍을 위로하고자 하였다. 할아버지의 말에 이어 노승 또한 입을 열었다. 화산을 떠날 때보다 안색이 다소 창백했지만 근 이 갑자 동안 짊어지고 있던 수호신승이라는 무거운 짐을 벗어서 그런지 다른 어느 때보다 여유가 있는 듯했다.

"아미타불! 나 또한 그리 생각하네. 이제 이 싸움도 끝낼 때가 되었어. 자네에겐 미안한 말이지만 이번 일로 인해 어쩌면 보다 쉽게 싸움이 끝날 것도 같네."

담담한 어조로 말을 한 노승을 바라보던 구양풍이 돌연 고개를 흔들고 긴 탄식성을 내뱉었다.

"후~ 스님께서는 관패의 죽음으로 싸움이 끝날 것이라 하시지만 일은 그리 간단하지 않습니다. 물론 저 또한 싸움이 끝날 것이라는 데에는 이견(異見)이 없습니다만."

"그럼 뭐가 문제인가?"

구양풍의 말에 뭔가 이상함을 느낀 노승이 재빨리 반문을 하였다.

"싸움이 끝이 나되 절대로 정도맹의 승리로는 끝나지 않을 것이라는 말입니다. 패천궁은 제자 놈의 죽음으로 쓰러질 만큼 약하지 않습니다."

"그게 무슨……."

"자네, 혹시 일전에 자네가 말한 원로원이라는 곳을 거론하고 싶은 것인가?"

노승의 반발에 앞서 할아버지가 질문을 하자 바로 맞혔다는 듯 구양풍의 고개가 끄덕여졌다.

"그렇습니다. 패천궁에는 그들이 있지요."

"하지만 그 인원은 얼마 되지 않는다고 들었네만."

할아버지는 다소 회의적인 표정으로 말을 하였다. 하나 구양풍의 표정엔 자신감이 넘쳐흐르고 있었다.

"완전히 무시하지는 못하겠지만 수적인 우위는 관부에서나 통하는 말입니다. 그들처럼 절대의 고수들은 그런 영향을 받지 않습니다."

말을 하던 구양풍이 슬며시 노승에게 시선을 주었다.

"이번 싸움에서 제 제자와 싸운 것이 무무 스님이라 들었습니다."

"그랬네. 힘든 싸움이었을 터인데 잘해주었지. 무무 또한 심각한 부상을 당했다고 들었네."

대답을 하는 노승의 음성엔 강한 자부심이 심어져 있었다. 그 모습을 본 구양풍의 입가에 고소가 지어졌다.

"사부에 이어 제자가 패하는 일이 일어났습니다. 이것 참… 하나 이것만큼을 알고 계셔야 합니다. 방금 언급한 원로원에 속한 여덟 원로들의 실력이 제자 놈에 비해 결코 뒤떨어지는 것이 아니라는 것을 말입니다. 그리고 더욱 중요한 것은 사실상 제 무공을 제대로 익힌 사람은 관패가 아니라 그의 후대입니다. 환야라는 아이지요. 아실지 모르겠지만 소문과는 의형제를 맺었다고 합니다. 단언하건대 그 아이의 무공은 결코 소문에게 뒤지지 않을 것입니다."

"그, 그게……."

노승이 믿기 어렵다는 표정을 짓자 구양풍은 다시 한 번 강조를 하였다.

"이 모든 것은 조금의 과장도 거짓도 없는 사실입니다. 제가 스님께 거짓을 말해서 무엇 하겠습니까?"

"아미타불!!"

관패에게 이기는 데도 무무가 큰 부상을 당했다는 것은 무엇을 뜻하는가? 비록 약간의 우위를 점했다고는 하지만 그건 다시 말해 별다른 실력 차가 없다는 것을 의미했다. 그런 무공을 지닌 관패와 버금가는 고수가 무려 여덟 명! 더구나 소문에게 비견되는 고수라니!!

여유로웠던 노승의 안색에 한줄기 그늘이 지어졌다.

"호~ 소문이에게 의형제가 있다는 말은 언뜻 들었지만 그가 그렇게 강한 고수란 말인가?"

을지 가문의 무공에 절대적인 자신감을 지닌 할아버지가 가문의 모든 무공을 익힌 소문에게 뒤처지지 않는 사람이 있다고 하자 약간은 기분이 언짢은지 대뜸 질문을 하고 나섰다.

"저의 모든 것을 이은 아이라고 알고 계시면 됩니다."

그것으로 끝이었다. 너무나 당당히 말을 하는 구양풍! 다른 어떠한 설명도 필요없었다.

구양풍의 실력을 익히 알고 있는 할아버지는 계면쩍은 웃음을 흘렸다.

"험험, 그런가?"

"환야가 지금까지는 싸움에 끼어들지 않았지만 모르긴 몰라도 지금쯤 그 아이의 일이라면 물불을 가리지 않는 원로원의 고수들을 이끌고 전면에 나서고 있을 것입니다. 아버지가 죽었으니 말이지요. 그리고 그들이 나선 이상 싸움은 끝이 난 것이나 마찬가지입니다. 다만 제가 걱정하는 것은 환야나 원로들이 아니라 궁주를 잃은 나머지 수하들이 어떻게 행동할지 하는 것입니다. 처절한 보복이 이루어지지 않을까 염려가 되는군요."

"아미타불!!"

결과를 확신하는 듯한 구양풍의 말에 노승은 두 눈을 감고 말았다. 인정하고 싶지는 않지만 구양풍의 자신감에는 이유가 있었다. 다소 과장일지도 모르지만 수호신승과 비슷한 실력의 고수가 여덟에 어쩌면 더 강할지 모르는 고수까지… 아무리 생각해도 그들을 막을 방법이 없었다.

'아미타불! 내가 너무 일찍 무무에게 짐을 지운 것은 아닌지 모르겠구나! 지금 무무의 무공은 완성되지 않은 것. 막기가 힘들 것인데… 아미타불!!'

백도에 드리워진 어두운 그림자가 노승을 괴롭히고 연신 불호를 되뇌는 노승의 표정은 침통하기만 했다. 하나 패천궁이 이기든 정도맹이 이기든 전혀 관계도 없고 상관도 없는 할아버지는 그저 엉뚱한 말만 늘어놓았다.

"그런데 소문이도 그 무리에 끼어 있는 것이 아닐까? 그들을 돕기 위해 떠난다고 하였으니."

"글쎄요. 그것은 알 길이 없지요."

"쯧쯧, 쓸데없는 짓 하지 말고 빨리 돌아오기나 할 것이지. 까딱 잘못하다간 의형제를 맺은 사람들끼리 칼부림을 하게 생기지 않았나?"

할아버지는 환야와 소문이 싸울까 염려가 되는 모양이었다. 그러나 구양풍은 그렇지 않았다.

"흠흠, 그런 걱정은 하지 않으셔도 될 것입니다. 소문이가 제자 놈의 죽음에 직접적으로 관여를 하지 않았다면 하늘이 두 쪽이 나더라도 둘이 싸우는 일은 없을 것입니다."

"응? 그건 무슨 소리인가? 싸우지를 않다니?"

할아버지가 의아한 듯 되묻자 구양풍은 크게 웃음을 터뜨렸다.

"당연하지요. 그들은 의형제지 않습니까? 의형제! 허허허!!"

뭐가 그리 우스운지 관패의 죽음으로 침통했던 구양풍의 표정은 어느새 사라지고 없었다.

제 37 장

추격(追擊)

추격(追擊)

"뭐야? 누가 내 얘기를 하나? 왜 이렇게 귀가 간지러운 것인
지……."

할아버지와 구양풍이 소림에서 소문의 이야기를 하는 동안 급박하
게 돌아가는 무림의 상황과는 전혀 상관없다는 듯 인적없는 산길을 한
가로이 걷고 있던 소문은 손가락을 펴서 연신 귀를 후벼댔다.

오상은 연신 주변을 두리번거리며 게으름을 피우는 소문이 못내 답
답한지 짜증을 내기 시작했다.

"그렇게 서두르더니만 왜 이제 와서는 그리 느긋한 것이오?"

그러나 오상이 짜증을 내든 화를 내든 전혀 신경을 쓰지 않는 소문
은 여전히 느릿느릿 발걸음을 옮겼다.

"사람의 말이 말 같지가 않소? 어찌 이리 게으름을 피우는 것이냐
물었소. 패천수호대가 돌아간 지 벌써 나흘이 지났소. 그런데 우리는

얼마나 움직인 것이오? 평소 같으면 반나절이면 올 거리를 나흘이나 걸려 왔다는 것이 말이나 된다고 생각하시오?'

더 이상은 참기 힘들었는지 오상의 말속엔 제법 날카로운 가시가 돋아나 있었다. 그제야 힐끔 고개를 돌려 오상을 쳐다본 소문은 태연히 대꾸했다.

"내 그동안은 급히 오느라 주변의 아름다운 산세(山勢)를 미처 보지 못했소이다. 그런데 이제라도 보게 되었으니 얼마나 다행인지 모르겠소. 비록 일이 급하다지만 이토록 아름다운 절경(絶境)은 쉽게 볼 수 없는 것, 그냥 지나친대서야 말이 안 되지 않겠소?"

"그걸 말이라고 하는 것이오? 상황이 어찌 돌아가는지도 모르지 않소. 여기서 이러고 있을 때 싸움이 벌어지면 어쩌잔 말이오?"

오상은 소문의 대답에 어처구니없어하며 대뜸 언성을 높였다.

"그렇게 급하시면 오 형 먼저 가시구려. 나는 자연의 홍취(興趣)를 좀 더 느끼고 가겠소이다."

"이……!"

혼자 가라니!

마음 같아서야 당장 그리하고 싶었지만 혼자 떨어져서 움직이다 어떤 봉변을 당할지 두려웠던 오상은 더 이상 뭐라 말을 하지 못했다.

'빌어먹을 놈! 네놈이 정녕 안하무인이구나! 오냐! 그것이 언제까지 가는가 내 두고 볼 것이다!'

별다른 말을 할 수 없었던 오상은 그저 두 눈이 찢어져라 소문을 노려보기만 하였다.

'쯧쯧, 저리 머리가 돌아가지 않아서야! 우리의… 아니지, 그대의 임무는 나를 여기까지 데려온 것으로 이미 끝이 난 것을 왜 모르는가?'

화를 참느라 거친 숨을 몰아쉬는 오상을 한심하게 바라보던 소문이 고개를 돌렸다.

'패천수호대… 강남 총타에 있는 최강의 전력이 지켜야 할 곳을 버리고 이곳까지 왔다는 것은 무엇을 의미하는가? 더구나 도전이라… 내가, 나도 모르는 사이에 패천수호대에게 도전한 것으로 되어 있었다. 모르긴 몰라도 이 또한 제갈영영의 술책일 것이고 그것이 오상까지 시켜 나의 도움을 청한 진정한 이유겠지. 후~ 정말 대단한 여자야. 하지만… 에이, 관두자!'

소문은 더 이상 생각하기도 싫은지 고개를 흔들었다. 제갈영영만 생각하면 자연 청하가 연상되었고 자신도 모르는 사이에 살기가 치솟아 올랐다. 하나 이미 덮어두기로 한 일. 괜스레 화만 끓여 좋을 것이 없었다.

'어쨌든 패천수호대가 자리를 비웠다면 정도맹의 공격은 성공할 수 있었겠군. 바보가 아닌 다음에야 그런 호기를 놓쳤을 리 없을 테니. 하지만 무사히 빠져나갈 수 있을까? 사방이 적으로 둘러싸여 있는데……. 훗, 의도를 했든 하지 않았든 이것으로 내가 할 일은 다 한 셈인가? 그렇다면 이제 더 이상 관여할 필요는 없겠지. 어차피 이것은 정도맹과 패천궁의 싸움이니까.'

소문은 패천궁과 싸움을 하고 싶은 생각이 없었다. 애초에 강남 총타로 향했던 것은 단견과 곽검명 등이 목숨을 건 위험한 일을 한다 하여 조금 힘을 보태고자 한 것이었다. 단지 그것뿐이었다. 그런데 제갈영영이 소문에게 바란 것이 실질적인 도움인지, 아니면 단지 저들의 이목을 끌어내는 역할이었는지 정확하게 알 수 없게 된 이상 상황은 달라졌다. 비록 단견이나 곽검명의 안위가 염려되기는 하였지만 언제까지 그들만을 생각할 수는 없는 노릇. 더구나 자신이 미끼가 되어 패천 수호대를 끌어낸 셈이니 충분히 도와줬다는 생각까지 들었다. 그럼에 도 소문이 걸음을 멈추지 않고 있는 이유는 단 하나였다.

기수곤!

강남 총타에는 기수곤이 있었다. 그것이 소문으로 하여금 느릿하나 마 강남 총타로 발걸음을 옮기게 하는 이유였다.

'확실히 거기 있을지는 모르겠지만 가보기는 해야겠지. 자고로 우두 머리들은 쉽사리 잡히지도 죽지도 않는다고 했다. 그래도 기수곤이라 면 일문의 문주. 정도맹의 무인들에게 당하지는 않았을 것이다. 다른 곳으로 도망을 쳤으면 모를까. 하지만 다른 곳으로 도망을 쳐도 소용 은 없다. 기수곤, 너만큼은 반드시 잡는다!'

기수곤을 생각하자 마음이 급해졌다. 그렇지만 소문은 급한 마음을 달래며 서두르지 않았다. 괜히 서둘러 걸음을 옮기다 혹여 퇴각하는 정도맹의 무인들이나 아니면 근처에 있을지 모르는 패천궁의 무인들을 만나고 싶은 생각이 없었기 때문이다. 어느 쪽을 만나더라도 번거로움 을 피하긴 힘들 것. 차라리 몸을 숨겨 자신의 존재를 드러내지 않는 것 이 좋으리란 생각에 오상의 눈치를 받으면서도 소문의 걸음은 하염없 이 느려지기만 했다. 그러나 그의 생각과는 달리 그를 기다리고 있는 상황은 그리 좋은 것이 아니었다.

"잠시 휴식을 취하는 것이 좋겠네. 다들 지친 기색이 역력하고 부상 자들도 돌보아야 하지 않겠나?"

남궁검의 등에 업혀 이동하는 남궁상인의 상황이 몹시 심각한 상황 에 이르자 이를 지켜보던 당천호가 앞서 가는 황충에게 말을 하였다.

정도맹의 정예를 이끌던 남궁상인이 관패에게 쓰러지자 천검 진인과 당천호도 있었지만 지리에 가장 익숙하고 연륜도 제법 있는 황충이 무리를 이끌게 되었다.

황충의 지휘로 서둘러 강남 총타를 벗어난 이들은 밤낮을 가리지 않고 정신없이 이동을 하였다. 그런 강행군은 부상자는 물론이고 별다른 상처가 없는 무인들에게도 상당한 무리를 주었다. 그것을 잘 알고 있었던 황충은 당천호의 말에 두말하지 않고 대답을 하였다.

"알겠습니다. 저 또한 더 이상 움직이는 것은 무리라고 생각하고 있었습니다."

고개를 끄덕인 황충은 천천히 걸음을 멈추고 소리쳤다.

"잠시 쉬도록 한다! 주변의 경계를 철저히 하고 속히 부상자들을 살피도록 하라!"

자신의 명을 받아 혹시 있을 적의 기습을 예방하기 위해 몇 명의 무인들이 전후좌우로 움직이는 것을 확인한 황충이 당천호에게 다가갔다.

"검성 어르신은 좀 어떠십니까?"

"가히 좋지 않네. 간간이 의식이 돌아오기는 하지만 금방 정신을 잃고 마는군."

황충의 말에 걱정스레 대답하는 당천호의 얼굴엔 친우의 고통을 안타까워하는 마음이 절절히 나타나 있었다.

"다른 사람들은 어떠한가? 그다지 상태가 좋아 보이지 않는데……."

당천호의 질문에 이번엔 황충의 안색이 어두워졌다.

"후~ 좋지 않습니다. 제때 치료를 받아야 하는데 치료는 고사하고 충분한 휴식도 주지 못하고 있으니… 이동하는 중에 네 명이나 목숨을 잃었습니다. 그렇다고 그들 때문에 걸음을 멈추다가는 적에게 덜미를 잡힐까 두려워 그러지도 못하고 있습니다."

이번 싸움으로 인해 살아남은 사람은 투입된 인원의 절반 정도인 백 팔십여 명이었다. 그러나 그중 심각한 부상을 입어 거동이 불가능한 사람이 약 이십여 명, 이들은 저마다 그들과 연고가 있는 사람들의 도움을 받아 이동하고 있었다.

"그렇구먼. 안타깝기는 하지만 어쩔 수 없지 않겠나? 자네 말대로 머뭇거려서는 그나마 살아 있는 사람들의 목숨이 위험해지지."

"이제 시작에 불과합니다. 이동을 하는 동안 또 몇이나 목숨을 잃을 지……."

황충은 당천호의 말을 들으며 땅이 꺼져라 한숨을 내쉬었다. 당천호도 그런 황충의 심정을 이해하는지 별다른 말은 하지 않았다. 그렇게 침묵을 지키며 이각 정도가 흐르자 잠시 숨을 돌렸다 여긴 황충이 다시금 입을 열었다.

"이제 그만 움직일 준비들을 하라. 충분한 휴식을 주었으면 좋겠지만 우리에겐 그만한 시간이 없다. 힘들더라도 끝까지 포기하지 말고 견뎌주길 바란다."

황충의 명이 떨어지자 이곳저곳에 흩어져 있던 정도맹의 정예들이 몸을 일으켰다. 그러나 그들이 미처 모이기도 전에 황충의 발 아래로 뭔가가 날아왔다. 순간 동작을 멈춘 모든 사람들의 시선이 땅을 구르고 있는 물체로 향해졌다. 정확히 황충의 발 밑에 떨어진 물체가 묘한 소리를 내며 구르기 시작했다.

툭툭툭!

땅에 떨어지기도 전에 고개를 돌려 물체가 날아온 방향을 살피고 있었던 당천호나 천검 진인을 비롯한 고수들의 안색은 어느새 일그러질 대로 일그러져 있었고 땅바닥을 구르고 있던 물체가 멈추자 물체에 시선을 던졌던 사람들은 거의 동시에 무기를 꺼내 들었다.

땅에 굴러 떨어진 물체, 그것은 다름 아닌 정찰을 나갔던 복마단원의 머리였다. 자신도 모르는 사이에 당했는지 얼굴이나 감겨 있지 않은 눈에는 그 어떤 동요나 흔들림도 찾아볼 수 없었다.

'벌써 왔는가? 예상보다 너무 빠르지 않은가?'

자신이 노려보고 있는 숲 속의 덤불이 움직이며 천천히 드러나는 신형들을 바라보며 당천호는 입술을 지그시 깨물었다.

천천히 숲을 빠져나오는 일단의 무리들.

인원은 이십이 갓 넘을 정도로 적은 수였지만 전신에서 뿜어져 나오는 예기(銳氣) 하며 살기들이 하늘을 뒤덮을 정도였다. 그 무리의 선두에 헌원강이 있었다.

당장 추격을 하겠다고 길길이 날뛰는 적성이 혹여 실수라도 할까 봐 뒷일을 맡기고 한발 먼저 이들을 쫓았던 헌원강은 이렇게 쉽게 따라잡을 것이라는 생각은 애당초 하지 않았다. 그러나 그의 예상과는 달리 훨씬 빠른 시간에 이들을 발견한 헌원강은 분노에 앞서 어이가 없었다.

"호~ 죽어라 도망을 치기에도 바쁜 줄 알았건만 이토록 한가로운 시간을 보낼 정도로 우리가 우습게 보였단 말인가?"

살기로 번들거리는 눈으로 좌중을 살펴보는 헌원강은 자신의 뒤로 건청우를 위시한 모든 고수들이 모습을 드러내자 더 이상 망설이지 않았다.

"그 따위 짓을 하고도 살아남기를 바라지는 않았으리라 믿는다!!"

분노에 찬 외침과 함께 헌원강의 몸이 공중으로 떠오르자 동시에 몸을 움직이는 고수들. 하나같이 상당한 무공을 지닌 그들이기에 움직임에도 절도가 있었다.

"막아랏!"

황충의 다급한 외침과 함께 초긴장을 하고 있던 정도맹의 무인들이 이들을 막아섰다. 그러나 추격자들은 애초에 그들이 상대했던 적기당이나 기타 다른 무인들과는 격이 달랐다.

"크아악!"

비명성과 함께 순식간에 서너 명의 무인들이 쓰러지고 적지 아니 당황한 정도맹의 무인들이 흔들리는 모습을 보이자 이를 지켜보던 당천호가 재빨리 싸움에 뛰어들었다.

"당황하지 마라! 무공이 뛰어나다고 하나 어차피 얼마 되지 않는 적이다! 차분하게 대응을 하라!"

거무튀튀하지만 날카로움을 지니고 있는 철조(鐵爪)에 막 목숨을 빼앗길 뻔한 복마단의 무인을 구해낸 당천호가 좌중을 둘러보며 소리를 질렀다. 그의 외침이 효과가 있었던 것일까? 처음 일 대 일로 상대를 맞아가던 정도맹의 무인들은 수적인 우세를 앞세워 서너 명이 한 명의 적을 두고 합공을 하기 시작하였다.

그럼에도 헌원강이 이끌고 온 고수들은 무공 수위가 개인마다 상당한 경지에 이른 사람들이었기에 합공을 당하면서도 쉽사리 밀리지 않았다. 물론 정도맹의 무인들 또한 조금 전처럼 허무하게 쓰러지는 인원들도 현저히 줄어들었다. 자연 싸움은 어느 쪽도 승리를 장담할 수 없는 혼전으로 치닫게 되었다.

"고맙소이다, 건청우 선배!"

일방적으로 밀리던 상황이 어느 정도 진정이 되자 당천호가 고개를 돌려 자신을 기다리고 있는 상대를 바라보았다. 철조를 막아갈 때부터 그가 누구인지 알고 있었던 당천호는 살짝 고개를 숙여 인사를 했다.

"고맙기는. 암왕에게 기습을 해봤자 통하지도 않을 것이고 망신을 당하느니 차라리 기다리기로 한 것이네."

건청우가 마주 인사를 하며 웃음을 지었다.

'철마조 건청우! 후~ 이런 인물까지도 패천궁에 가담을 했단 말인가? 하긴 어차피 정도의 인물이라고는 보기 어려운 인물이었지만……'

젊어서 약간의 안면이 있던 당천호는 건청우란 인물이 얼마나 무서운지 잘 알고 있었다. 겉모습은 그저 평범한 노인네에 불과했지만 두 자루의 철조만 손에 쥐면 세상에 무서울 것이 없다는 전대의 고수. 그가 바로 건청우였다.

"자네와 이렇게 만나게 된 것은 유감이지만 어쩔 수 없는 일. 그래, 암왕의 손속이 얼마나 무서운지 한번 견식을 시켜주겠나?"

"선배께서 원하신다면 마다하지 않겠소."

상대가 상대인지라 당천호는 극도로 조심하며 몸을 움직이기 시작했다. 건청우 또한 언제 어디서 날아올지 모르는 당천호의 암기에 신경을 쓰며 천천히 신형을 움직였다.

"다행히 밀리지는 않는 것 같습니다."

치열한 교전이 벌어지는 곳에서 조금은 벗어나 있는 곳에서는 싸움에 참여하지 못한 사람들이 안타까운 눈으로 전황을 주시하고 있었다.

지난 싸움에서 부상을 당한 무인들과 남궁상인을 보호하며 날카로운 눈으로 사태의 추이를 지켜보던 남궁검은 다소 안심이 되는 듯 안도의 한숨을 내쉬었다. 계속해서 많은 사상자가 나고 있었지만 정도맹의 무인들은 삼삼오오 짝을 지어 실로 뛰어난 무공을 지닌 고수들을 잘 막아내고 있었고, 당천호가 건청우를 상대하듯 황충이나 천검 진인과 같은 고수들 또한 자신의 상대를 맞아 치열하게 싸우고 있었다. 다만 기수곤과의 싸움에서 입은 부상에서 아직 완쾌되지 못한 해천풍만이 그 움직임이 불안하여 자주 위태로운 상황으로 몰리고 있었다. 하지만 그 역시 그런대로 잘 버티고 있었다.

"아미타불! 그렇지만 그렇게 좋은 상황만은 아닌 것 같습니다. 희생이 너무 큽니다."

관패와의 싸움에서 상당한 내상을 입어 미처 싸움에 끼어들지 못하던 무무가 괴로운 음성을 토해냈다.

"이 정도는 예상했던 것이 아니겠습니까?"

"아니 되겠습니다. 소승도 싸움에 나서야겠습니다."

결국 참지 못한 무무가 몸을 움직이려 하였다. 그러자 깜짝 놀란 남궁검이 황급히 만류를 했다.

"그 몸으론 무립니다. 겨우 진정시킨 내상만 크게 악화될 것입니다."

"그래도 이렇게 있는 것보다는 낫겠지요. 이곳을 부탁합니다."

무무는 남궁검의 만류에도 불구하고 재빨리 몸을 날렸다.

"이런, 어찌 저런 몸으로!"

남궁검은 순식간에 자신과 멀어지는 무무를 보며 안타까운 탄식을 내뱉었다.

비록 완쾌는 되지 않았지만 그래도 무무는 수호신승이었다. 강하게 나오는 적을 상대할 땐 적당히 물러서기도 하고 물러서는 적에게는 강하게 부딪쳐 가며 대단한 활약을 보여주었다.

"역시 소림은 대단하다!"

남궁검은 그런 무무를 바라보며 다시 한 번 소림의 위대함에 감탄을 하였다. 그때였다.

아무도 신경 쓰지 않고 있던 좌측의 숲, 남궁검과 부상자가 모여 있는 곳의 바로 뒤의 풀숲이 잠시 움직이는가 싶더니 한 사람의 신형이 어른거렸다. 너무도 은밀한 움직임이었기에 그의 등장을 인식한 사람은 아무도 없었다. 천천히 숲에서 몸을 뺀 사내는 모습을 드러낼 때와는 비교가 되지 않는 재빠른 움직임으로 남궁검을 향해 짓쳐들었다.

"헉!"

신경을 온통 전방의 싸움에만 쏟고 있던 남궁검은 갑작스레 자신에게 밀려드는 기운에 대경실색하여 재빨리 검을 들어 내려쳤다. 하나 그가 들을 수 있었던 것은 날카로운 금속성뿐이었다.

"이런!"

남궁검이 내려친 검을 맨손으로 막아낸 사내는 어느새 남궁검의 턱 앞까지 이르러 있었다.

"이따위 칼질은 나에게 조금의 상처도 입히지 못한다. 죽어랏!"

역겨움이 배어 나오는 웃음과 함께 드러난 얼굴!

해천풍과 천검 진인, 당천호의 합공을 여유있게 뚫고 달아난 기수곤이었다.

"쿠아악!"

기수곤의 공격을 가슴에 허용한 남궁검은 처절한 비명을 지르며 뒤로 밀려났다. 기수곤의 손길이 닿은 남궁검의 가슴은 움푹 함몰되었고 상처를 중심으로 검은 독기가 순식간에 전신으로 퍼져 나갔다.

"죽어라! 죽어!"

"으아악!"

"으악!"

단숨에 남궁검을 쓰러뜨린 기수곤은 부상자들을 보호하고 있던 몇 명의 무인들마저 순식간에 제거하고 미처 피하지 못한 채 분노에 찬 눈으로 그를 노려보는 부상자들을 마구 해치기 시작했다.

"멈춰랏!"

목숨을 잃으며 비명을 지르는 부상자들의 외침이 장내를 울리자 그제야 기수곤의 만행을 눈치 챈 몇 명의 무인들이 그의 행동을 제지하기 위해 몸을 날렸다. 하지만 그때는 이미 대부분의 무인들이 목숨을 잃은 상태였고 그나마 나머지 인원들도 기수곤이 내뿜는 독에 중독되어 도저히 살아날 가망이 없는 상태였다.

기수곤은 자신에게 다가오는 무인들에 대해선 조금도 신경 쓰지 않고 한쪽 구석에서 죽은 듯이 누워 있는 노인에게 다가갔다.

"당신이 검성이란 사람인가?"

정신을 잃고 있던 남궁상인은 자신의 몸이 공중으로 떠오르는 것을 느끼며 서서히 눈을 떴다. 그리고 그가 본 것은 온통 살기로 범벅이 되어 있는 한 사내의 두 눈이었다. 순식간에 상황을 파악한 남궁상인은 떴던 눈을 다시 감고 말았다.

"악적! 할아버님을 내려놓아라!"

기수곤에게 가장 먼저 달려가 검을 날린 사람은 다름 아닌 남궁혜였다. 남궁상인으로부터 남궁가의 모든 검법을 이어받고 그 실력이 날로 일취월장(日就月將)하여 지금은 손꼽히는 고수로 변모한 그녀의 공격은 실로 날카로운 면이 있었다. 하나 기수곤을 향해 날아가던 남궁혜의 공격은 제대로 이어지지 못했다. 아무리 기수곤을 공격한다지만 할아버지인 남궁상인의 목에 검을 겨눌 수는 없었기 때문이다.

남궁상인의 목을 움켜쥐고 축 늘어진 몸을 다가오는 검에 들이대는 것으로 흉험한 공격을 간단히 막아낸 기수곤은 뒤로 물러나는 남궁혜를 바라보며 음침한 괴소를 질렀다.

"흐흐흐! 어디 더 발작을 해보거라!"

"네, 네놈이 감히!!"

남궁혜는 기수곤의 비겁한 짓에 치를 떨었으나 남궁상인이 기수곤의 손아귀에 잡혀 있는 이상 아무런 행동도 할 수가 없었다.

"남궁 가주님께 가보시오. 그분께서도 큰 부상을 당하신 듯하외다."

남궁혜의 곁으로 다가온 곽검명이 한쪽 구석에 쓰러져 있는 남궁검을 바라보며 말을 하였다. 쓰러져 있는 남궁검에겐 이미 단견이 달려가 있는 상태였다. 그제야 남궁검 또한 공격을 받았다는 것을 인식한 남궁혜가 몸을 돌렸다. 그러나 다가오는 단견의 음성은 그녀의 발걸음을 단번에 멈추게 만들었다. 원독(怨毒)에 찬 눈으로 기수곤을 노려보던 단견이 힘없이 중얼거렸다.

"이미 늦었습니다. 벌써 절명(絶命)하셨습니다."

"큰아버님이……."

단견의 말에 그 자리에서 신형이 얼어붙은 남궁혜는 잠시 동안 아무런 말도 하지 못하고 넋을 잃었다. 그러나 상황은 그녀로 하여금 슬픔을 느낄 만한 여유도 주지 않았다.

"뭣들 하느냐? 덤비려면 어서 덤비거라!"

기수곤은 자신을 포위하고 있는 곽검명 등을 둘러보며 한껏 여유로운 자세를 취했다. 하지만 그 누구도 함부로 움직이지 못했다. 기수곤의 실력도 실력이지만 그의 손에 남궁상인이 잡혀 있었기 때문이다.

"비겁한 놈! 당장 할아버님을 내려놓지 못하겠느냐!"

이러지도 저러지도 못하던 남궁혜가 소리를 지르고 어느새 이들의 곁으로 다가온 천검 진인 또한 기수곤을 향해 입을 열었다.

"정신을 잃고 있는 사람을 잡고서 위협을 하는 것은 무인으로서 할 짓이 아닌 법. 그를 풀어주고 지난번의 승부를 매듭 짓도록 하세나."

천검 진인마저 가세를 하자 흥미로운 표정을 지은 기수곤이 천천히 걸음을 옮겼다.

"호~ 그때 그 노도장이구려. 하긴 그때 못 본 승부를 보기는 보아야겠지. 그러니까 이 영감이 있어서 덤비지 않는 모양이군."

주변을 둘러보던 기수곤의 안색이 돌변한 것은 바로 그때였다.

"덤비지 않는다면 덤비게 만들면 되겠지."

우둑!

"안 돼!!"

기수곤이 남궁상인을 잡고 있던 손을 하늘로 끌어 올릴 때부터 뭔가를 느낀 남궁혜가 소리를 질러 만류하고자 하였지만 너무 늦고 말았다. 조금의 미동도, 저항도 없이 온몸을 내맡긴 남궁상인의 목뼈는 너무나도 약했다. 기수곤이 별다른 힘도 주지 않은 것 같음에도 묘한 소성과 함께 수십 년 동안 남궁상인의 자존심을 꼿꼿하게 세우던 고개가 꺾여지고 동시에 남궁상인의 눈이 치켜떠졌다. 희미해지는 시선 속으로 경악에 찬 남궁혜의 모습이 보이자 무슨 말인가를 하고 싶었지만 목소리가 나오지 않았다. 결국 살며시 웃음을 지은 남궁상인은 힘없이 고개를 떨구었다.

검성이라는 이름으로 무림을 질타하며 일세를 풍미(風靡)했던 남궁상인으로서는 너무나 허망한 죽음이었다.

"할아버지!!"

"어르신!"

손쓸 틈도 없이 순식간에 벌어진 일에 기수곤을 둘러싸고 있던 이들이 경악을 금치 못하고 있을 때 얼굴 가득 짙은 살소(殺笑)를 지은 기수곤의 몸이 천천히 움직이기 시작했다.

"이만하면 덤빌 마음이 생기겠지."

목이 꺾여 축 늘어진 남궁상인의 몸을 집어 던진 기수곤이 주위를 둘러보며 오만한 표정을 지었다.

"네놈만큼은 반드시 죽이고 말겠다!"

기수곤과 이미 악연이 겹친 곽검명과 단견이 동시에 몸을 날렸고 때를 같이하여 두어 명의 무인들이 공격을 하였다. 그러나 이들의 공격을 여유롭게 피한 기수곤은 우두커니 서 있는 천검 진인을 향해 손짓을 하였다.

"승부를 보자면서 왜 가만있는 것이오? 그렇게 머뭇거리면 그나마 때를 놓칠 것인데… 이렇게 말이지."

기수곤은 재빨리 몸을 틀며 주먹을 뻗었다. 그리고 들려오는 외마디 비명.

"커헉!"

기수곤의 시선이 천검 진인에게 향하자 그것을 틈으로 여긴 화산의 제자가 재빨리 공격을 하였지만 웬만한 공격에 상처도 입지 않는 기수곤에게 그런 공격이 통할 리가 만무했다. 오히려 반격을 당하여 가슴을 꿰뚫린 사내는 별다른 힘을 써보지 못하고 그대로 목숨을 잃고 말왔다.

"그때 공격은 제법 아팠소이다. 난 내 몸에 그만한 상처를 입힐 수 있는 공격이 있다곤 생각도 못했는데… 제아무리 단단한 몸뚱이를 지니고 있어도 무방비로 당하면 그렇게 상처를 입는다는 것을 도장을 통해 알게 되었지 뭐요. 고로 다시는 그런 방심을 하지 않을 것이란 말이지. 어림없는 짓!"

방금 공격이 무용지물이었다는 것을 보았으면서도 틈이 생기자 주저없이 공격을 한 또 한 명의 화산 제자를 간단하게 쓰러뜨린 기수곤이 득의의 미소를 지었다.

"크하하하! 마음껏 덤벼보거라!"

"닥쳐라!"

자신들의 공격은 신경도 쓰지 않고 여유만만한 기수곤의 태도에 분기탱천한 곽검명과 단견은 자신들이 지니고 있는 최고의 무공을 이용하여 기수곤을 공격했다.

"호~ 제법인걸."

나이는 어렸지만 한 명은 개방의 소방주이고 다른 한 명은 화산에서도 내놓은 무공광이었다. 그 위력이 남다를 수밖에 없었다. 그럼에도 기수곤은 여유가 있었다. 별다른 위협을 느끼지는 못했지만 그대로 공격을 허용하면 자신 또한 약간의 피해는 입을 것이란 생각을 한 기수곤이 코웃음을 치며 몸을 움직였다.

"어림없다!"

기수곤이 몸을 돌려 피할 것까지 예상을 했다는 듯 모든 방위를 차단하고 밀려오는 곽검명과 단견의 공격은 마치 오랫동안 이날을 위해 합공만을 연구한 이들처럼 완벽했다. 더구나 침묵을 지키고 있던 천검 진인마저 검을 들고 공격에 합세를 하자 그 공격의 위력은 더욱 배가 되었다.

"크하하하! 꽤 괜찮은 공격이다만 이따위에 당할 나였다면 애당초 어두컴컴한 지하실에서 일찌감치 죽었을 것이다."

이미 해천풍과 당천호, 천검 진인의 합공에도 밀리지 않고 오히려 해천풍에게 심각한 부상을 입힌 기수곤은 조금도 물러서지 않았다. 어깨에 적중한 단견의 타구봉은 별다른 충격을 주지 못했고 곽검명이 날린 검 또한 자신의 단단한 몸을 과시라도 하듯 그대로 허용한 기수곤은 천검 진인의 공격만을 막아갔다. 막는 것과 동시에 검을 돌려 곽검명을 물러나게 하고 단견에게도 위협을 가했다.

공격을 시작할 때부터 호흡을 멈추고 기수곤의 전신에서 뿜어져 나오는 독기에 대비한 이들은 기수곤이 검을 휘두를 때마다 검은 기운이 솟구쳐 오르는 것을 보자 감히 접근할 엄두를 내지 못했다.

"크하하하! 방금 전의 기세는 어디 간 것이냐?"

단 한 번의 방어와 공격으로 단숨에 승기를 잡은 기수곤은 장내가 떠나가라 광소를 터뜨렸다. 그러면서도 공격의 고삐는 조금도 늦추지 않았다. 기수곤은 천검 진인을 집중적으로 공격하며 단견과 곽검명에게도 경계를 소홀히 하지 않았다.

'힘들겠구나!'

기수곤의 거센 공격을 근근히 막아내던 천검 진인은 절로 어두운 안색이 되고 말았다.

일전에 벌어졌던 싸움에서도 당대에서 손꼽히는 고수인 당천호와 해천풍까지 가세하여도 쉽사리 제압하지 못하던 상대였다. 그런데 지금은 그들과 비교도 안 되는 곽검명과 단견의 도움을 받아 싸움을 하는 중이었다. 처음의 의욕은 좋았지만 그들은 기회가 생겨도 기수곤에게 접근하지를 못했다. 접근을 하기엔 기수곤이 뿜어내는 독의 위력이 너무나 지독했다.

"헛!"

결국 기수곤의 공세에 견디지 못한 단견이 왼쪽 다리에 약간의 상처를 입고 말았다. 하나 상처도 상처 나름, 기수곤에게 당한 상처는 아무리 사소한 것이라 하더라도 절대로 가벼이 보아 넘길 수가 없는 것이었다. 검에서 뿜어져 나온 검은 기운에 종아리를 약간 베인 것뿐이지만 어느새 독기가 무릎을 타고 허벅지까지 이르고 있었다. 이미 기수곤의 독의 지독함을 너무나 잘 알고 있는 곽검명은 조금도 망설이지 않았다.

"미안하다."

"크윽!"

질끈 눈을 감고 휘두른 곽검명의 검에 단견의 다리가 잘려져 나가고 고통스런 비명을 지른 단견은 그 와중에서도 타구봉을 의지하여 재빨리 뒤로 물러났다.

"호오~ 대단한데? 그만한 상처에 그토록 무자비하게 손을 쓸 것은 없지 않은가?"

잠시 손을 멈추고 단견이 물러나는 것을 바라보는 기수곤의 입가에 한껏 비웃음이 그려졌다.

"닥쳐라!"

분노에 이성을 잃은 곽검명은 자신의 몸을 돌보지 않고 기수곤에게 달려들었다. 하지만 천검 진인이 보기엔 그것은 자살 행위나 다름없었다. 아니나 다를까 곽검명이 날린 검을 막을 생각도 없이 자신의 몸에 허용한 기수곤의 눈이 싸늘하게 식어갔고 동시에 손에 들린 검이 꿈틀거렸다. 혼신의 힘을 다한 공격이 무위로 끝나자 곽검명은 피할 생각도 하지 못했다.

"안 돼!"

그 모습을 지켜보던 천검 진인이 재빨리 공격을 하며 위기에 빠진 곽검명을 구하고자 하였지만 손을 쓰기엔 너무 늦고 말았다.

'젠장!'

곽검명은 자신에게 다가오는 기수곤의 검을 느끼며 눈을 감고 말았다. 하지만 기수곤의 공격은 어둠을 뚫고 대지를 밝히는 새벽녘 미명과 같은 한줄기 검기에 의해 멈추어지고 말았다.

"누구냐!"

기수곤은 자신의 공격을 무위로 돌리고 곽검명을 구한 검기의 주인을 찾았다. 검기의 주인은 쉽게 찾을 수 있었다. 자신이 던진 남궁상인의 주검을 수습한 남궁혜가 원독에 찬 눈으로 자신을 노려보고 있었기 때문이다.

"흠, 제법이군, 계집."

남궁혜가 방금 보여준 검기의 수준이 여타 절정고수에 비해 뛰어나면 뛰어났지 절대로 손색이 없다는 것을 안 기수곤의 입에서 약간은 감탄이 섞인 음성이 새어 나왔다.

"그러나 거기까지다. 바뀌는 것은 없다."

감탄을 하는 것도 잠시, 기수곤은 조금 전과 마찬가지로 연이은 공격을 퍼부었다. 그리고 그의 장담대로 단견이 싸울 때나 남궁혜가 싸울 때나 상황은 별반 달라지지 않았다. 기수곤의 일방적인 공격이 이어지고 곽검명, 남궁혜는 물론이고 천검 진인마저 반격은커녕 공격을 피하기에 급급했다. 때때로 이들을 지원하기 위해 몇몇 무인들이 끼어들기도 하였지만 그들 역시 별다른 도움이 되지 못했다.

지금 이 상황을 타개하기 위해서는 최소한 천검 진인과 보조를 맞춰 줄 정도의 무공을 지닌 사람이 필요했다. 하지만 그 정도의 무공을 지닌 사람들은 저마다 상대를 맞아 치열하게 싸움을 하고 있었다.

"크헉!"

싸움이 시작된 지 반 시진. 마침내 가장 우려한 일이 벌어지고 말았다. 기수곤의 집중적인 표적이 된 천검 진인이 더 이상 견디지 못하고 가슴 어귀에 일검을 허용하고 말았다. 그렇지 않아도 몸에 침투한 독기를 억누르느라 애를 쓰던 천검 진인에겐 가슴에 입은 상처는 말 그대로 치명상이었다.

"막아라!"

기수곤이 천검 진인의 목숨을 확실히 끊어놓을 요량으로 달려들자 곽검명을 비롯하여 몇몇 무인들은 목숨을 걸고 기수곤의 앞을 가로막았다. 그들이 목숨으로 잠시 시간을 지연한 틈을 탄 남궁혜가 재빨리 천검 진인의 몸을 부축하여 몸을 뺐다. 그러나 기수곤의 공격을 허용한 순간 천검 진인은 이미 그 목숨을 잃은 상태였다.

"노도장님! 노도장님!"

남궁혜는 천검 진인의 몸을 흔들며 몇 번이고 그의 이름을 불렀다. 하지만 명을 다한 천검 진인이 대답을 할 리가 만무했다.

"어, 어떻게… 어떻게 이럴 수가……!"

기수곤, 아니, 독혈인이라는 괴물을 눈앞에 둔 남궁혜는 이제 모든 것이 끝이라는 절망감에 사로잡혀 할 말을 잃었다. 천검 진인의 상처에 손을 댄 그녀의 손은 벌써 중독 현상을 보이며 변하고 있었고 더구나 앞을 가로막는 정도맹의 무인들을 뚫고 기수곤이 천천히 접근을 하고 있었다.

'이렇게 끝나는 것인가?'

제38장

구원(舊怨)

구원(舊怨)

주변에서는 아직도 치열한 싸움이 진행되고 있었고 지금은 정도맹에서 상당히 우위를 점하고 있는 상황이었지만 기수곤이라는 괴물 앞에서 이미 저항을 포기한 남궁혜는 죽음을 생각하고 있었다. 그런 그녀의 뇌리에 문득 떠오르는 사람이 있었다.

궁귀 을지소문!

남궁혜는 천천히 두 눈을 감고 그와의 첫 만남을 생각하고 있었다. 자신만의 일방적인 사랑이었지만 그냥 그대로 좋았던 사람이었다.

'그는 지금쯤 무엇을 하고 있을까? 죽기 전에 꼭 한 번이라도 보았으면 얼마나 좋을까? 하지만……'

자신의 생각이 얼마나 부질없는 것인지 너무나 잘 알고 있는 남궁혜는 피식 웃음을 터뜨리고 말았다. 그런데…….

"쯧쯧, 이 상황에서 웃음이 나오시오? 어서 운기를 시작하시오. 독이 벌써 팔꿈치를 지났소이다."

갑자기 들려오는 목소리!

그를 알게 된 이후 단 한 번도 잊지 못한 음성이었다. 그리고 등 뒤에서 밀려오는 따듯한 기운!

'아! 신이시여!!'

어둠 속에서 한줄기 빛을 만났을 때의 느낌이 지금과 같을까? 남궁혜는 벅차오르는 기쁨을 주체할 길이 없었다. 하나 그런 기쁨도 잠시 소문의 도움을 얻은 남궁혜는 손을 타고 오르는 독기를 몰아내기 위해 운기를 시작했다. 그 모습을 바라보던 소문이 묘한 표정으로 자신을 바라보고 있는 기수곤에게 시선을 던졌다.

"오랜만이오. 잠시만 기다려 주시구려. 우리의 회포는 조금 후에 풀도록 합시다."

"오! 이게 누구신가? 명성이 하늘을 찌르는 궁귀 대협이 아니신가? 기다리지. 암! 잠깐을 못 기다릴 내가 아니지."

기수곤이 흔쾌히 고개를 끄덕이며 대답을 했다.

"이런, 몸에 무슨 이상이라도 있는 모양이구려. 목소리가 말이 아니외다."

소문의 말에 기괴한 웃음을 보인 기수곤은 싸움을 멈추고 한쪽으로 물러났다. 사정을 모르는 사람이 들으면 무척이나 다정해 보이는 소문과 기수곤의 대화. 하지만 기수곤이 물러나자 그 자리에서 주저앉아 거친 숨을 몰아쉬고 있는 곽검명과 한쪽 다리를 잃고 울분을 삼키고 있는 단견 등을 바라보는 소문의 눈은 이미 차갑게 식어 있었고, 그런 소문을 바라보는 기수곤의 눈 또한 예사롭지 않았다.

기수곤의 독이 비록 찾아보기 힘들 정도로 지독한 절독이었으나 소문의 도움을 받은 남궁혜는 순식간에 독을 몰아내고 예전의 신색을 되찾을 수 있었다.

"오랜만입니다. 몸은 괜찮으십니까?"

소문은 남궁혜가 독을 몰아냈다는 것을 알고 입가에 미소를 지으며 인사를 했다.

"예, 덕분에……."

그토록 그리워하고 사모하는 사람이었지만 막상 눈앞에 나타나자 뭐라 말을 할 수가 없었던 남궁혜는 간단히 대답을 하고는 입을 다물었다.

"일단 몰아내기는 하였지만 아직 무리를 해선 안 될 것입니다. 꽤나 지독한 독이라 말이지요. 그래, 할아버님과 가주님께서는 무고하십니까? 뵙지 못한 지가 꽤 되었습니다."

남궁혜의 마음을 아는지 모르는지 소문은 평소 자신과 안면이 깊었던 남궁상인과 남궁검의 안부를 물었다. 하지만 오상의 애를 태우며 늦장을 피우고 있던 소문이 병장기가 부딪치는 소리를 듣고 이곳에 도착하기 바로 직전, 그들은 이미 기수곤에 의해 목숨을 잃었던 터였다. 소문의 질문을 받은 남궁혜는 뭐라 말을 잇지 못하더니 그동안 참고 참았던 눈물을 보였다. 그리곤 소문의 품으로 뛰어들었다.

"할아… 버님은… 흑흑!"

"아, 아니, 남궁 소저!"

영문을 알 길 없는 소문은 눈물을 흘리며 자신에게 안기는 남궁혜의 행동에 깜짝 놀라 어쩔 줄을 몰라 했다. 하지만 남궁혜는 소문의 반응에 아랑곳없이 더욱더 가슴 깊이 안기며 울음을 터뜨렸다.

"이, 이것 참……."

자신의 품에 안겨 구슬프게 눈물을 흘리는 남궁혜를 남녀가 유별하
다 하여 매정하게 떼어놓을 수 없었던 소문은 그녀의 등을 살며시 두
드리며 멋쩍은 표정으로 주변을 살폈다. 혹시 이상한 눈으로 쳐다보는
사람이 있을까 염려를 한 것이었지만 한참 전부터 치열한 싸움이 벌어
지는 상황에서 그녀가 소문에게 안겨 있는 것을 볼 수 있던 사람은 얼
마 되지 않았다. 그렇게 주변을 살피던 소문과 거친 숨을 몰아쉬며 휴
식을 취하던 곽검명의 눈이 마주쳤다. 뭔가를 바라는 표정. 소문의 표
정을 바라본 곽검명이 무거운 음성으로 입을 열었다.

　　"검성 어르신과 가주께서는 이미 저자에게 목숨을 잃으셨네. 뿐만
아니라 막내도 저 지경이 되었고."

　　곽검명의 시선을 따라 지혈(止血)을 하고 있는 단견의 다리로 이동
하는 소문의 시선. 단견은 그런 소문을 바라보며 소리쳤다.

　　"홍! 이까짓 상처쯤이야 아무것도 아니오! 내 힘이 없어 저놈을 쳐
죽이지 못하는 것이 한(恨)일 뿐이지. 하지만 형님이 오셨으니 되었소.
이제 큰형님의 원수도 갚고 형수님의 원수도 갚게 되었으니 말이오.
다리 하나 잃었다고 큰일이야 있겠소."

　　단견의 말이 끝나기가 무섭게 한가로이 서 있던 기수곤이 몸을 움직
였다.

　　"크하하하! 누가 누구에게 원수를 갚는다는 것이냐? 빚을 받을 사람
은 오히려 나일 텐데. 안 그러냐? 네놈에게 죽은 만독문의 형제들이 얼
마이더냐? 듣자 하니 얼마 전에도 만독문의 마지막 남은 장로님은 물
론이고 독혈인도 네놈에게 희생되었다는 말을 들었다. 원수라… 적반
하장도 이 정도면 대단하군. 그나저나 언제까지 그렇게 있을 것이냐?
더 이상 기다리다가는 내가 견디지 못할 것 같다. 울고 짜고 하는 짓은

나중에 하는 것이 어떠하냐? 하긴, 곧 죽으면 그 짓도 못하겠지만."

이미 봉천의 죽음을 알고 있는 기수곤의 눈이 스산하게 변해갔다. 그의 말대로 이렇게 참고 있는 것도 그로선 대단한 인내력이었다.

"훗, 말이 무슨 필요가 있겠소. 난 당신에게 원한이 있고 당신은 나에게 원한이 있으니!"

기수곤의 말이 들려올 때부터 주체하지 못하던 마음을 수습한 남궁혜가 소문의 품에 묻었던 고개를 들고 천천히 뒤로 물러났다. 소문의 눈은 그런 남궁혜를 바라보고 있지 않았다. 서로를 바라보기 민망한 마음도 있었지만 기수곤이 자신을 향해 천천히 다가오고 있었기 때문이다.

"네 말이 맞다. 강호의 원한은 모든 것이 실력으로 결정된다. 네가 이기면 네가 옳은 것이고 내가 이기면 내가 옳은 것이 된다. 말을 해서 무엇 하리. 덤벼라!"

소문의 정면으로 다가온 기수곤이 자신감의 표현인지 아니면 만용인지 두 팔을 벌리고 소문에게 손짓했다.

"거기까지 갈 필요가 있겠소? 그저 당신은 내 공격이나 받으면 되는 것이오."

어느새 소문의 손에는 철궁이 들려 있었고 시위가 팽팽하게 당겨져 있었다.

핑!

시위가 소문의 손을 떠나고 당겨졌던 시위가 제 위치를 찾으면서 뭔가가 기수곤을 향해 날아갔다. 이어 기수곤의 가슴 어귀에서 상당한 파열음이 들려왔다.

"홍!"

두어 걸음 뒤로 물러선 기수곤은 가슴을 쓸어 내리며 냉소를 지었다.

"겨우 이 정도더냐? 이따위 것으론 다른 사람들은 모르나 나를 쓰러뜨리진 못한다. 이미 뒈진 저 늙은이에게 완전히 무방비 상태로 있다가 한번 당하기는 했었지만 상처라고 해봐야 겨우 조금 찢어진 정도에 불과했다."

기수곤은 숨을 거두고 땅에 누워 있는 천검 진인을 바라보며 한껏 자신감을 드러냈다. 독왕의 모든 내공을 이어받고 끔찍할 정도로 힘들었던 연공 과정을 통해 성취한 독혈인의 경지. 기수곤이 강한 자신감을 보일 정도로 지금 그는 이전의 독혈인과는 차원이 다를 정도로 강력했다.

"제법 단단하기는 한 것 같소. 그러나 그런 자신감을 가질 정도인지는 의문이 가는구려."

"의문이 가면 겪어보면 될 것이다."

기수곤은 말을 마침과 동시에 몸을 날렸다. 가공할 정도로 빠른 몸놀림으로 휘두르는 검에서는 흑색 기운이 줄기줄기 방출되었다. 그러나 그렇게 빠르고 흉험한 기수곤의 공격은 다른 이에게는 모르겠지만 소문에겐 전혀 위협이 될 수 없었다. 기수곤이 다가오는 것보다 두 배는 빠르게 몸을 움직인 소문의 신형은 처음 기수곤의 공격이 시작된 곳에서 느긋하게 그를 바라보고 있었다.

"여전히 빠르구나! 하지만 언제까지 공격을 피할 수 있을 것이라 생각하느냐?"

소문의 몸놀림이 어떠하다는 것을 익히 알고 있던 기수곤이었지만 막상 눈앞에서 직접 경험하자 화가 나면서도 약간은 감탄하는 듯한 표정을 지었다.

"피할 생각은 없소. 그까짓 독 따위가 나에게 위협이 될 것이라 생각하는 것은 아니리라 믿소. 나는 다만 번거로운 것이 싫을 뿐이오. 내가 누구요? 뭐, 원하지는 않았지만 궁귀라는 이름을 지니고 있소이다. 난 궁으로써 상대할 것이니 그리 불만을 갖지는 마시오. 자, 그럼 막아보시구려. 아까와는 다를 것이오."

소문은 천천히 시위를 당겼다. 피할 수 있으면 피해보라는 식이었지만 기수곤 또한 코웃음을 치며 조금도 물러서지 않았다.

조금 전과 마찬가지로 형체도 없이 날아간 무영시. 하나 이번엔 기수곤의 가슴에 적중하지 못했다. 한 번이야 자신을 과시하기 위해서라도 그냥 허용을 했지만 두 번은 그럴 수 없었던 기수곤이 재빨리 검을 들어 자신에게 날아오는 무영시의 기운을 흔적도 없이 날려 버렸다.

"호오! 제법이구려. 그렇다면 이것도 한번 막아보시오."

당연히 그럴 줄 알았다는 듯 입가에 미소를 지은 소문은 재차 시위를 튕겼다.

"안 된다고 했을 텐데?"

자신에게 빠르게 다가오는 무영시를 간파한 기수곤은 성공하지도 못하는 공격을 계속해서 일삼는 소문의 행동에 짐짓 가소로운 표정을 지으며 검을 들어 올렸다. 그러나 그런 그의 생각이 얼마나 어리석은 것이었는지를 아는 데에는 찰나(刹那)의 시간도 걸리지 않았다.

평범하게 날아오던 이전과는 달리 갑자기 방향을 틀어 하늘로 솟구친 무영시가 지상에 처박히는 뇌전(雷電)을 연상시키며 기수곤의 정수리를 향해 내리박힌 것은 기수곤의 검이 무영시에 막 부딪치기 일보직전의 일이었다.

"헛!"

의외의 상황에 깜짝 놀란 기수곤이 재빨리 고개를 틀어 머리를 보호했지만 온몸을 다 보호할 수는 없었다. 기수곤의 왼쪽 어깨에 정확하게 적중한 무영시는 기수곤으로 하여금 절로 무릎을 굽히게 만들었고 상당한 충격을 안겨주었다. 그럼에도 워낙 단단한 몸을 지니고 있는 기수곤이기에 무영시로도 확실히 그 몸을 꿰뚫지 못했는데, 그것은 어쩌면 소문의 공격도 다른 이들과 마찬가지로 독혈인이 된 기수곤에겐 효과적으로 통하지 않을지도 모른다는 것을 의미했다.

"흐흐흐! 이제는 그 따위 유치한 잔꾀까지 부리는구나. 그러나 어쩌지? 내 피부가 꽤 단단한 모양이니."

기수곤은 무영시가 적중한 왼쪽 어깨를 쓰다듬으며 진한 살소를 내뱉었다.

"잔꾀라니 섭섭하외다. 그래도 그것이 이기어시(以氣馭矢)라고 상당히 알려진 것인데 말이오."

소문은 서운한 표정을 지으며 또다시 활시위를 당겼다. 그런데 이번엔 하나의 화살이 아니었다. 도저히 방향을 예측할 수 없이 날아오는 두 발의 무영시. 그리고 기수곤이 그중 한 발의 무영시에 몸을 허락하고 비틀거리자 소문은 잠시의 틈도 주지 않고 시위를 퉁겼다. 이번엔 세 발이었다. 궁왕도 감탄을 금치 못했던 세 발의 무영시가 이리저리 방향을 틀어가며 기수곤을 노리고 날아갔다.

"이놈이!"

별다른 효과도 없는 공격을 계속해서 한다는 것은 소문이 자신을 놀리는 것이라고밖에 생각할 수 없었던 기수곤은 대노한 나머지 자신의 몸에 무영시가 적중을 하든 말든 상관을 하지 않고 신형을 움직여 집요하게 소문을 쫓았다. 하나 그런 기수곤의 노력은 모두 헛된 것에 불과했으니… 조금의 흐트러짐도 없이 여유작작하게 몸을 놀리는 소문은 항상 간발의 차이로 기수곤의 손속을 피해냈고 그때마다 시위를 떠난 무영시가 기수곤의 몸을 두들겼다.

잠깐 동안에 기수곤의 몸에는 근 십여 발의 무영시가 적중을 했다. 기수곤이 아닌 다른 사람이었다면 열 번을 죽고도 남았을 공세였지만 독혈인으로 화한 기수곤의 몸은 그저 이곳저곳에 약간의 상처를 입었을 뿐 눈에 띌 정도로 큰 상처는 보이지 않았다.

"저자가 저렇게 강할 줄이야! 그럴 리야 없겠지만 이러다가 소문 형님이 혹 위험해지는 것은 아닌지……."

둘의 싸움을 지켜보던 단견은 거듭되는 소문의 공격이 기수곤에게 별다른 피해를 주지 못하자 심히 걱정이 되는 듯 다리의 고통도 잊고 중얼거렸다. 단견의 심정과 마찬가지인 남궁혜 또한 내색은 하지 않으나 가슴을 졸이며 염려스러운 시선으로 소문의 일거수일투족을 바라보고 있었다. 하지만 그들의 곁에서 싸움을 지켜보는 곽검명만은 달랐다.

"절대로 그런 일은 없다. 소문이 위험해진다는 것은 있을 수가 없는 일이야."

"그렇지만 아무리 공격을 해도 상대에게 타격을 주지 못하면 종내에는 힘에 부치기 마련입니다."

단견이 곽검명의 말에 이해가 가지 않는다는 듯 반론을 했다.

"타격을 주지 못하는 것과 주지 않는 것은 엄연히 다른 것이다."

"예?"

"네 눈에는 지금 소문이 최선을 다하고 있다고 생각하느냐? 내가 아는 한 소문의 무공은 저렇지 않다. 그가 날리는 무영시는 그 어떤 고수의 검기보다 강력한 위력을 지니고 있다. 그런데 보거라. 지금 날리고 있는 것은 형태만 무영시일 뿐 위력은 전혀 다르다. 저 정도라면 내가 펼치는 검기와 비슷한 수준이라 할 수 있을 것이다. 저 정도가 소문이 지닌 궁술의 전부라면 지나가는 개가 웃지 않겠느냐?"

"그렇다면 일부러 그런다는 말씀이신가요?"

둘의 대화에 기를 기울이던 남궁혜가 재빨리 질문을 했다.

"그렇습니다. 지금 저렇게 웃고 있지만 그의 두 눈을 자세히 보십시오. 북해(北海)의 얼음보다 차갑고 깊은 바다 속처럼 끝을 알 수 없는 저런 냉정한 눈을 하면서 웃을 수 있다는 것이 신기하지 않습니까? 그는 지금 기수곤을 쓰러뜨리지 못해서 저러고 있는 것이 아니라 어떻게 하면 가장 잔인한 방법으로 쓰러뜨릴까 연구하는 것입니다. 맹수가 사냥감을 놀리는 것과 마찬가지로 말이지요. 기수곤 또한 그것을 알기에 더욱 화가 나 자신을 돌보지 않고 달려드는 것입니다."

"하지만……."

남궁혜는 곽검명의 말에 안심을 하였지만 불안한 마음이 드는 것은 어쩔 수 없었다.

"끄아아! 도망만 다니지 말고 덤비거라! 더 이상 네놈의 얄팍한 공격은 나에게 통하지 않는다는 것을 모르느냐? 정 그렇게 도망을 다닌다면 나도 더 이상 네놈을 쫓지 않겠다! 이곳엔 나에게 빚을 진 놈들이 많이 있으니!"

한참을 쫓아다녀도 소문의 신형은 고사하고 그림자도 잡지 못하여 화가 머리끝까지 치솟은 기수곤은 단견과 곽검명을 노려보며 괴성을 질러댔다. 그러자 그때까지 장난치듯 무영시를 날려대며 기수곤의 주변을 돌던 소문의 신형이 거짓말처럼 멈추어졌다.

"도망친 것으로 보였던가? 난 지금까지 그대에게 나를 죽일 기회를 준 것이다. 제대로 된 공격도 하지 않고 피하기만 하는 나를 잡지도 못하면서 그런 자신감이라……."

싱글싱글 웃고 있었던 소문의 표정이 일변한 것은 바로 그때부터였다.

"이제까지 그대에게 빚을 갚을 충분한 시간을 주었으니 이제는 내 차례다. 덤벼도 좋고 도망을 쳐도 좋다. 하지만 나의 공격이 지금과 같을 것이란 생각은 하지 않는 것이 좋을 것이다."

싸늘히 냉소를 지은 소문은 손에 잡히는 대로 나뭇가지를 집어 들었다. 소문의 손에 들린 나뭇가지는 정확하게 세 개였다.

"몸에 대한 자신감이 상당하군. 하지만 과연 그럴까? 그 따위 몸뚱어리가 내게는 얼마나 우습게 보이는 것인지 보여주마."

소문은 세 개의 나뭇가지를 동시에 기수곤을 향해 날렸다. 별다른 힘도 실리지 않은 것처럼 느껴지는 세 개의 화살. 느릿느릿 기수곤에게 날아가는 화살이 변화를 보인 것은 순식간이었다.

'이것은 뭔가?'

무영시에 비하면 그다지 빠르지도 위력도 없어 보이는 화살. 소문이 날린 나뭇가지는 분명 세 개였지만 기수곤에겐 그렇지 않았다. 처음 날아올 때 세 개였던 것이 순식간에 수십 수백의 화살로 변해 버렸다.

환영시(幻影矢)!

그랬다. 궁왕이 절체절명(絶體絶命)의 위기에서 최후의 절기로 내보였던 환영시가 소문의 손에 재현되는 것이었다. 궁왕의 환영시는 소문의 손에 깨어졌지만 지금 환영시를 선보이는 사람은 궁왕이 아닌 소문이었고 당하는 사람도 소문이 아닌 기수곤이었다. 일순 어떻게 대응해야 하는지를 판단하지 못한 기수곤은 자신에게 다가오는 화살을 향해 마구잡이로 검을 휘둘렀다. 하지만 수백의 그림자 중 진짜는 오직 세 개. 기수곤은 단순히 환영만을 베고 있을 뿐이었다.

퍽! 퍽! 퍽!

"크헉!"

묘한 격타음과 함께 기수곤의 비명이 들려왔다. 그리고 드러나는 기수곤의 모습. 기수곤은 도저히 믿어지지 않는다는 표정으로 자신의 가슴을 바라보고 있었다. 그런 그의 오른쪽 가슴에는 볼품없는 나뭇가지 하나가 깊숙이 박혀 있었다.

"이, 이것이……."

처참하게 일그러지는 기수곤의 얼굴. 가슴을 후벼 파는 몸의 고통보다는 한낱 나뭇가지에 도검불침(刀劍不侵)에 금강불괴(金剛不壞)라는 자신의 몸이 깨어졌다는 현실이 그를 더욱 경악케 했다. 그리고 그것은 비단 기수곤뿐만 아니라 숨소리도 죽여가며 둘의 대결을 지켜보던 곽검명 등도 마찬가지였다.

"저게 대체……."

너무 놀란 단견이 입을 벌리고 감탄을 하자 곽검명이 흥분된 목소리로 입을 열었다.

"그렇구나! 이 세상에 절대라는 것은 있을 수 없지. 아무리 단단한 몸이라도 그렇게 연속적으로 충격을 받으면 깨어지기 마련. 제아무리 독혈인이라도 처음 한두 발은 몰라도 계속해서 버틸 수는 없었을 것이다."

단견이 이해를 하지 못하겠다는 듯 고개를 쳐들자 곽검명이 답답하다는 듯 재빨리 말을 이어갔다.

"처마 아래 움푹 팬 주춧돌을 보아라. 단단하기 그지없는 돌이 한 방울 한 방울 떨어지는 물방울에 그리 변한 것이다. 지금 소문이 보여 준 것도 이와 같은 이치. 세 발의 화살 중 두 발이 정확하게 가슴에 적 중하여 그곳을 약하게 만들고 마지막 세 번째 화살이 결국 기수곤의 몸을 꿰뚫은 것이다. 홋, 하긴 말이 쉽지. 소문이 아니라면 엄두도 내 지 못할 것이지만."

곽검명은 진정으로 탄복한 표정으로 소문에게 시선을 돌렸다. 그제 야 이해를 한 단견 또한 거듭 놀라며 소문과 기수곤을 살폈다.

"어때? 이제 알았나? 그대의 몸은 그저 조금 단단한 것에 불과할 뿐 이야."

"시끄럽다! 죽어라!"

이와 같은 사실을 도저히 인정할 수 없었던 기수곤은 가슴에 박힌 나뭇가지를 단숨에 잘라 버리고 소문에게 달려들었다. 소문의 눈이 더 욱더 차갑게 변해갔다.

"이것도 잔꾀라고 생각하는가? 좋아. 그렇다면 그대에게 진정한 무 영시의 위력을 보여주지."

소문은 피할 생각도 하지 않고 시위를 당겼다.

"안 돼!!"

남궁혜는 기수곤의 공격이 지척에 이르렀는데도 소문이 피할 생각 도 하지 않고 시위를 당기자 자신도 모르게 비명을 지르고 말았다. 당 장에라도 소문의 몸이 양단되어 죽을 것만 같았다. 하지만 그것은 남 궁혜의 기우에 불과했다.

퍽!

"크아악!"

고통스런 기수곤의 비명이 들리고 막 소문의 머리 위로 검을 내려치려던 기수곤의 행동이 그 자리에 멈추어졌다.

"단단하면 그보다 더 강한 힘으로 부수면 되는 것이지."

냉혹하게 들려오는 소문의 음성. 그리고 그 소리의 끝자락에 기수곤의 비명이 또 한 번 울려 퍼졌다.

"어때? 이제 믿겠나? 다른 사람에게는 몰라도 당신이 자랑하는 몸뚱이는 나에겐 그저 조금 단단하게 느껴지는 고깃덩어리에 불과하다는 것을."

"다, 닥쳐라!"

간신히 입을 열어 소리치는 기수곤의 목소리는 실로 끔찍했다. 독혈인의 연공 과정 중에 변해 버린 목소리가 상처로 인한 고통에 수치(羞恥)와 자괴감(自愧感)이 더해져 더욱 처절하게 변해 버렸다. 하지만 소문의 말대로였다. 어깨와 손목에 적중한 무영시는 조금 전에 보여주었던 것과는 그 위력이 판이하게 달랐다. 마치 망치로 연한 두부를 내려친 것처럼 적중당한 부위가 산산이 부서진 기수곤의 팔은 더 이상 제 구실을 하기가 힘들 정도로 처참하게 변해 버렸다. 하지만 이대로 물러설 수 없었던 기수곤은 나머지 성한 팔로 검을 고쳐 잡고 다시 소문에게 달려들었다.

"미련하기는!"

잔혹할 정도로 차가운 미소를 지은 소문은 손속에 조금의 인정도 없이 기수곤을 몰아쳐 갔다. 마구잡이로 덤벼오는 기수곤을 슬쩍 피한 소문은 기수곤의 공격이 있을 때마다 한 번씩 활시위를 튕겼다. 몇 호흡이 지나지 않아 기수곤의 몸에는 크고 작은 상처들이 온몸을 뒤덮었다. 하지만 소문은 치명적이라고 할 만한 상처를 입히지는 않았다. 머리에서 발끝까지 온몸을 뒤덮은 상처에 이미 혈인으로 변한 기수곤은 그래도 포기하지 않았다. 그는 실로 놀라운 정신력으로 소문에게 덤벼들었다.

"호~ 아직도 덤빌 힘이 남은 모양이군. 그렇다면 더 이상 움직이지도 못하게 해주지."

"컥!"

연속적으로 날린 소문의 무영시는 힘겹게 움직이던 기수곤의 양 무릎으로 파고들었고 근육은 물론이고 뼈마저 가루가 나버린 무릎은 더이상 기수곤의 몸을 지탱할 수 없었다. 외마디 비명을 지르며 땅에 쓰러진 기수곤. 하지만 기수곤은 포기하지 않았다. 걸을 수가 없다면 기어서라도 소문에게 다가가고자 하였다. 그것이야말로 마지막 남은 자존심이기도 했던 기수곤은 하나 남은 팔을 이용하여 소문에게 다가왔다.

"아직도 힘이 남은 모양이군. 좋아. 이 정도 끈기는 있어야겠지."

벌레처럼 꿈틀대며 자신에게 기어오는 기수곤을 바라보는 소문의 눈동자는 조금의 동요도 없이 차갑게 가라앉아 있었다.

"어디를 부숴줄까? 그렇지, 우선 그 눈빛이 마음에 들지 않는군."

"끄아악!"

소문의 말이 끝나기가 무섭게 기수곤은 오른쪽 눈에 느껴지는 고통에 괴성을 지르며 몸을 비틀었다.

"아픈가? 고작 이 정도 상처를 가지고 아픔을 느껴서야 말이 안 되지. 아직도 멀었는데 말이야."

붉게 상기된 얼굴의 소문은 조금의 미련도 없이 마구잡이로 무영시를 날리기 시작했다.

"무려 열 달이었어."

퍽!

"청하는 열 달 동안 차마 인간으로선 견디기 힘든 고통과 절망 속에서 싸움을 했지."

퍽!

"그 고통이 어땠을 것 같나? 그리고 그런 그녀를 지켜보는 나의 심정은 어땠을 것 같나?"

퍽!

"그녀가 비명을 지를 때마다 고통에 몸부림칠 때마다 내 심장은 시꺼멓게 타 들어갔지. 그리고 맹세를 했지. 그녀를 그렇게 만든 네놈을 절대로 용서하지 않겠다고 말이야. 청하와 내가 느낀 고통을 반드시 돌려주겠다고 말이지. 그리고 오직 이날을 기다리며 참고 또 참았다."

퍽!

"그런데 고작 이 정도의 고통도 참지 못한대서야 말이 안 되지. 암! 안 되고말고."

퍽!

기수곤의 등을 뚫고 들어간 무영시는 마침내 간신히 꿈틀대던 기수곤의 움직임을 멈추어 버렸다. 그제야 궁을 내린 소문이 천천히 기수곤에게 다가갔다. 그리곤 발을 이용하여 엎드려 있는 그의 몸을 돌렸다.

이미 망가질 대로 망가진 기수곤. 오른쪽 눈은 퀭하여 애초 그곳이 어떤 곳이었는지를 알 수 없게 되었고 양다리며 팔의 모든 뼈마디가 가닥가닥 부서지고 부러져 버려 연체동물의 그것처럼 흐물거리고 있었다. 또한 그의 전신은 잘 다져진 고깃덩어리처럼 형체를 알기 힘들 정도로 변해 버렸다.

그 누가 믿을 수 있단 말인가! 천하를 오시하던, 절대적인 독과 강인한 신체를 앞세워 수많은 고수들에게 둘러싸여도 좀처럼 그 신위를 잃지 않았던 독혈인이 이토록 허무하게 쓰러져 있다면. 하지만 이것은 엄연한 사실이었고 만독문이 만들어낸 최후의 독혈인이자 최고의 독혈인이었던 기수곤은 소문의 발 아래에 쓰러져 있었다.

작금에 있어 오직 소문, 독을 쓸 거리를 주지 않는 빠른 발과 그 어떠한 검기보다 강력한 화살을 지니고 있는 그만이 만들어낼 수 있는 상황이었다.

"죽지 않았다는 것을 안다. 아직 시작도 하지 않았는데 벌써 지쳐 버리면 안 되지."

차갑게 웃은 소문은 발을 들어 기수곤의 아랫배에 난 상처를 지그시 밟았다. 이미 뱃가죽이 벌어져 내장이 보일 정도로 깊은 상처를 입은 곳을 소문의 발이 내리누르자 죽은 듯이 누워 있던 기수곤의 몸이 팅기듯 경련을 했고 하나 남은 눈이 고통에 치켜떠졌다.

"끄으윽!"

"그렇지. 당연히 그래야지."

고통에 몸부림치는 기수곤을 바라보는 소문이 당연하다는 듯 고개를 끄덕였다. 하지만 그런 소문을 바라보는 주변의 사람들은 끔찍한 상황에 절로 고개를 돌려 버렸다.

'아! 얼마나 부인을 사랑했으면 저리 사람이 변한단 말인가!'

인간으로선 차마 할 수 없는 행동. 특히나 처음 보는 소문의 잔인한 행동에 놀란 남궁혜는 그만큼 청하를 사랑했을 소문의 마음이 가슴에

와 닿자 안타까움에 눈물을 흘렸다.

'그가 어떤 고통을 받았는지는 알았지만 이 정도로 깊은 원한을 지니고 있을 줄이야… 이건 너무 심하지 않은가? 하지만 말릴 수가 없으니……'

청하가 어떤 고통을 이겨왔는지 너무나 잘 알고 있던 곽검명은 소문의 행위가 심하다는 것을 알고 있었지만 뭐라 말을 하지 못하고 한숨만을 내쉬었다. 그런 심정은 비단 그뿐만 아니라 기수곤에게 다리를 잃은 단견 역시 마찬가지였다. 아무도 그를 말릴 수 없었다.

얼마의 시간이 더 흘렀을까? 이미 한참 전에 비명성도 들리지 않게 되었고 인간에게 줄 수 있는 고통이란 고통을 모조리 보여주겠다는 듯 행동했던 소문의 움직임이 멈추자 조금 전까지만 하더라도 신음 소리도 내지 못했던 기수곤이 입을 열었다.

"크크크! 이제 다 한 건가? 이젠 조금의 아픔도 느껴지지 않는군. 독혈인의 능력으로도 네놈을 어찌하지 못하다니 억울할 뿐이다. 천하무적이라 생각했거늘 다가가지도 못하고 당하다니. 후후후……."

믿기지 않는 너무나 태연한 음성. 그러나 그 속엔 자조(自嘲)의 빛이 강하게 느껴졌다.

"청하? 그때 부인의 이름인가? 말을 들어보니 아귀충에게 당하고도 꽤 오래 살았던 모양이군. 고통이 상당했을 것인데. 하지만 네놈에게 고통을 주었다니 이 또한 통쾌한 일이군."

"네놈이!"

"수백이다. 네놈은 계집 하나의 죽음에 그렇게 날뛰지만 난 부모님이나 마찬가지였던 사부와 장로님, 형제들과 같았던 만독문 제자들의 죽음을 직접 목도(目睹)했다. 왜 그들이 네놈에게 목숨을 잃어야 했느

냐? 도대체 그들이 네놈과 무슨 관계가 있기에 그토록 잔인한 살수를
휘두른 것이더냐?"

"……."

기수곤은 말없이 응시하는 소문을 바라보며 핏발을 곤두세우고 목
소리를 높였다.

"네놈이 그들을 죽이지만 않았다면 나 또한 네 계집에게 손을 대는
일은 없었다! 이 모든 것이 네놈이 자초한 일이거늘!!"

"그렇다면 왜 그들은 죄도 없는 당가를 치려 한 것이냐? 또한 소문
과 만독문의 싸움은 강호에서 비일비재(非一非再)하게 일어나는 무인
대 무인의 대결이었다. 약했기에 쓰러지는 것은 당연한 일. 그 정도 각
오도 하지 않고 강호에 적을 두고 있지는 않았겠지? 하지만 네놈이 한
일은 어떠냐? 무공도 없는 연약한 여자에게 그 따위 암수나 펼치고도
복수 운운할 수 있다고 보는 것이냐? 네놈은 무인으로서 최소한의 양
심도 자부심도 없는 것이더냐?"

대화를 듣고 있던 곽검명의 호통은 추상(秋霜)같았다. 기수곤의 입
장을 이해하지 못하는 것은 아니었지만 청하는 그 복수의 대상이 될
수 없었다. 최소한 무인이라면 상대를 가려서 손을 쓰는 당당한 행동
을 했어야만 했다.

"크크! 네놈들이 나의 심정을 알 리가 없겠지. 하긴, 알아달라고 하
고 싶지도 않다. 지하에 있는 만독문의 형제들에겐 미안하지만 어차피
나는 졌고 모든 것은 승자가 옳은 것이 되었으니. 그러나!! 이대로 가
지는 않는다. 절대로!!"

단호한 음성으로 말을 마친 기수곤의 몸에 갑작스런 변화가 찾아
왔다. 축 늘어진 몸이 눈에 확연히 뜨일 정도로 꿈틀거리며 부풀어

올랐다.

"크크크! 나의 죽음을 네놈 따위의 손에 맡길 수야 없지. 나는 위대한 만독문의 문주다!!"

마지막 외침과 함께 부풀어 올랐던 기수곤의 몸이 폭죽이 터지는 것처럼 산산조각이 나면서 그 육편(肉片)이 사방으로 뻗어 나갔다.

"크윽!"

이미 뭔가 이상한 낌새를 차리고 만약에 대비해 준비를 하고 있던 소문이 최고의 출행랑을 펼치며 뒤로 물러났지만 그를 덮친 기수곤의 육편은 그보다 조금 더 빨리 소문의 몸을 강타했다. 얼굴을 향해 다가오는 것들은 팔을 들어 보호를 하였지만 다른 곳은 거의 무방비나 마찬가지였다. 독혈인인 기수곤의 뼈와 살의 조각, 피 한 방울 한 방울은 극독을 품은 가공할 위력의 암기나 마찬가지였다.

자폭을 한 기수곤이 있던 곳에서 사방 삼 장은 순식간에 초토화가 되어버렸다. 무성하게 자라 있던 풀은 이미 흔적도 남김 없이 녹아버렸고 피가 튀긴 나무들 또한 벌써 시들어 죽고 있었다. 다행히 곽검명과 남궁혜 등이 있는 곳까지 그 여파가 밀려들진 않았지만 문제는 바로 앞에서 그 공격을 받은 소문이었다. 비록 출행랑을 펼쳤다지만 틀림없이 큰 타격을 받았을 것이었다. 순식간에 십여 장 떨어진 곳까지 움직인 소문은 얼굴을 가린 팔을 풀지 않고 미동도 없이 자리에 서 있었다.

"을지 소협!"

"소문!"

기수곤이 마지막에 보여준 최후의 한 수가 어떤 위력을 지녔는지 똑똑히 본 남궁혜와 곽검명은 자신들도 모르게 소리를 질렀다. 하지만 소문에게선 아무런 반응이 없었다.

"서, 설마!"

끔찍한 생각이 뇌리를 지배하자 남궁혜는 고개를 흔들며 재빨리 소문에게 다가갔다. 막 소문의 몸을 건드릴 찰나 그때까지 아무런 반응이 없던 소문이 천천히 손을 내리며 입을 열었다.

"잠시만 가만히 계십시오. 저는 별다른 이상이 없습니다."

"아!"

어느새 눈물이 한껏 고인 눈으로 소문을 바라보는 남궁혜의 안색이 금방 밝아졌다. 그녀가 듣기에도 소문의 음성에서 별다른 이상을 찾을 수 없었기 때문이다.

"괜찮은가?"

남궁혜에 이어 다가온 곽검명이 한껏 염려스런 목소리로 소문을 불렀다. 그러자 크게 한숨을 내쉰 소문이 빼곡하게 구멍이 뚫린 의복을 들추며 담담하게 대답을 하였다.

"후~ 지독한 공격이었습니다. 공격은 별로 대단한 것은 아니었지만 그놈의 독기는 정말 무섭군요. 간신히 몰아낼 수 있었습니다."

"그랬나? 우린 혹여라도 자네에게 무슨 일이 생긴 줄 알았네. 하긴 독혈인이 죽으면서 내뿜은 독이었으니 그 위력이 어떠했을지는 짐작이 가는군. 정말 다행이네, 다행이야."

곽검명 또한 놀란 가슴을 쓸어 내리며 크게 숨을 내쉬었다.

"어쨌든 이것으로 형님과 제수씨의 원한은 갚은 셈이군. 후~"

"그렇군요. 하지만 생각만큼 후련하지 않습니다. 괜한 짓을 한 것은 아닌가 싶기도 하고. 그자의 말에도 일리가 있었습니다. 처음부터 이상하게 시작된 일이었지요. 이렇게 마음이 불편할 줄 알았다면 그렇게 질질 끌지 말고 깨끗하게 승부를 보는 것인데 그랬습니다."

소문의 안색은 별로 밝지 못했다. 특히 죽음을 앞둔 기수곤의 말이 특히 그의 가슴을 짓눌렀다.

"신경 쓸 것 없네. 조금 심한 면이 있기는 했지만 강호의 은원(恩怨)이란 다 그런 것. 누구의 잘잘못을 따질 수는 없는 것이네. 그저 자신의 입장에서 최선을 다할 뿐이지."

곽검명은 소문의 심정을 이해한다는 듯 그의 어깨를 감싸 안았다. 하지만 허탈한 소문의 심정까지 감쌀 수는 없었다.

점점 치열하게 전개되었던 싸움은 소문에 의해 기수곤이 죽고 당천호와 자웅(雌雄)을 겨루던 건청우마저 당가 최후의 무공인 만천화우(滿天花雨)에 목숨을 잃자 곧 끝나 버리고 말았다. 건청우의 죽음도 죽음이었지만 소문의 등장을 알게 된 헌원강은 전력의 열세를 느끼고 어쩔 수 없이 다음을 기약하며 물러나기로 하였다.

참여했던 무인들이 비록 수는 적었지만 대부분 고수였던 패천궁. 처음엔 절대적인 우위를 보였음에도 죽음을 각오하고 덤벼드는 정도맹 무인들과 그중 고수라 일컬어질 수 있는 황충이나 영묘 대사, 두일충 등의 눈부신 선전에 막혀 그 우위를 더 이상 점할 수가 없었다. 거기에 실력의 끝을 알 수 없는 소문마저 나타났으니 헌원강으로서는 어쩔 수 없는 선택이었다. 그나마 살아서 물러나는 패천궁의 무인들의 수가 열을 넘기지 못하니 스무 명을 웃돌던 인원 중에 절반이 넘는 고수들이 목숨을 잃은 것이었다. 하나 그와 같은 전세를 만들기 위해 정도맹의 무인들이 치른 희생은 이들에 비할 바가 아니었다.

영묘 대사가 목숨을 잃었고 부상에도 불구하고 투혼을 보여주었던 해천풍도 결국은 목숨을 잃고 말았다. 또한 강남 총타에서의 흉험한 싸움에도 살아남았던 백팔십의 무인 중 살아남은 인원이 고작 칠십이었다. 잠깐 동안의 싸움, 겨우 십여 명의 인원을 죽이는 데 백 명이 넘는 무인들이 목숨을 잃은 것이었다.

"고작 이 인원만이 살아남은 것인가?"

주변을 수습하는 무인들을 바라보던 당천호의 입에서 절로 탄식이 새어 나왔다. 예상은 했지만 짧은 시간에 입은 피해치고는 상황이 너무나 심각하였다. 잠시 말을 잊고 멍하니 서 있던 당천호는 문득 인기척을 느끼고 천천히 고개를 돌렸다.

"자넨 소문이 아닌가? 오랜만에 보는군. 그래, 잘 지냈는가? 웬일로 여기까지 온 것인가?"

조금 전까지 건청우와 생사를 건 대결을 펼치느라 소문이 기수곤을 물리치는 것도 미처 알지 못했던 당천호는 다가오는 인물이 소문임을 알아보고 반가운 마음에 그나마 엷은 미소를 보이며 인사를 건넸다. 하지만 쉽사리 몸을 움직일 수는 없었다. 비록 간발의 차이로 승리를 거두고 목숨을 보전할 수는 있었으나 그와 상대했던 건청우의 무공은 실로 녹록치 않았다. 그렇게 버티고 서 있는 것이 기적일 정도로 그는 이미 심각한 상처를 입은 상황이었다.

"그렇게 됐습니다. 어쩌다 보니 여기까지 오게 되었지요. 그나저나 몸은 괜찮으십니까? 상처가 심해 보이는데……."

"괜찮아. 이 정도야 상처랄 것도 없네. 어쨌든 목숨은 붙어 있지 않은가? 목숨은 말이지……."

목숨을 운운하는 당천호의 시선은 어느새 남궁상인과 남궁검의 주검 앞에서 오열하는 남궁진과 그런 그를 슬프게 바라보는 남궁혜에게 향해 있었다.

"몹쓸 친구 같으니… 항상 나보다 앞서 가더니 결국 죽는 길마저 먼저 가는군. 허허허!"

가보지 않아도 상황을 알 수 있었다. 절대로 꺾이지 않을 듯 당당했던 검성 남궁상인이 너무나 허망하게 목숨을 잃은 것이었다. 남궁상인이 목숨을 잃을 줄은 생각도 못했던 당천호의 눈가에 이슬이 맺혔다. 참으려고 노력은 하였지만 평생에 가장 친했던 친우의 죽음 앞에선 나이도, 무공도, 그리고 암왕이라는 명성도 흐르는 눈물을 막지는 못하는 듯했다.

"괜찮으십니까, 어르신?"

종종걸음으로 다가오며 묻는 황충. 다행히도 큰 부상이나 탈은 없어 보였다.

"괜찮네. 그래, 피해가 어느 정도인가?"

슬며시 눈시울을 훔친 당천호가 안색을 바꾸며 대답을 했다.

"심각합니다. 살아남은 사람이 칠십여 명에 불과합니다. 그나마 부상자를 제외하고는 싸울 수 있는 사람은 오십이 안 됩니다."

눈빛으로 소문에게 안부를 물은 황충이 고개를 돌려 대답을 했다.

"그렇게까지! 후~ 처음에 너무 당황을 했네. 그렇지 않았다면 이렇게까지는 되지 않았을 것을. 그들이 아무리 고수였다지만 피해가 너무 크지 않은가?"

"그렇습니다. 그동안의 싸움에서 지치기도 많이 지쳤지만 초반의 기세에 눌린 것이 결정적이었습니다. 대부분의 피해도 싸움 초반에 어이 없이 당한 것이 허다합니다."

자책을 하듯 말을 하는 당천호에게 황충 또한 안타까운 듯 대꾸를 하였다.

"어쨌든 당장의 위기는 벗어난 듯싶습니다. 하지만 저들처럼 언제 어디서 적들이 나타날지 모릅니다. 최대한 빨리 이곳을 벗어나는 것이 좋겠습니다."

"그렇겠지. 우리가 알기에 이 근처에 저 정도의 병력은 없었네. 하면 전혀 엉뚱한 곳에서 우리를 잡기 위해 왔다는 말인데… 그렇다면 저들만이 아니라 다른 무리들도 우리를 쫓고 있을 터. 또한 잠시 자리를 비웠던 패천수호대도… 자네 말대로네. 이렇게 시간을 허비하고 있어서는 안 되겠지. 지금 즉시 움직이도록 하세나."

상황을 냉철하게 판단한 당천호는 자신들을 향한 추격이 본격적으로 시작되었음을 느끼고 있었다. 당천호의 동의를 얻은 황충이 재빨리 뒤로 물러났다.

"후~ 저들의 시신을 거두어 가기는커녕 제대로 된 무덤조차 만들어줄 수가 없으니……."

죽은 이들을 이대로 방치해야 한다는 생각에 침음성을 내뱉던 당천호의 눈에 바삐 움직이는 남궁진과 남궁혜의 모습이 들어왔다. 집안 어른을 차마 그대로 방치할 수 없었는지 엉성하나마 작은 무덤을 만드는 모양이었다. 검성과 남궁가의 현 가주라는 이름을 생각하면 너무나 초라한 무덤이었다. 그들의 모습을 바라보던 당천호의 눈이 다시금 붉게 물들었다.

"미안하네. 내… 자네의 모습을 볼 용기가 나지 않는군."

친우의 주검을 차마 볼 수 없었던 당천호는 눈물을 훔치며 고개를 떨구었다. 그러기를 잠시. 고개를 들어 물끄러미 자신을 바라보던 소문에게 말을 건넸다. 당천호는 제법 신색(神色)을 회복하기는 하였지만 여전히 얼굴 가득 진한 슬픔이 배어 있었다.

"그나마 자네라도 있어서 다행이네. 자네만한 구원군도 없지. 흠, 벌써 움직이는 것을 보니 황 방주가 명을 내린 모양이야. 자, 가세나."

"예? 예……."

자신의 대답도 기다리지 않고 걸어가는 당천호에게 시선을 던지던 소문은 절로 한숨을 내쉬었다. 자신의 의지와는 또 다른 상황에 직면한 소문. 하지만 애써 슬픔을 참고 상처 입은 몸을 힘겹게 움직이는 당천호의 뒷모습을 바라보던 소문은 차마 다른 말을 할 수가 없었다.

'후~ 어쩌다 또 이리되어 가는 것인지. 하긴 어차피 형님이나 아우를 구하러 온 것이 아니더냐.'

스스로를 자위(自慰)해 보지만 또다시 엉뚱한 일에 끼어들게 된 자신이 처지가 한심해 보인 소문의 어깨는 자연 처질 수밖에 없었다.

"어서 오게. 저들이 기다리고 있네."

"예, 예."

당천호의 말에 바삐 걸음을 놀린 소문은 자신을 기다리는 무인들의 면면을 볼 수 있었는데 비단 곽검명과 단견이 아니더라도 무인들 중에 자신과 안면이 있고 친분이 있는 사람들이 꽤 있었다.

'그래, 어차피 소림으로 돌아가야 할 것. 조금 위험하기는 하겠지만 이들 역시 정도맹으로 돌아갈 것이고… 함께 움직이다 보면 곧 돌아갈 수 있겠지. 나의 힘이 이들에게 도움이 된다면 그 또한 좋을 것이고. 하지만…….'

당천호에 의해 부지불식간에 정도맹의 정예들과 동행을 하게 된 소문 고개를 흔들며 무리의 뒤를 따라갔다. 비록 마음을 바꿔 먹기는 하였지만 그다지 유쾌한 기분은 아니라 별다른 말을 하지 않고 묵묵히 걸었다.

처음엔 단견이나 곽검명, 무무를 비롯하여 소문과 안면이 있는 사람들이 곁으로 다가와 살갑게 굴며 이런저런 말도 하였지만 왠지 소문의 심기가 좋지 않음을 느낀 이들은 곧 자신들의 동료에게 돌아가고 오직 곽검명과 남궁혜만이 소문의 주변을 지켰다. 하지만 이들 또한 별다른 말은 하지 않고 걸음을 재촉할 뿐이었다. 그런데 그때 마침 정말 반갑고도 의외의 인물을 만나게 되었으니…….

심드렁한 표정으로 일행을 뒤따르던 소문의 눈에 지난날 사천을 향하던 길에 만나게 된 두아, 아니, 두일충이 한 명의 부상자를 업고 걷고 있는 모습이 들어왔다. 비록 몸 이곳저곳에 상처를 입고 있었지만 그는 그때와 조금도 변함없이 작지만 당당한 체구에 구릿빛 피부를 지니고 있었다. 두일충을 본 소문은 언제 우울했느냐는 듯 한껏 웃음을 짓고 한걸음에 다가가 아는 체를 했다. 소문이 합류한 것은 알았지만 미처 인사할 기회를 잡지 못했던 두일충 또한 크게 기뻐하며 반갑게 인사를 하고 안부를 물었다.

"그런데 수로연맹은 어찌하고 이들과 함께 행동하시는 겁니까?"

수로연맹이 비록 패천궁을 따르는 흑도의 문파는 아니었지만 그렇다고 정도맹을 지지하는 백도문파라 하기에도 무리가 있었다. 두일충이 이들과 있을 이유가 언뜻 떠오르지 않은 소문이 지니는 의문은 당연한 것이었다.

"그건 말이네……."

소문의 질문에 크게 한숨을 내쉰 두일충은 그 이유를 설명하기 시작했다. 패천궁과 내통한 배반자들에 의해 친우와 맹주가 죽고 자신은 맹주의 아들을 데리고 간신히 목숨을 구했다는 이야기. 한숨을 내쉬던 조금 전과는 달리 담담한 어조로 설명을 하는 두일충을 보노라면 마치 다른 사람의 말을 하는 듯한 착각에 빠지게 만들었다. 잠시 동안 이어진 두일충의 말이 끝나자 어찌하여 두일충이 이들과 함께 패천궁을 상대하게 되었는지를 알게 된 소문은 한껏 안타까운 표정을 보이며 가슴 아파했다.

"그렇게 된 것이었군요. 어쨌든 전 깜짝 놀랐습니다. 이번 행사는 분명히 정도맹에서 계획한 것으로 알고 있었는데 형님께서 이들과 함께 있다니 말입니다."

"어쩔 수 없었네. 복수는 해야 했고 우리는 힘이 없었지. 우선 패천궁이라는 대적(大賊)이 물러나면 수로연맹 내부에 있던 소적(小賊)은 내가 쓸어버릴 것이네. 그때까지만 정도맹의 힘을 빌리려는 것이라네."

"반드시 그러리라 믿습니다. 그래, 상처는 좀 어떻습니까?"

"괜찮네. 이 정도 상처는 그나마 양호한 것이 아니겠는가? 제대로 걷지도 의식을 차리지도 못하는 사람들이 부지기수인데."

씁쓸히 웃은 두일충은 고개를 돌리며 저마다 등에 업혀 가는 수십의 환자들을 바라보며 대꾸를 하였다.

"하긴 그렇군요."

소문 또한 고개를 끄덕였다. 그때였다. 앞서 가던 황충의 신호가 있었는지 빠르게 이동을 하던 무인들이 삼삼오오 모여 주변으로 흩어지는 것이 눈에 들어왔다. 개중 몸이 날랜 자들이 사방을 경계하기 위해 몸을 날리는 것도 보였다.

"흠, 이곳에서 잠시 휴식을 취할 모양이군. 후~ 잠깐의 휴식도 없어서 힘에 부쳤는데 잘됐어. 도망치는 것도 힘이 있어야지. 어쨌든 우리 좀 더 편안하게 이야기를 나누세. 그간 어찌 지냈는지 정말 궁금하다네. 물론 소문으로 자네의 활약상을 익히 알고는 있었지만 말이야."

두일충은 등에 업은 자신의 수하—수로연맹을 탈출할 때부터 자신을 따르던 수하 중 마지막 남은 사내—를 수풀에 조심스레 눕히고 자리를 잡았다.

"활약상은 무슨요. 그냥 그렇게 지냈습니다."

"무슨 소리! 자네만큼 단시일 내에 강호에 이름을 날린 사람이 몇이나 된다고 생각하는가? 그런 소리 하지 말고 어서 이야기 보따리를 풀어보게. 그래, 사천에 약혼녀를 찾아간다고 하더니만 그 일은 잘되었는가?"

"약혼녀요? 소식을 듣고 있다더니만 그것도 아닌 모양이군요."

진지하게 물어오는 두일충에게 고소를 보인 소문은 천천히 자신이 지나온 이야기를 하기 시작했다. 소문의 이야기는 두일충을 울고 웃게 만들며 한참을 이어졌다. 두일충은 철면피의 죽음과 당가에 의해 고문을 당하는 일에는 분노를 일으키고 화산에서 정도맹의 인물들과 드잡이한 일을 말할 땐 가슴을 탕탕 치며 속 시원해했다. 거의 다가 아는 얘기였지만 곽검명과 남궁혜 또한 귀를 기울이며 열심히 듣고 있었다. 특히 남궁혜는 청하의 비극적인 죽음과 휘소의 탄생에 조용히 눈물짓기도 하였다.

"…갑자기 패천수호대인가 뭔가 하는 놈들이 제 앞을 가로막는 것이 아니겠습니까? 그래서……."

패천수호대가 자신을 가로막았던 것을 말하려던 소문의 말은 더 이상 이어지지 않았다. 어둠을 뚫고 누군가가 그들에게 걸어오는 것을 느낀 소문이 고개를 돌리자 소문의 말에 집중하던 이들도 동시에 고개를 돌렸다.

"웬일이냐?"

다가오는 사람이 화산의 문하인 것을 안 곽검명이 질문을 했다.

"암왕 어르신께서 빨리 출발하라는 말씀이 계셨습니다. 이미 모두 움직인 것으로 압니다."

과연 사내의 말대로 이들의 주변에서 휴식을 취하던 사람들은 어느샌가 사라지고 없었다.

"이런, 자네의 말을 듣느라 출발을 알리는 소리도 못 들었구먼. 나머지 이야기는 차차 듣기로 하고 어서 가세나."

눕혔던 환자를 재빨리 업은 두일충이 몸을 일으키자 나머지 사람들도 자연 그의 뒤를 따랐다.

*   *   *

패천궁의 강남 총타에서 정확히 십여 리 떨어진 야산에서 엄청난 속도로 이동을 하는 일단의 무리들이 있었다. 맨 앞에서 한 청년이 길을 이끌고 있었고 뒤로 여덟 명의 노인들이 뒤따르고 있었다. 웬만한 경공의 고수라도 이들의 앞에선 기는 것과 마찬가지일 정도의 속도. 하지만 누구 하나 힘들어하거나 땀을 흘리지는 않았다. 심지어 맨 뒤에서 따라오던 노인은 주변 경관을 감상하느라 이리저리 고개를 움직이는 여유마저 보이고 있었다. 그때였다. 청년의 바로 뒤에서 따라오던 노인, 검왕이 환야의 곁으로 다가오며 말을 하였다.

"군림(君臨)하기를 원하느냐?"

갑작스런 검왕의 질문은 환야는 물론이고 뒤따르던 일곱 명의 원로들의 발걸음을 멈추기에 충분한 의미를 지니고 있었다.

"군림하기를 원하느냐 물었다."

환야가 별 반응이 없자 검왕은 재차 질문을 했다.

"원한다면 어찌하시겠습니까?"

"네 아비는 그걸 원했다. 물론 우리와는 상관없는 일이었지. 그러나 네가 원한다면 다르다. 네가 군림하기를 원한다면 그리 만들어주겠다."

"암! 네가 원한다면 무엇이든 못해주겠느냐? 구양 영감이나 다른 인물이 그런 부탁을 한다면야 생각할 가치도 없지만 환야, 네가 하는 부탁이라면 세상을 발칵 뒤집어놓는 한이 있어도 그리 만들어줄 수 있다."

검왕의 말에 권왕 또한 팔소매를 걷어붙이며 거들었다.

"가능하겠습니까?"

환야는 별다른 표정 없이 되물었다.

"가능하냐니? 그건 우리를 무시하는 말이다. 여기 있는 우리가 네 눈에는 별 볼일 없는 늙은이로 보일지 모르나 아직까지 세상을 깜짝 놀라게 해줄 만한 힘은 지니고 있다. 말만 하여라. 황제가 되는 것만 빼고 다 들어줄 수 있다."

땅땅한 체구의 노인, 그 옛날 강호에 생사노괴란 이름으로 너무나 유명했던 괴의(怪醫) 임종대(林倧大)가 넓은 가슴을 탁탁 치며 말을 하였다. 그러자 바로 옆에 있던 비쩍 마른 노인이 말을 받았다.

"흥, 황제라고 대수인가? 황제는 사람 아닌가? 까짓 네가 원한다면 내 지금이라도 당장 황도(皇都)로 달려가 황제를 단칼에 베어버리고 네게 황제 자리를 주마."

노인의 말에 궁왕이 코웃음을 치며 핀잔을 하였다.

　"황제를 죽인다고 황제가 되면 황제가 되지 못할 사람이 없겠네. 쯧쯧, 누가 살수 아니랄까 봐 그런 말을 하나? 그런 머리로 어떻게 무불살(無不殺)이란 이름을 얻었는지 이해가 가지 않는다니까."

　"사람을 죽이는 데 꼭 필요한 것은 머리가 아니라 몸이야. 위기를 느끼는 것도 몸이고 기회를 잡는 것도 몸이지. 머리로 생각했을 때는 모든 것이 늦는다네. 모든 것을 감각에 맡기고 행동할 때 비로소 제대로 된 살인을 할 수 있지."

　"이런, 누가 자네 살인 강의를 듣자고 했는가? 어떻게 된 것이 지금 이 나이가 되었어도 사람 죽이는 얘기만 나오면 침을 튀기며 정신을 못 차리니……."

　"천성(天性)이 그런 것을 어찌하나?"

　궁왕의 말에 무불살이라 불리던 노인이 겸연쩍은 듯 뒤로 물러났다. 그런데 무불살이라면…….

　밤의 황제 무불살 송무(宋霧)!

　지금은 사람들의 뇌리에서 잊혀진 지 오래지만 각 문파의 원로 정도라면 이 이름을 모르는 사람은 아무도 없었다.

　보통 밤의 황제라 하면 저잣거리에선 단순한 삼류깡패 집단의 우두머리를 일컫지만 무림에 있어 밤의 황제라 함은 곧 살수계의 대부를 말함이었다. 지금은 양지로 나왔지만 과거부터 오랜 전통을 지닌 음자문은 수백 년 동안 밤의 황제로 군림을 해왔고 그 누구도 그것을 부인하지 못했다. 비록 문파는 달랐지만 살수계에 종사하는 사람은 누구나 음자문을 두려워하고 존중했다. 하지만 지금으로부터 오십여 년 전, 송무가 나이 열아홉에 살수계에 뛰어들면서 상황은 급변하고 말았다.

정확히 십 년, 그에게 주어진 백 건의 의뢰를 완벽하게 처리하고 나자 음자문이 지니고 있던 밤의 황제요 대부라는 말은 곧 그를 지칭하는 말이 되어버렸다. 음자문 또한 기꺼이 이를 받아들였으니 그가 처리한 대부분의 사건이 음자문으로서도 감히 함부로 할 수 없었던 사건들이었기 때문이다.

그 이후로 송무에겐 말 그대로 죽이지 못할 것이 없다는 의미의 '무불살'이라는 명호가 붙었고 그대로 전설이 되고 말았다. 그런 송무가 패천궁의 원로가 되어 환야를 따르고 있으니 과연 구양풍이 말한 원로원의 힘이 진정한 패천궁의 힘이라는 것은 허언(虛言)은 아닌 모양이었다.

"어쨌든 우리는 네게 그만한 힘을 줄 수 있다. 그래, 어찌하겠느냐? 네가 원하는 것이 무엇이더냐? 이제 강남 총타가 코앞에 있다. 지금껏 참아왔었지만 우리가 너를 위해 강호에 출도한 이상 네가 원하는 것이 무엇인지 알 때가 된 것 같구나."

검왕이 늘어지려 하는 대화의 분위기를 일신하며 거듭 질문을 하였다.

"저는……."

잠시 망설이던 환야가 곧 결심을 했는지 담담한 어조로 말을 하기 시작했다.

"저는 군림 따위를 원하지는 않습니다."

"하하하! 그럼 그렇지. 암! 그런 것은 아무것도 아니니라. 자고로… 험험!"

크게 웃으며 고개를 끄덕이던 권왕은 검왕의 서늘한 시선을 받고 헛기침을 하며 고개를 돌렸다.

"계속 말해 보거라."

말을 끊은 권왕을 조용히 잠재운 검왕이 대답을 재촉했다.

"저는 아버지와 다릅니다. 아버지는 군림하기를 원했지만 전 그런 것은 원하지 않습니다. 잠시 패천수호대를 맡은 것도 아버지의 강권(强勸)에 의했던 것이지 제가 원한 것은 아니었습니다."

"그렇다면 복수를 원하느냐?"

"……."

잠시 고개를 숙이고 머뭇거리던 환야가 고개를 들고 단호한 어조로 대답을 하였다.

"그것도 아닙니다. 아버지는 수호신승과 일 대 일의 대결에서 패한 것입니다. 비록 목숨은 잃으셨다고 하지만 그것은 어디까지나 정정당당한 대결이었습니다. 가슴은 아프지만 상대보다 약해서 목숨을 잃는 것은 어쩔 수 없는 무인의 숙명(宿命)이지요. 복수라는 말은 어울리지 않습니다. 저는 다만 설욕(雪辱)을 하고자 할 뿐입니다."

"설욕?"

검왕이 고개를 갸웃거리며 되물었다.

"구양 할아버지도, 그리고 아버지도 모두 다 수호신승에게 꺾여 가슴에 품었던 웅지(雄志)를 접어야 했습니다. 대를 이어 패배를 한 것이지요. 다른 것은 몰라도 그것만큼은 용납할 수가 없습니다. 해서 전 그것을 설욕하고자 합니다."

"그렇다면 우리까지 나설 필요는 없지 않느냐? 조용히 소림에 찾아가 결투를 신청하면 될 것을."

권왕이 못마땅하다는 듯 말을 하였다. 하지만 환야는 조용히 웃을 뿐이었다.

"지금까지 말씀드린 것은 사사로이 한 말이고 아버지가 돌아가신 이상 우선은 제가 패천궁을 수습해야 하는 입장에 있습니다."

"암! 그렇지. 그건 감히 누구도 부인할 수 없지."

"패천궁의 궁주 된 입장에서 지난번의 일은 절대로 그냥 묵과할 수는 없습니다. 적의 침입으로 본거지가 쑥밭이 되고 궁주가 죽임을 당했습니다. 이는 치욕 중의 치욕입니다. 우선은 그 치욕을 씻어낼 것입니다."

환야가 말을 끝마치자 묵묵히 듣고 있던 검왕이 다시 입을 열었다.

"저들을 물리치고 치욕을 갚은 후에는 어찌하려느냐?"

"소림에 이르러 제게 주어진 구원(舊怨)을 해결하겠습니다."

"그런 이후에는 어찌하려느냐? 승자의 권리를 누리려느냐?"

검왕은 모든 것이 원하는 대로 이루어질 것이라는 듯 계속해서 대답을 요구했다.

"아직 생각해 보지 않았습니다. 그건 그때 가서 생각해 보겠습니다. 하지만 패천궁이 무림을 지배하며 군림하는 일은 없을 것입니다."

"반발이 심할 텐데?"

궁왕이 짐짓 염려스럽다는 듯 입을 열었지만 정작 환야는 태연자약했다.

"반발이요? 해보라지요. 재밌겠군요."

환야의 의미심장한 웃음을 끝으로 대화는 끝이 났다. 그리고 잠시 멈추어졌던 이들의 발걸음은 더욱 빨라졌다.

제 39 장

패천수호대(覇天守護隊)

패천수호대(霸天守護隊)

애주부에 위치한 패천궁의 강남 총타. 보는 것만으로도 압도당할 엄청난 규모와 위용을 자랑하는 성의 외양은 그대로였지만 정도맹의 정예가 다녀간 이후에는 숨 막히는 적막과 기분 나쁠 정도의 고요만이 깔려 있고 어느 곳에서도 사람의 모습은 눈에 들어오지 않았다. 간간이 들려오는 말소리만이 이곳이 완전하게 빈 곳은 아니라는 것을 겨우 느끼게 해주었을 뿐 지난날의 영화(英華)는 온데간데없었다.

한데 버려진 성이라 착각할 정도로 을씨년스러움을 간직한 패천궁의 강남 총타에서 갑작스런 호통 소리가 들리며 음침한 적막감을 깨고 있었다.

"이놈들이 우리가 누군 줄 알고 감히 이따위 대접을 했던 것이란 말이더냐?!"

온 성이 다 울리도록 쩌렁쩌렁한 목청으로 소리를 지르는 사람은 다름 아닌 권왕이었다.

"다짜고짜 무기를 휘두를 때부터 내 네놈의 싹수를 알아보았다! 그
래, 어떻게 해주기를 바라는 것이냐? 그 버르장머리없는 팔뚝을 분질
러 주랴? 아님 제대로 살필 줄도 모르는 있으나마나 한 눈깔을 빼주랴?
그것도 아니면 지금 당장 이승을 하직하게 해줄까?"

듣기에도 무시무시한 말을 너무나 태연하게 내뱉는 권왕의 앞에서
어쩔 줄을 몰라 하며 떨고 있는 사내. 비록 권왕의 위세에 겁을 먹어
엉덩이를 빼고 있는 등 행색이 말이 아닐 정도로 비루(鄙陋)해 보였지
만 그는 그 이름도 유명한 패천수호대의 당당한 일원으로 아무리 강한
상대를 만난다 하더라도 굽히지 않는 기개와 장비가 울고 갈 정도의
용맹을 지닌 사내였다.

하지만 이번엔 상대가 나빠도 너무 나빴다. 천하에 누가 있어 권왕
앞에서 기를 펼 수 있을 것인가? 더구나 총타에 도착하자마자 몸을 날
려 지존각으로 향한 환야를 보지 못했기에 갑자기 나타나 성내를 어슬
렁거리는 권왕을 비롯한 나머지 원로들을 보고 적이라 판단하여 다짜
고짜 기습을 하는 치명적인 실수를 범하고 말았으니…….

팔 인의 원로에게 덤볐던 십여 명의 대원들은 이미 땅바닥에 처박혀
존장(尊長)을 무시한 대가를 받았고 그들에게 명령을 내렸던 그만이 지
금까지 두 발로 멀쩡히 서 있었다. 그러나 그것은 그가 잘나서 그런 것
이 아니었다. 검왕이 손을 들어 막 일권을 날리려던 권왕의 손속을 말
리지 않았다면 그 또한 아무렇게나 널브러진 개구리 신세를 면치 못했
을 것이었다. 하지만 그렇다고 위기가 끝난 것은 아니었다. 상대의 신
분을 알게 된 사내, 석민(晢敏)은 검왕이 묻는 대로 강남 총타가 어떻게
적에게 당했고 뒷수습은 어떻게 하였는지를 낱낱이 보고하였다. 그러

자 대답을 들은 검왕은 자기의 볼일은 다 끝났다는 듯 뒤로 물러나 버리고 기다리고 있던 권왕이 그에게 다가와 험악한 인상을 들이밀고 깍지를 끼며 석민에게 온갖 위협을 하기 시작했다.

"주, 죽을죄를 지었습니다."

석민은 고개를 들지도 못하고 땅바닥에 엎드려 죗값을 청하고 있었다.

'내가 미쳤지. 어찌하여 확인도 하지 않고 저승사자에게 덤비는 우를 범했단 말인가!'

"암! 죽을죄를 지었지. 그래, 어떻게 죽을지를 말해 보거라."

"그, 그것이……"

거듭해서 어떻게 죽기를 바라는지 묻는 권왕. 그런데 질문을 하는 권왕의 얼굴엔 노기 대신 웃음이 피어올랐다. 연신 호통을 치고는 있었지만 그다지 화는 나지 않은 모양이었다. 둘을 지켜보는 원로들 또한 소리없이 미소를 짓고 있었다. 하나 애석하게도 고개를 숙이고 있었던 석민은 그것을 볼 수 없었다. 권왕의 질문에 뭐라 대답을 해야 할지 몰랐던 석민은 그저 권왕의 냉혹한 처분만을 기다렸다. 후회란 아무리 빨라도 늦는 법. 이미 상대의 신분을 알게 된 순간부터 살아도 살아 있는 목숨이 아니었다. 목숨을 부지하기를 애초에 포기한 석민은 두 눈을 감고 그저 고통없이 죽기만을 바라고 또 바랄 뿐이었다.

"허허! 그만 하게. 모르고 한 일이 아니던가? 사실 우리를 알아볼 수 있는 사람이 몇이나 될까. 그쯤 했으면 되었네."

더 이상 보기가 딱했는지 궁왕이 너털웃음을 터뜨리며 권왕을 만류했다.

"그나저나 환야가 나올 때가 되었는데 괜찮을까 모르겠네."

이들이 강남 총타에 도착한 지도 벌써 반 시진. 환야가 염려된 궁왕이 고개를 돌려 우뚝 솟은 지존각을 바라보며 중얼거렸다.

"강한 아이니 잘 견디겠지."

권왕 또한 시선을 돌리며 말을 하였다.

"하지만 겉으로 강해 보여도 속은 한없이 여린 아이가 아닌가? 아무리 아비와 사이가 좋지 않았다지만 그래도 꽤 충격이 컸을 것이네."

"흠, 그럴 수도 있겠군."

생사노괴의 말에 권왕의 고개가 크게 끄덕여지고 얼굴도 점차 어두워졌다.

'환야? 전임 대주를 말하는 것인가? 음… 환야 대주가 궁주의 아들이라는 소문이 사실이었군.'

사람의 심리란 참 묘한 것이었다. 단숨에 찢어 죽일 듯 소리를 지르던 권왕이 돌연 엉뚱한 곳에 신경을 쓰고 원로들이 나누는 대화 속에 자신이 알고 있는 인물에 대한 말이 나오자 죽음의 공포에 떨던 석민이 천천히 고개를 들어 올렸다. 천만다행히도 권왕 등 원로들에게 있어 석민이란 존재는 이미 잊혀진 상태였다.

"저기 오는군."

냉막한 검왕의 음성이 들리고 원로들의 고개가 약속이라도 한 듯이 돌려졌다. 석민의 고개도 자연 그곳으로 향했다.

'대주……'

천천히 걸어오고 있는 사내. 그가 기억하는 한 틀림없는 전임 대주 환야였다. 자기도 모르게 반가운 마음에 소리를 지르려던 석민의 음성은 그의 생각과는 달리 목에서 가녀리게 울렸을 뿐 입 밖으로 흘러나오진 못했다.

"나서기는 어디서……."

슬쩍 내지르는 것으로 석민을 그만의 깊은 자아의 세계로 돌려보낸 권왕이 툭툭 손을 털며 환아에게 다가갔다.

"괜찮은 것이냐?"

"괜찮습니다."

너무나 담담한 환아의 말에 오히려 위로를 하려던 권왕의 말문이 막히고 겸연쩍은 표정으로 뒤로 물러났다. 그러자 검왕이 나섰다.

"어찌하겠느냐? 말을 들어보니 헌원강이 곧바로 추격을 시작했고 어느 정도의 시차(時差)는 있지만 이곳의 일을 수습한 패천수호대도 뒤를 이었다고 한다. 더구나 헌원강의 뒤를 쫓아 강북 총타에서 남하한 병력이 예상 도주로를 향해 가고 있다는구나. 그만한 병력이면 굳이 네가 나서지 않아도 될 것 같은데."

"그렇군요. 하지만 저는 가야 합니다."

"어째서 그런 것이냐?"

"그 누구도 수호신승을 건드릴 수는 없습니다. 그를 쓰러뜨릴 상대는 오직 저뿐입니다."

"그렇다면 그들을 살려주겠다는 것이냐?"

검왕이 고개를 갸웃거리며 물었다.

"그건 아닙니다. 이곳을 이리 만든 자들인데 답례는 해야겠지요. 목숨이란 대가로 말이지요. 하지만 수호신승과 제가 싸울 곳은 이곳이 아닙니다. 소림이지요. 다른 사람은 몰라도 수호신승이라면 그 정도 추격을 뿌리치고 벗어날 수 있을 것입니다. 그렇지 못한대서야 제가 상대할 자격이 없지요. 다만 어차피 붙어야 할 상대가 어찌 싸우는지 한번 보고 싶을 뿐입니다. 전 이대로 저들을 쫓겠습니다. 그러니 할아버님들은 북상을 하셔서 태상장로를 도와주십시오. 그래서 강남 총타를 쑥밭으로 만들었다고 희희낙락(喜喜樂樂)하고 있을 저들에게 진정한 패천궁의 힘을 보여주십시오."

"네 뜻이 그러하다면 어쩔 수 없지. 하지만 나는 너와 함께 동행을 해야겠다."

"그러실 필요는 없습니다. 저 혼자만으로 충분합니다. 더구나 이미 상당수의 병력이 저들을 쫓고 있다고 하지 않았습니까?"

환야는 검왕이 자신을 염려하여 따라온다는 것으로 여기고 정중히 거절을 하였다. 하지만 검왕의 결심은 쉽게 꺾이지 않았다.

"이미 그렇게 결정을 했다. 다른 말은 하지 말거라."

그런데 환야를 따라나서겠다는 사람은 비단 검왕뿐만이 아니었다. 검왕의 말이 끝나기가 무섭게 권왕이 말을 이었다.

"나도 너와 동행을 하마. 검왕과 내가 빠진다고 해서 크게 문제될 것도 없으니 말이다."

"……."

검왕에 이어 권왕까지 따라나서겠다고 하자 환야로서는 입장이 곤란했다. 모든 것이 자신을 염려해서라 생각한 환야로선 그들의 성의를 딱히 거절할 명분을 찾지 못하고 우물거렸다. 그런 환야를 구해주는 목소리가 있었으니 영 못마땅한 얼굴로 서 있던 궁왕이었다.

"쯧쯧, 솔직히 말들을 하게. 자네들이 환야를 따라나서겠다는 것은 궁귀 을지소문과 한번 손속을 겨루어보고 싶은 욕심이 있어서가 아닌가?"

궁왕의 말을 들은 환야의 안색이 순식간에 굳어버렸다.

"예? 그건 또 무슨 말씀이십니까? 소문이라니요? 소문 동생도 이번

일과 연관이 있는 것입니까?'

정당한 대결이었다고 애써 자위를 해보았지만 막상 거무튀튀한 관에 싸늘히 누워 있는 관패를 본 환야의 심정은 그것이 아니었다. 아무리 자신과 사이가 소원(疏遠)한 관패였지만 아버지는 아버지였다. 궁주의 지위를 생각한다면 성대한 장례를 치러야겠지만 그렇게 하기도 싫어 홀로 관을 메고 지존각 뒤뜰에 간단한 무덤을 만들 때는 목 놓아 통곡까지 했다. 어느덧 슬픔이 그 정도를 넘어 분노에까지 이르렀는데… 다만 흔들리는 자신의 모습을 보여주기 싫어 애써 태연한 척할 뿐이었다. 그런데 난데없이 소문이라니! 이건 전혀 예상 밖의 일이었다.

"자세히 말씀해 주십시오. 소문 아우가 이번 일과 관계가 있는 것입니까?"

너무나 싸늘한 음성. 하지만 어찌 들으면 뭔가를 강력하게 부정하고 싶어하는 염원이 담긴 그런 음성이었다. 다른 사람은 몰라도 궁왕은 그런 환야의 마음을 조금은 짐작하고 있었다. 자연 말에 신중을 기할 수밖에 없었다.

"글쎄, 직접적인 관계가 있다는 말은 하지 못하겠다. 너도 이곳으로 올 때 강호에 떠돌던 풍문을 듣지 않았느냐? 소문이 패천수호대에 도전했다고?"

"절대 그럴 리가 없지요. 제가 아는 한 그런 귀찮은 일을 할 소문이 아닙니다."

"나도 그렇게 생각한다. 한데 정황을 보니 멍청한 놈들이 그것을 사실로 믿고 성을 비우고 그에게 달려갔다고 하는구나. 무슨 이유로 그가 이곳으로 오고 있었는지 대충 짐작은 가지만 그렇다고 그렇게 오해를 하다니……."

"아마도… 기수곤 때문에 왔을 것입니다."

환야가 어두운 얼굴로 고개를 끄덕였다.

"그러나 그가 정도맹을 돕기 위해 왔을 수도 있지 않느냐?"

권왕이 이의를 제기했다. 하지만 궁왕은 천천히 고개를 가로저었다.

"일견 보기엔 그럴 수도 있지만 그렇다면 그렇게 꽁지를 빼며 도망가지는 않았을 것이네. 내가 일전에 말하지 않았는가? 그가 마음만 먹으면 그를 잡을 사람이 없다고. 그리고 그가 사용하는 무기가 무엇인지를 생각해 보게. 모르긴 몰라도 그가 독한 마음을 먹었으면 제아무리 패천수호대라 하더라도 저리 멀쩡하게 돌아올 수는 없었을 것이네."

"그건 자네가 그……."

"그만 하게. 이미 결정되었네."

단번에 권왕의 말을 자른 검왕이 환야를 바라보며 말을 하였다.

"그가 무슨 이유로 이곳으로 오고 있었는지는 몰라도 내 생각엔 도망치고 있는 정도맹의 잔당들과 함께 있을 것 같구나. 그가 관계가 있는지 없는지는 만나보면 알 것. 터무니없이 의형제를 맺고 그 녀석의 말이 나오자 정색을 하는 네 모습을 보니 네가 그를 어찌 생각하고 있는지 어느 정도 짐작이 가는구나. 하지만 나는 그저 단순한 호기심에서 그와 만나고 싶은 것이니 그리 염려할 것은 없다. 그러니 그리 알고 어서 떠나도록 하자."

말을 마친 검왕은 다시금 입을 굳게 다물었다. 그런 검왕의 모습을 바라보던 환야는 한숨을 크게 내쉬고는 말문을 열었다. 검왕이 저런 표정으로 입을 다물고 있을 땐 더 이상 말을 해봐야 입만 아프다는 것을 오랜 경험으로 이미 터득하고 있었다.

"후~ 어쩔 수 없지요. 그러나 검왕 할아버지를 제외하고 다른 분들은 북쪽으로 가주셔야겠습니다."

"하지만……."

불만스런 권왕의 음성은 곧바로 이어진 환야의 말에 묻혀 버렸다.

"제가 원하는 것이라면 모든 것을 들어주신다고 하셨지요? 틀림없이 기억하고 있습니다. 지금 제가 원하는 것을 말씀드리지요. 저는 추격이 끝나는 즉시 북상할 것입니다. 그리고 소림으로 가 구양 할아버지와 아버지, 그리고 제게 이어진 구원을 정리할 것입니다. 물론 정도맹, 아니, 백도의 항복도 그 자리에서 받아낼 것입니다. 그렇게 되려면 우선 북쪽에서 태상장로가 이끄는 병력을 압박하며 내려오는 정도맹의 정예를 꺾고 패퇴시켜야 합니다. 그것도 단시일 내에 말이지요. 어떻습니까, 가능하시겠습니까?"

환야의 말에 묘한 어감이 숨어 있었다. 그것을 간파 못할 권왕이 아니었다.

"흥, 일부러 그렇게 부추기지 않아도 따라가지 않을 것이니 염려하지 말거라. 수호신승과 건곤일척(乾坤一擲)의 승부라… 어쨌든 지난날 구양 영감이 했던 방식하고 똑같구나. 한 번의 대결로 무림의 운명을 결정짓는 것이 말이다."

"그때는 구양 영감이 패했지만 이번엔 그 반대가 되겠지. 자칫하면 대결 자체가 무산될 수도 있겠네. 수호신승이 무사히 탈출한다는 보장이 없으니."

궁왕이 짐짓 염려된다는 듯 말을 하자 환야가 빙그레 미소를 지으며 고개를 흔들었다.

"소문이 그를 보호하고 있다면 그는 틀림없이 무사할 것입니다."

"허! 수호신승을 보호한단 말이지. 천하의 수호신승을! 어떻게 생겨 먹은 위인인지 정말 궁금하군. 하지만 어쩔 수 없지. 오냐, 네가 원하는 대로 해주마. 제 잘난 맛에 거들먹거리는 백도의 종자들을 단숨에 쓸어버리고 소림에서 너를 기다리고 있으마."

"감사합니다. 그럼 믿고 떠나겠습니다. 보중하십시오."

환야는 허리를 굽혀 크게 인사를 하고 몸을 돌렸다.

"서둘러야겠습니다. 가시지요."

"알았다."

검왕과 환야는 겨우 정신을 차린 패천수호대원을 앞세우고 성을 빠져나갔다. 그런 환야와 검왕의 뒷모습을 바라보던 궁왕이 크게 탄식을 하였다.

"보았나?"

"보았지. 내 기억으론 처음이 아닌가 싶네."

"후~ 아까 목숨을 대가로 받는다는 말을 할 땐 나도 모르게 소름이 끼치더군. 순식간이었지만 눈에 드러났던 살기는 정말 장난이 아니었어."

궁왕이 조금 전 보았던 환야의 눈에 나타났던 살기를 기억하며 고개를 흔들었다.

"달리 혈검(血劍)이라 불리겠는가? 다 이유가 있는 것이겠지. 결국 핏줄은 어쩔 수 없다는 말인가? 제 딴에는 정정당당이니 설욕이니 하였지만 주체할 수 없이 솟는 복수심이 은연중 드러나니 말이네."

"그런 것은 상관없네. 어차피 그것이 그것 아니겠나. 난 그저 소문과 별다른 일은 없었으면 좋겠네. 더 이상 그 아이가 가슴 아파하는 모습을 보고 싶지 않군."

"잘되겠지. 그 일은 그 아이에게 맡기고 우리도 이만 떠나도록 하세. 말은 그리하였지만 솔직히 백도의 힘이 만만치가 않지. 환야가 원하는 대로 하자면 꽤나 바빠질 것 같구먼."

하지만 가장 바빴던 것은 이들의 수발을 돕기 위해 억지로 정신을 차리고 따라나선 석민이었다. 권왕의 발길질에 정신을 차린 석민은 성을 지키기 위해 남은 몇몇 동료들의 안타까운 동정을 받으며 떨어지지 않는 발걸음을 옮겨야만 했다.

깜깜한 밤이었지만 천천히 이동을 하는 패천수호대. 하지만 평소와 다르게 그들의 걸음은 맥이 없어 보였다. 이들이 정도맹을 쫓고 있다는 것은 분명할진대 그런 기세는 온데간데없고 싸움에서 패전한 병사처럼 힘이 없어 보였다.

그들의 선두에 서서 느릿느릿 걸음을 옮기는 적성 또한 한가하기 그지없었는데, 그런 적성의 행동에 참다못한 혁종이 짜증나는 어투로 물었다.

"도대체 언제까지 기다릴 것인가? 성을 떠나온 지도 벌써 육 일이 지났네. 처음엔 당장에라도 달려들어 궁주님과 동도들의 원수를 갚을 것처럼 날뛰던 자네가 아니던가? 왜 이렇게 망설이는 것인가? 적이 눈앞에 있는데."

평소에 차분하던 그였지만 전력을 다해 쫓으면 반나절도 걸리지 않을 거리에서 도주하는 적을 방치하는 적성의 의도를 몰라 흥분된 마음에 자연 말이 거칠어졌다. 하지만 혁종의 질문에도 적성은 별다른 반응을 보이지 않았다.

"조금만 더 기다리도록 하지."

"또 그 말인가? 기다리자는 말도 지긋지긋하네. 우리가 언제 앞뒤 정황을 따지고 행동했던가? 우선은 움직이고 보는 것이 우리들의 행동 철학이 아니던가? 도대체 무슨 이유로 이렇게 머뭇거리는 것인가? 설마 하니 몇 안 되는 저들이 두려워서는 아니겠지?"

"내가 두려워서 이런다고 생각하는가? 정말 그러한가?"

소름 끼치도록 차분한 음성으로 말을 하는 적성의 반응에 일순 자기의 말이 너무 심했다고 생각한 혁종은 한발 뒤로 물러나며 말을 이었다.

"물론 그럴 리는 없다고 생각하네. 있을 수 없는 일이지. 하지만 너무 답답해서 그러지 않은가? 이렇게 망설이는 이유만이라도 대답을 해주게. 대원들도 영문을 몰라 궁금해하고 있네."

혁종은 도저히 이해를 할 수가 없었다. 자신이 알고 있는 적성의 성격이라면 칼을 뽑았어도 이미 수백 번은 뽑았어야 했건만… 하나 허리춤에 매달린 그의 장검은 좀처럼 움직일 생각을 하지 않았다.

"이유? 이유를 알고 싶은가?"

"당연하지. 말해 주겠나?"

혁종은 입술을 혀로 핥으며 침을 삼켰다.

"사실 알고 보면 별것 아니네. 난 다만 헌원강 호법님의 부탁을 들어주는 것뿐이야."

"부탁이라니?"

"일전에 나에게 연락이 왔네. 첫 번째 싸움에서 비록 많은 전과(戰果)가 있었지만 결국 실패를 했다더군. 하지만 그것이 끝이 아니라고 하셨네. 조금 더 시간을 달라고 하시더군. 호법님을 비롯하여 함께 살아남은 어른들께서 자존심이 많이 상하신 모양이야. 무인에게 자존심이 얼마나 중요한 것인지는 말을 하지 않아도 알겠지? 그래서 기다리는 것이네. 물론 언제든지 공격을 감행할 수 있는 거리를 두고 말이지."

적성은 싱거운 웃음을 지으며 말을 하였다. 하지만 뭔가 그럴듯한 이유를 기다리던 혁종의 안색은 썩은 감자처럼 변해 버렸다. 둘의 대화에 은근히 귀를 기울이던 희탁강 또한 발 아래에 애꿎은 자갈을 가루로 만들어 버리고 고개를 돌려 버렸다.

"자, 자네, 그것을 지금 말이라고 하는 것인가? 그것이 이유가 된다고 하는 것은 아니겠지?"

"왜, 이상한가?"

"이상하냐고? 허허! 내가 미치고 말지. 도대체 호법님은 무슨 생각으로 그런 부탁을 하셨단 말인가? 자존심? 자존심이라고 하였나? 물론 중요하지. 자네 말대로 무인이 자존심을 잃고 살 수는 없겠지. 하지만 세상에 자존심을 내세울 일이 없어 궁주님의 원수를 갚는 일에 자존심 운운한단 말인가? 우리와 합류를 하면 단번에 끝날 일이건만, 어떻게든 빨리 궁주님과 동도들의 복수를 하고 넋을 위로할 생각은 하지 않고 무슨 빌어먹을 자존심이라는 말인가!!"

입에 침을 튀겨가며 화를 내는 혁종은 끓어오르는 노화(怒火)에 어쩔 줄을 몰라 하며 마음을 진정시키지 못했다. 그런 혁종을 보는 적성은 뭐라 할 말을 찾지 못했다. 저렇게 화를 내는 혁종의 모습을 처음 본 데다가 그의 반응이 충분히 이해가 갔기 때문이었다. 겸연쩍은 미소를 지은 적성이 기어 들어가는 목소리로 중얼거렸다.

"음, 그렇지? 내가 생각해도 조금 무리가 있는 부탁이었어."

"무리? 젠장! 무리 정도가 아니라 당연히 말도 안 되는 부탁이었어!

도대체 생각이 있기나 한 것인가? 일의 경중(輕重)도 모르고 그런 부탁을 하는 호법이나 들어주는 자네나 제정신이 아니야! 앞뒤 분간도 하지 못하는 어리석은 인간들 같으니!"

이미 이성을 잃은 혁종의 입에선 험한 말이 마구 쏟아져 나왔다. 그러자 머쓱해서 먼 산만을 바라보던 적성도 은근히 부아가 끓어올랐다.

"그만 하게. 나라고 답답하지 않은 것은 아니네. 억지로 분노를 참고 있으려니 억장이 무너지는 느낌이라네. 하지만 어쩌겠는가? 후배된 입장에서 선배가 무너진 자존심을 회복하겠다는데 그러지 말라고 할 수도 없고. 하지만 나라고 처음부터 수긍한 것은 아니었네. 있을 수 없는 일이었기에 거절을 했지. 그러나 계속해서 부탁을 하셨네. 자네라면 어찌하겠는가? 난 도저히 거절할 수가 없었어. 또 이런 생각도 들었네. 어차피 죽을 놈들 오히려 천천히 쫓으며 죽음보다 더한 고통을 맛보게 하는 것도 좋을 것이라 여겼네. 또한 따지고 보면 헌원강 호법님은 엄연한 우리의 상관이네. 비록 부탁이라 말을 하셨지만 명령이나 다름없는 것이 아닌가?"

"흥! 우리가 언제 다른 사람의 명을 따랐지? 우리에게 명을 내릴 수 있는 사람은 오직 궁주님뿐이야. 아니면 궁주님의 권한을 위임받은 사람! 어쨌든 난 더 이상 참지 못하겠네. 자네가 나서지 않는다면 나라도 적을 쫓을 것이네. 설마 그것마저 말리지는 않겠지?"

"……."

"어떻게 할 것인가? 그런 말도 안 되는 부탁을 지키겠는가? 아니면 지금이라도 당장 적의 목을 베어 궁주님과 먼저 간 동도들의 혼을 위로해 주겠는가?"

혁종은 당장에라도 움직이겠다는 듯 씩씩거리며 적성을 노려보았다. 하지만 적성은 쉽사리 결정을 내리지 못했다. 적성의 입에서 어떤 결정이 내려질지 귀추(歸趨)를 주목하고 있던 희탁강의 얼굴에 자신도 모르게 미소가 걸렸다.

'흠, 이건 완전히 성격이 바뀌어 버린 것이 아닌가? 평소에 흥분 잘 하고 급한 성질만 앞세우던 대주는 꿀 먹은 벙어리고 차분한 모습을 보여주시던 혁종님이 저리 날뛰고 계시니……'

하지만 희탁강의 생각은 오래가지 않았으니, 적성의 입에서 대답이 나오기도 전에 들려오는 음성이 있었다.

"허허! 그게 그렇게 말도 되지 않는 부탁이었나?"

적성과 혁종의 고개가 동시에 돌아가고 그들의 시선에 피투성이가 되어 비틀거리는 헌원강이 어둠을 뚫고 다가오는 모습이 들어왔다.

"아니, 호법님! 이게 어찌 된 일입니까?!"

깜짝 놀란 적성이 재빨리 다가가 헌원강의 상세를 살폈다.

"훗, 어찌 되긴. 고집을 피우다 이 꼴이 되었지. 늙은이의 부탁이 그렇게도 마음에 들지 않았는가? 자네의 음성이 온 숲을 울리더군."

상세를 살피려는 적성의 손을 물리친 헌원강이 두 눈을 동그랗게 뜨고 바라보고 있는 혁종에게 담담한 미소를 보냈다.

"그, 그게 아니라……"

헌원강의 시선을 받은 혁종은 조금 전의 기세등등한 모습은 온데간데없고 당황한 빛이 역력했다.

"허허, 되었네. 혈기왕성한 자네들에겐 사실 좀 무리한 부탁이었지. 하지만 아무런 생각 없이 그런 것은 아니라네."

"되었습니다. 말씀은 그만 하시고 우선은 상처를 돌보도록 하십시오."

적성의 염려 가득한 음성은 씁쓸한 미소를 지으며 고개를 흔드는 헌원강의 모습에 막혀 버렸다. 헌원강은 자신의 가슴과 복부에 난 상처를 가리키며 중얼거렸다.

"내 몸은 내가 잘 아네. 여기까지 살아온 것만으로도 기적이었네. 일전에 한번 겪어보기는 하였지만 정말 무서운 화살이야."

"화살이라니요?"

이해가 되지 않은 적성이 대뜸 물어왔다. 자신이 살핀 헌원강의 상처는 도저히 화살에 당한 상처로 여겨지지 않았다. 화살이라니!

"이상한가? 하긴 당해보지 않은 사람은 도저히 그 위력을 알 수 없지. 하지만 나는 틀림없이 화살에 당했네. 궁귀 을지소문이 날린 화살에 말이지."

"예? 궁귀요?"

이미 소문을 만나보았던 적성은 더욱 이해가 가지 않았다. 자신이 만나본 그자는 헛된 명성만을 지닌 인간이 아니던가! 물론 그 경공만은 인정해야 했지만.

적성의 반문에 헌원강은 심각한 표정으로 고개를 끄덕였다.

"틀림없는 그라네. 그가 날린 화살에 나는 물론이고 지금껏 살아남았던 나머지 삼 인의 고수들도 그 자리에서 목숨을 잃고 말았네. 사실 지금껏 살아남은 것도 운이 좋은 것이라 할 수 있겠지. 쿨럭! 쿨럭!"

잠시 말을 멈추고 가슴을 부여잡은 헌원강이 연신 기침을 했다.

"별로 시간이 없는 듯하군. 지금부터 내 말을 잘 듣게. 적은 이곳에서 서쪽으로 정확히 칠십 리 정도 떨어진 곳에 은신하고 있네. 어쩌면 이동을 했을 수도 있겠군. 그렇다 해도 저들은 많이 지쳤고 부상자도 있으니 자네들의 발걸음이라면 적어도 두 시진 안에 따라잡을 수 있을

것이야. 그동안 충분한 휴식은 취했겠지?'

적성이 고개를 끄덕이자 흡족한 미소를 지은 헌원강이 계속해서 말을 했다.

"좋아. 그렇다면 다행이군. 지금 이곳에 있는 자네들의 병력이 백을 헤아리고 적들은 기껏해야 삼, 사십 명 정도가 남았으니 그들의 목을 베는 데 별다른 문제는 없으리라 믿네."

"물론입니다. 적이 삼, 사백이라 해도 상관이 없습니다."

적성이 당연하다는 듯 재빨리 말을 받았다. 하지만 그런 적성을 바라보는 헌원강은 희미한 미소를 지을 뿐이었다.

"자신감은 좋지만 그렇게 간단하지는 않을 것이야. 내가 왜 자네들에게 고개를 숙여가며 부탁을 하고 지금껏 기습이나 하며 적의 힘을 뺐는지를 알아야 할 걸세."

"……."

"그 이유는 오직 하나! 궁귀가 그들과 합류를 했기 때문이지. 겨우 일 인! 그것도 갓 약관이 넘은 젊은 무인 한 명 때문에 그런 구차한 짓을 한 것이라네. 물론 자네들과 합세를 해서 싸웠다 해도 승산이 있었겠지만 난 좀 더 확실한 결과를 원했네. 지난번 싸움에서 우리는 모두 상당한 부상을 당했네. 본신의 힘을 다 발휘할 수가 없다는 말이지. 자네들과 힘을 합친다 하더라도 큰 도움이 되지는 않았을 것이네. 그래서 택한 길이었네. 기습을 통해 치고 빠지는 정도는 가능했으니까 말이야. 나의 이런 행동이 이상한가? 하지만 그는 그 정도 경계를 해도 무방할 정도의 고수네. 암! 당금에 누가 있어 그를 꺾을 수 있단 말인가! 전대 궁주님께서 나서셔야 그의 발걸음을 멈추게 할 수 있을까? 그것도 의심이 가는군. 그것을 알기에 어떻게 하든지 저들의 전력을 약

화시킬 필요가 있었다네. 그리고 난 최선을 다했어. 이제 모든 것은 자
네들에게 달렸네. 하지만 절대로 명심할 것이 있네. 조심에 조심을! 그
리고 철저하게 경계를 해야 하네. 그렇지 않는다면 궁주님의 원수를
갚는 것은 고사하고… 자네들의… 목숨마저 위험해질 것이네……."

"호법님!"

헌원강의 음성이 잦아지고 눈꺼풀이 점점 아래로 처지자 적성은 자
신도 모르게 헌원강을 흔들었다.

"다시… 말… 하건만… 반드시… 그… 를 조… 심해야… 하
네……."

"호법님!"

적성과 혁종이 안타까운 마음에 헌원강을 불러보았지만 이미 눈을
감은 헌원강은 그들의 부름에 대답할 수 없었다. 마음이 아프기는 했
지만 머뭇거릴 수는 없었다. 잠시의 정적이 흐르고 헌원강이 누운 자
리에는 곧 조촐한 묘가 생겨났다. 어설프게 만든 목비(木碑)에 '염왕도
헌원강'이라는 이름을 손수 새겨 넣은 적성이 무릎을 꿇고 절을 하였
다.

"이제 우리가 나설 때가 되었군."

"오래 기다렸네."

적성과 마찬가지로 무덤에 절을 한 혁종이 대꾸했다.

"그렇지. 다 내 잘못이야. 내가 호법님의 부탁을 외면하고 그들을
쫓았다면 돌아가시지는 않았을 것을."

"호법님이 원하신 것이었네. 자네야 어쩔 수 없었지. 많이 늦기는
하였지만 지금이라도 빚을 받으면 되는 것이네."

"그렇겠지."

천천히 몸을 일으킨 적성이 자신의 뒤에 도열(堵列)하고 있는 패천수호대를 돌아보았다.

"이곳에서 서쪽으로 칠십여 리, 아니, 그 이상. 하지만 새벽이 지나기 전에 따라잡는다. 가라!"

누구 하나 대답하는 사람은 없었다. 하지만 적성의 명이 떨어지자마자 지금껏 늘어졌던 그들의 모습은 온데간데없고 전신에서 살벌한 기운이 쏟아져 나왔다. 그리고 적성의 명을 받은 희타강이 몸을 날리자 너도나도 어둠 속으로 사라져 갔다. 바야흐로 소문이 합류한 정도맹의 무인들에겐 최고의 위험이 예고되는 순간이었다.

* * *

"적도 물러갔으니 잠시 쉬도록 하지."

거친 숨을 몰아쉬는 다른 사람들과는 달리 아직도 여유가 있는 당천호가 황충을 불러 세우며 말했다.

"알겠습니다. 하지만 그리 오래 쉴 수는 없을 것 같습니다. 또 언제 기습이 있을지 모르는지라."

"알고 있네. 정말 지독하구만. 놈들에게 쫓긴 지 벌써 며칠째인가?"

"모르겠습니다. 어쨌든 체면도 도외시한 채 저리 덤빌 줄은 생각도 못했습니다."

황충은 넌덜머리가 난다는 듯 고개를 흔들었다.

"행동이 굼뜬 부상자들은 거의 다가 목숨을 잃었습니다. 살아남은 사람도 고작 서른에 불과합니다."

"어쩔 수 없는 노릇이겠지. 그 정도 실력을 지닌 자들이 정면 대결이 아닌 기습을 해오는데."

당천호 또한 안타깝기는 마찬가지였는지 연신 혀를 찼다. 최초 헌원강을 필두로 한 고수들의 공격을 막아내기는 하였지만 그것이 끝이 아니었다. 대부분의 고수가 죽고 몇 남지 않은 적들은 돌아가지 않았고 다른 추격대와 합류하지도 않은 듯했다. 비록 수는 적었지만 가는 길을 용케도 알고 벌써 며칠째 기습을 통해 막대한 피해를 입히고 있었다.

한두 차례 기습을 겪고 난 뒤에는 기습에 대비한 방비를 철저히 하기도 하였지만 그들 중 고수가 아닌 자들이 없었다. 완벽하게 기척을 숨기고 기습을 한 뒤 달아나는 이들을 잡기란 결코 쉬운 일이 아니었다. 그때마다 소문이 날린 화살이 아니었다면 한 명도 잡지 못했을 것이었다.

"하지만 그들이 끝이 아니라는 것이 문제입니다. 특히나 패천수호대. 아직 그 모습을 보이지 않았지만 그들이 언제 나타날지 모르는 상황입니다. 이 상태에서 그들을 만난다면……."

"끝장이겠지. 비단 그들이 아니라도 어느 정도의 병력과 마주쳐도 몹시 위험한 상태야. 다른 것은 생각할 것도 없겠지. 그나마 다행인 것은 약속 장소가 얼마 남지 않았다는 것 아닌가?"

"그렇습니다. 지금의 속도로 하루 정도면 충분히 다다를 수 있을 것입니다. 하나 과연 그때까지 버틸 수 있을지……."

황충은 지쳐 쓰러져 있는 무인들을 둘러보며 탄식을 내뱉었다. 상처 입은 사람들은 거의 다가 목숨을 잃었다지만 아무렇게나 앉아서 휴식을 취하는 이들을 보노라면 모두가 부상자처럼 느껴졌다.

"버텨야겠지. 그 길만이 우리가 살길이니. 어쨌든 자네도 좀 쉬게.

다 잘되겠지."

자신보다 배는 큼직한 황충의 어깨를 두들기며 위로한 당천호는 나뭇등걸에 몸을 기대고 살며시 눈을 감았다. 하지만 황충은 주변을 경계하는 무인들에게 주의를 주고 격려를 하며 조금도 쉬지 않고 분주히 돌아다녔다.

"대단한 분입니다. 지금껏 휴식을 취하시는 것을 보지 못했는데."

형인 곽화월과 나란히 앉아 휴식을 취하고 있던 곽검명은 정력적으로 돌아다니는 황충을 바라보며 감탄에 감탄을 했다.

"그만큼 무거운 책임을 느끼신다는 것이겠지. 우리와 함께하신 선배님들 중에 이제 살아 계신 분은 암왕 어르신과 저분뿐이지 않느냐? 많이 힘드시겠지만 참고 계시는 것이다."

대부분의 부상자가 목숨을 잃은 상황에서 동생인 곽검명의 악착같은 보호 아래 목숨을 보전하고 지금은 그 상태가 많이 호전된 곽화월이 대꾸를 했다.

"흥, 책임감은 무슨. 하나뿐인 제자가 이리 되었는데 나 몰라라 하는 악덕(惡德) 사부지요. 안 그렇소, 형님?"

퉁명스레 말을 하며 소문의 동의를 구하는 단견. 하지만 그의 얼굴엔 사부에 대한 자부심이 하나 가득 깃들어 있었다. 그러자 단견의 말을 듣던 남궁혜가 입을 가리며 웃음을 보였다

"호호, 입에 침이나 바르고 말씀을 하지 그러세요."

주변의 지치고 힘든 분위기와는 전혀 다른 밝은 미소. 소문의 곁에 앉아서 휴식을 취하고 있는 남궁혜에게서는 조금의 피로도 찾아볼 수가 없었다. 적에게 쫓기며 모든 이들이 불안해하고 힘들어했지만 그녀는 예외였다. 남녀가 유별하고 다른 이들의 이목도 있을 것이지만 그

런 것이 소문에게 향하는 남궁혜의 마음을 가로막을 수는 없었다.

남궁혜는 첫날의 싸움이 있은 이후부터 잠시도 소문의 곁을 떠나지 않아 그를 상당히 곤란하게 만들었다. 그러나 소문의 생각과는 달리 사람들은 자신과 주변의 안전을 염려하느라 그런 남궁혜의 행동에 전혀 관심을 기울이지 않았다. 다만 평소 남궁혜의 마음을 알고 있던 곽검명이나 단견만이 가끔 의미심장한 미소를 주고받았는데… 지난날 제갈세가에서 있었던 일도 있고 하여 처음엔 거북하게만 여겼던 소문도 이제는 별다른 감정 없이 그녀를 대했다. 꿈에도 사모해 마지않던 소문의 곁을 지키게 된 남궁혜에겐 피로와 두려움이 자리할 공간이 없었다. 아직도 마음 한구석엔 조부인 남궁상인과 백부인 남궁검의 죽음에 대한 슬픔이 남아 있었지만 그녀의 얼굴엔 언제나 웃는 미소가 떠나지 않았다.

"어허! 사실이지 않습니까? 뭐라 말을 좀 해보시구랴."

남궁혜의 웃음 섞인 말에 단견이 약간은 과장된 몸짓을 하며 소문에게 말을 걸었지만 소문은 그를 바라보지 않고 있었다.

"어라? 형님!"

그런 소문의 모습에 의아함을 느낀 단견이 다시 소문을 불렀지만 소문은 여전히 대답을 하지 않았다. 소문은 아까부터 엉뚱한 곳을 바라보고 있었다. 자연 주변에 있던 사람들의 시선도 소문을 따라 돌아갔다. 소문이 바라보고 있는 곳. 그곳엔 너무나 다정해 보이는 남녀가 머리를 맞대고 대화를 나누고 있었다.

"후~ 참으로 안된 부부가 아닌가? 어쩌다가 이런 험로(險路)에서 혼인(婚姻)을 하게 되었는지."

그들이 누구인지를 알아본 곽화월이 안타까움을 참지 못하고 길게 한숨을 내쉬었다.

"그래도 다행이지요. 저렇게 다정한 부부가 혼인을 하지 못하고 죽었다면 얼마나 한이 되었겠습니까?"

"죽기는 왜 죽는답니까? 저들은 반드시 살아 돌아갈 겁니다. 그나저나 부럽구나! 어디 거지에게 시집을 온다는 사람은 없나?"

곽검명의 말에 대뜸 핀잔을 놓은 단견이 머리통을 긁으며 신세 한탄을 했다. 하나 이들의 대화에도 소문의 시선은 그들에게서 떠날 줄 몰랐다.

소문을 비롯해 지금 이들이 바라보고 있는 다정한 부부는 이틀 전 깊은 산속에서 혼인을 한 청성파의 대제자 최진원과 그의 사매 차상일이었다. 오래전에 혼인을 약속한 사이였지만 지금껏 미루고 있다가 생사를 장담하지 못하는 상황에 이르자 이들은 당천호의 주재 하에 간단히 혼례를 치르게 된 것이었다. 이들의 부탁을 받은 당천호도 안쓰러운 마음에 흔쾌히 허락을 하였다.

첫날밤도 치르지 못한 그들. 하객(賀客)들이라야 지치고 상처 입은 무인들뿐이었고 대부분의 절차가 생략된 간소한 혼례식(婚禮式)이었지만 그들에겐 그것으로도 충분히 행복한 모양이었다.

'얼마나 행복할까? 부럽구나……'

둘의 다정한 모습을 바라보던 남궁혜는 슬쩍 고개를 돌려 소문을 바라보았다. 뭔가를 갈망(渴望)하는 눈빛. 하지만 소문은 그런 남궁혜의 마음을 아는지 모르는지 물끄러미 둘만을 바라볼 뿐이었다.

사실 지금 소문의 심정은 다른 이들처럼 안타깝거나 부러워하는 마음이 아니었다. 혼례식을 지켜보던 밤부터 지금까지 소문의 마음속에선 청하의 모습이 떠나지 않았다. 이들과 마찬가지로 환야가 보는 앞에서 간단히 치른 혼례식 하며 짧지만 행복했던 청하와의 신혼 생활이 뇌리를 떠나지 않고 머물렀다. 그리고 그런 아련한 추억의 끝은 항상 고통을 받으며 세상을 떠난 청하의 가슴 시린 모습이었다.

'후우~ 부디 나와 같은 고통이 없기를 바랄 뿐입니다.'

한참 만에야 긴 장탄식과 함께 고개를 돌리는 소문은 여러 쌍의 눈이 자신을 응시하는 것을 알게 되자 무안함을 감추지 못했다.

"흠흠, 뭘 그리 보나. 저렇듯 다정한 것이 부러워서 바라본 것뿐인데."

"흥, 그렇게 부러우면 다시 장가를 가면 될 것이 아니오."

소문이 청하를 생각했음을 단박에 알 수 있었던 단견은 일부러 통명스럽게 말을 하였다.

"장가? 그런 소리 하지 마라. 내 주제에 장가는 무슨."

소문이 쓴웃음을 지으며 두 손을 홰홰 내젓자 장난기가 발동한 단견은 더욱 능청스럽게 응수했다.

"주제가 그렇긴 하지만 보아하니 신붓감은 이미 준비된 것 같으니 그것을 걱정할 필요는 없을 것 같구려."

단견의 말에 남궁혜의 얼굴은 순식간에 도화(桃花)빛으로 물들었다. 하지만 순간 얼굴빛이 변한 소문이 벌떡 신형을 일으켰다. 그렇게 되자 오히려 당황한 것은 단견이었다.

"화… 나셨습니까? 저는 그냥 장난으로……."

당황한 단견이 땅바닥에 손을 짚고 힘겹게 일어나며 변명을 하려 했지만 그의 입은 이미 소문의 손에 막혀 버렸다. 단견의 입을 막은 소문의 시선은 천천히 밝아오는 동쪽을 향해 있었다.

'이 기운은!'

육감이 남다를 정도로 발달한 소문만이 느낄 수 있을 정도로 미세하게 전달되어 오는 기운, 그것은 분명 익숙한 것이었다. 기세를 감출 생각도 없이 순식간에 거리를 좁히며 다가오는 적들이 잠시 호흡을 가다듬는지 그 움직임을 멈추었다. 어림잡아 이백여 장의 거리. 마음만 먹으며 눈 깜짝할 사이에 접근할 거리였다.

'그렇군. 패천수호대라고 했던가?'

단번에 그들의 정체가 패천수호대임을 간파한 소문은 자기도 모르게 주변을 둘러보았다.

약 삼십의 인원. 하지만 며칠 동안을 극도의 긴장과 싸움 속에서 보낸 이들이 패천수호대를 상대한다는 것은 불가능해 보였다. 그러다 문득 고개를 돌리던 소문의 눈에 청성파의 부부가 눈에 들어왔다. 상황을 아는지 모르는지 그들의 다정스런 모습은 변함이 없었다. 따스한 눈으로 그들을 바라보던 소문의 눈에서 순간 서늘한 기운이 솟아 나왔다.

'최악의 상황이로군. 하지만!'

뭔가를 결심한 소문은 아무런 말도 하지 않고 재빨리 걸음을 옮겼다. 소문의 신형은 휴식을 취하고 있는 당천호에게 다가가고 있었다.

"쯧쯧, 쓸데없는 소리는 지걸여 가지고."

"아, 아니, 난 그저……."

곽검명의 핀잔에 뭐라 변명을 하지 못한 단견은 좌불안석(坐不安席)일 수밖에 없었다. 더구나 고개를 숙인 남궁혜의 붉어지는 눈시울은 그를 더욱 궁지에 몰아넣었다.

'미치겠구나!'

지은 죄를 알기에 꿀 먹은 벙어리마냥 입을 다물고 곽검명에게 한참 동안이나 구박을 받던 단견을 구해준 것은 다름 아닌 소문이었다. 당천호에게 다가갔던 소문이 돌아오자 반색을 한 단견이 재빨리 입을 열었다.

"형님, 아까는……."

"하하! 안다, 알아. 그것 때문에 화가 난 것은 아니니 걱정하지 마라. 그리고 지금 즉시 이곳을 떠나게 될 것이니 준비하여라. 그리고 형님, 전 잠시 다녀올 곳이 있습니다. 먼저 떠나도록 하십시오. 조심하시구요. 남궁 소저도 조심하시기 바랍니다."

서둘러 말을 마친 소문은 뒤도 돌아보지 않고 몸을 날렸다.

"아니, 도대체……."

"저기……."

갑작스런 소문의 말에 영문을 몰랐던 곽검명이나 남궁혜가 뭐라 말을 하려 했지만 그들이 입을 열려고 했을 땐 이미 소문의 신형은 그들과 멀어지고 있었다. 또한 말을 한다 해도 지금은 그 어떤 말도 그의 귀에 들어가지 않았다. 어깨에 멘 철궁을 슬쩍 쓰다듬으며 움직이는 소문의 뇌리엔 오직 한 가지 생각만이 자리 잡고 있을 뿐이었다.

'패천수호대! 패천수호대라…….'

*   *   *

거세게 밀어닥친 패천궁의 힘에 굴복하여 잠시 그들의 수중에 떨어졌지만 대반격을 시작한 정도맹이 하남성에서 패천궁의 세력을 완전히 밀어내고 되찾은 정도맹의 학산(确山) 분타. 한적한 야산에 세워진 학산 분타는 비록 그 규모는 작고 볼품은 없었지만 패천궁과의 싸움을 지휘하는 정도맹의 수뇌부들이 자리한 지금은 다른 어떤 곳보다 중요했다. 그런 학산 분타에서 그나마 심처(深處)에 자리 잡은 하나의 전각. 과거에는 패천궁의 급습으로 목숨을 잃은 분타주의 집무실이었지만 현재는 분타주 대신 전각을 차지한 영오 대사와 제갈공 등 몇 명의 주요 인사들이 모여 시시각각(時時刻刻)으로 올라오는 전서구를 분석하며 앞으로의 계획을 수립하느라 정신이 없었다.

"지금쯤이면 도착했겠지요?"

"예, 꽤 먼 길이긴 하지만 상황이 상황이니만큼 최대한 급히 움직였을 것입니다. 예상대로라면 지난밤에 도착했으리라 생각됩니다."

물을 줄 알았다는 듯 영오 대사의 질문에 답하는 제갈공의 말에는 한 치의 머뭇거림도 없었다.

"늦지는 않은 것 같아 다행입니다."

미소를 짓는 영오 대사와는 달리 제갈공의 얼굴엔 한 줌 근심이 나타났다.

"문제는 검성 어르신께서 이끄시는 병력이 적의 거센 추격을 뿌리치고 용골채와 우리가 보낸 구원군과 합류를 할 수 있느냐 하는 것이지요. 구원군이 도착했다손 치더라도 탈출을 하지 못하면 아무런 소용도 없는 것입니다."

"그렇게 될 것입니다. 아니, 반드시 그리되어야지요."

언제나 가문의 걱정에 여념이 없는 남궁우가 무슨 소리를 하느냐는 듯 소리쳤다.

"아미타불! 너무 염려하지는 마십시오. 틀림없이 그리될 것입니다. 어쨌든 그 일은 그렇다 치고 적들은 어디까지 물러났습니까?"

차분한 음성으로 남궁우를 달랜 영오 대사가 다시 질문을 하였다.

"하남성은 물론이고 호북성도 일부나마 패천궁의 세력을 몰아낼 수 있었습니다. 이대로 며칠만 더 지나면 지난날의 경계까지 완벽하게 수복(收復)할 수 있을 것입니다."

탁자에 펼쳐진 지도를 지적하며 설명을 하는 제갈공의 음성엔 승리를 확신하는 듯 자신감으로 충만했다.

"아미타불! 얼마나 다행인지 모르겠습니다. 많은 피해를 예상했건만……."

"상황이 불리한 저들이 은연중 확전(擴戰)을 피하고 저희들 또한 심하게 압박을 하지 않은 결과입니다. 원래 궁지에 몰린 쥐를 몰더라도 도망갈 구멍은 남겨두라고 하지 않았습니까? 모든 것이 잘 맞아떨어진 결과라 생각됩니다."

"이 모든 것이 목숨을 돌보지 않고 정의를 위해 싸워준 모든 분들의 공입니다."

흡족한 미소를 지은 영오 대사가 고개를 끄덕이며 대꾸했다.

"그렇습니다. 그리고 이제는 사태의 추이를 지켜볼 때가 된 것 같습니다. 저들이 힘없이 밀리기는 하였지만 더 이상 밀리면 패천궁의 강북 총타마저 위험해집니다. 강남 총타가 쑥밭이 된 마당에 그곳까지 내주려 하지는 않을 것입니다. 아마도 거센 반격이 예상됩니다."

"그렇겠지요. 단숨에 저들을 몰아내면 좋겠지만 아직은 힘이 없으니 적당한 선에서 이번 싸움을 끝내야겠지요."

영오 대사는 비록 제갈공의 말에 동의는 표하는 듯했지만 절호의 기회를 살리지 못하는 자신들의 무력함에 가히 기분은 좋지 않은 듯했다.

"너무 심려하지 마십시오. 싸움을 끝낸다는 말씀은 드리지 않았습니다. 다만 지켜보는 것이지요. 지금이야 상황이 급박하니 표출되지 않겠지만 싸움이 멈추고 소강 상태에 들어가면 지난번에 말씀드린 문제점들이 불거져 나올 것입니다. 구심점을 잃은 이상 저들이 분열하는 것은 불문가지(不問可知)입니다. 그때까지 힘을 기르고 내실을 닦으며 기회를 엿본 후 적당한 시기를 잡아 단숨에 밀고 내려가면 별다른 피해 없이 이 땅에서 저들을 몰아낼 수 있을 것입니다."

"아미타불! 그리만 된다면 얼마나 좋겠습니까? 다시는 이런 일이 있어 헛되이 목숨을 잃는 사람들이 없어야 할 것입니다."

불호를 외는 영오 대사의 음성엔 간절한 무언가가 느껴졌다. 하지만 상황은 제갈공의 장담과 영오 대사의 바람과는 전혀 상관없는 방향으로 흘러가고 있었다. 그리고 그것은 자리의 맨 끝자락에 앉아 있던 남궁우가 막 올라온 전서구를 살피는 것으로부터 시작되었다.

"아니! 이런 일이! 이것이 정녕 사실이란 말인가?"

남궁우는 자신도 모르게 서찰을 전해 올린 사내에게 물었다. 하나 그것은 우문(愚問)일 뿐이었다.

"왜 그러시는 거요? 무슨 안 좋은 일이라도 있는 것이오?"

남궁우의 황망한 표정에 놀란 운상 진인이 재빨리 물었다.

"직접 보시는 것이 좋겠습니다. 저는 도저히……."

서찰을 넘기고 재빨리 제갈공의 귀에 입을 가져가는 남궁우의 얼굴엔 경각의 빛이 가득했다. 그리고 그런 반응은 전서구를 읽는 운상 진인이나 남궁우에게 설명을 듣는 제갈공 또한 다르지 않았다.

"무량수불! 무량수불!"

"도대체 무슨 내용이 올라왔기에 그러시는 겝니까? 제게도 그 전서구의 내용을 알려주시지요."

운상 진인마저 당황한 기색이 영력하자 영오 대사가 근심 어린 어조로 말을 하였다. 항상 평상심을 잃지 않았던 영오 대사의 표정에도 다급함이 어려 있었다. 그러자 연신 도호를 되뇌던 운상 진인이 떨리는 손길로 서찰을 전해 올렸다.

절대고수(絕對高手) **출현**(出現)! 아군 피해 속출! **패퇴**(敗退) 중!

"음!"

서찰을 펼침과 동시에 자신도 모르게 외마디 비명을 지른 영오 대사의 얼굴이 심각하게 굳어졌다. 단번에 들어오는 너무나 짧은 글귀. 상황이 다급했는지 아무렇게나 흘려 쓴 글이었지만 전하고자 하는 내용은 명확하기만 했다.

"어찌 된 것입니까? 절대고수라니요?"

영오 대사의 시선은 곧바로 제갈공에게 향해졌다. 질문을 받은 제갈공의 안색에 난처함이 드러났다.

"그, 그것이… 저들의 진영에 있는 고수들은 대부분이 파악이 되었고 또 새로 패천궁에 속한 고수들이 있다지만 절대고수라 불릴 만한 인물은 몇 되지 않습니다. 물론 우리 측에도 그들에 비해 절대 모자라지 않는 여러 선배님들이 계십니다. 그런데 그런 분들이 패퇴할 정도의 절대고수라니! 저 또한 어찌 된 영문인지……."

"이런, 군사마저 모른다면 더욱 큰일이 아니오. 도대체 어느 정도의 고수가 나타났기에 이런 연락이 온단 말인가!"

운상 진인의 탄식에 제갈공은 더욱 얼굴을 들지 못했다.

"이럴 것이 아니라 좀 더 냉정하게 상황을 바라보아야 한다고 생각합니다. 우선 정체는 모르지만 절대고수라 불리는 자가 적진에 나타났습니다. 그리고 계속 밀리기만 하던 그들이 공세로 전환했습니다. 이 말은 이제 우리가 원하든 원하지 않든 전면전을 피할 수는 없다는 것입니다. 최대한 빨리 그의 정체를 파악하고 대책을 세워야 합니다. 아울러 모든 계획을 다시 수립해야 할 것입니다."

가장 먼저 마음을 진정시킨 남궁우가 침착하게 입을 열었다.

"그래야겠지요. 아미타불! 전면전이라… 결국 최악의 상황에 몰리고 말았습니다. 얼마나 많은 사람들의 목숨이 쓰러질지… 아미타불!"

"그나저나 전력을 다해 싸운다면 승산은 있는 것이오, 군사?"

운상 진인이 묻자 그때까지 고개를 숙이고 상념에 잠겼던 제갈공이 천천히 고개를 들고 힘없이 대답을 하였다.

"박빙(薄氷)입니다. 그 누구도 딱히 어느 쪽이 이길 것이라 예측하지는 못할 것입니다. 하지만."

"하지만 무엇이오?"

"솔직히 조금 전만 하더라도 비록 많은 희생자가 나겠지만 지금 당장 전면전을 치르면 우리 정도맹이 약간은 우위에 있다고 생각했습니다. 객관적인 전력의 우위보다는 궁주를 잃어 저하된 저들의 사기를 감안했을 때 그런 것이었지요. 그러나 정체를 알 수 없는 고수가 출현한 지금……."

잠시 말을 멈추고 한숨을 내쉰 제갈공이 힘겹게 말을 이었다.

"질 수도 있다고 생각합니다."

"음!"

"아미타불!"

말이 끝남과 동시 침음성을 내뱉은 이들은 한동안 입을 열지 못했다. 하지만 침묵은 그리 길지 않았다. 사태의 심각성을 인식한 이상 말은 더 이상 필요가 없었다. 이제는 움직일 때였다. 잠시 후 영오 대사를 비롯한 수뇌들은 누가 뭐라 할 것도 없이 자리에서 일어나 전각을 나서기 시작했다.

* * *

'많기도 하군. 어림잡아 백 명은 되겠는데……'

풀숲에 몸을 숨기고 잠시 휴식을 취하는 패천수호대를 살피던 소문은 노련한 사냥꾼이 범 사냥을 하는 듯 신중에 신중을 기하고 있었다. 지금까지 정도맹의 무인들을 추격해 왔다면 많이 지쳤을 만도 하지만 아무렇게나 앉고 누워 호흡을 가다듬고 있는 그들에게선 조금도 그러한 느낌을 받을 수가 없었다. 그들은 이제 막 추격을 시작한 것처럼 힘차고 여유가 넘쳐 보였다.

"휴식은 일각뿐이다. 우리가 쫓아온 길이 벌써 백 리가 넘었다. 모르긴 몰라도 적은 이 근처 어딘가에서 은신하고 있을 것이다. 적이 눈앞에 있다. 모두들 긴장의 끈을 풀지 마라. 그리고 명심해라. 단 한 명도 놓쳐서는 안 될 것이다. 궁주님께서 쓰러지셨다. 궁주님을 지키던 우리의 형제들이 모조리 죽임을 당했다. 우리가 그곳에 있었다면 그리 되지는 않았을 것이다. 그놈들은 우리가 없는 틈을 이용해 우리의 안방을 마음껏 유린하고 짓밟았다. 이제는 우리가 그 빚을 갚아줄 때다. 적을 발견하는 즉시 공격을 시작하라. 나의 명령을 기다릴 것도 없다. 또한 손속에 인정을 두지 마라. 그런 놈은 내가 용서를 안 할 것이다. 가능하면 가장 잔인하게 죽여라. 그래서 우리를 건드린 대가가 어떤 것인지를 똑똑히 보여주도록 해라."

주변을 거닐며 말을 하는 적성의 음성은 실로 단호하고 살기가 넘쳐 흘렀다. 하나 그의 말이 끝났음에도 언제나 마찬가지로 대원들의 입에선 별다른 대답이 튀어나오지 않았다. 다만 자신들의 무기를 한번 쓰다듬는 것으로 대답을 대신했다.

'헐! 무시무시한 말이군. 최대한 잔인하게 죽여라라… 후~ 그나저나 뿜어져 나오는 기세를 보니 장난이 아니군. 힘든 싸움이 되겠어.'

고수는 고수를 알아본다고 했던가? 능력을 따지자면야 소문과 비교하는 것 자체가 무리가 있는 그들이었지만 패천수호대라면 패천궁 최고의 정예들. 개개인이 모두 상당한 실력을 지닌 고수들이었다. 제아무리 치고 빠지는 데에는 천부적인 재능이 있는 소문이라지만 이 정도의 숫자면 상당히 벅찬 상대가 아닐 수 없었다.

'그나마 이곳이 산이라는 것이 다행이군. 장소가 험하고 협소하면 협소할수록 나에게는 유리해지지. 그러고 보니 지난날 만독문과 싸웠던 때도 그랬군. 상황이 어찌 이리 비슷한지. 하지만……'

소문의 얼굴에 잠시 화색이 돌다가 사라졌다. 이곳은 제법 숲이 우거지고 험했지만 불과 얼마 가지 않아 산세가 끝나고 넓은 들판이 이어진다는 것에 생각이 미쳤기 때문이다.

'넓은 곳으로 가면 좋을 것이 하나도 없다. 반드시 이곳에서 결판을 내야 한다. 음! 움직이기 시작하는군.'

소문의 눈에 하나둘 일어나는 대원들의 모습이 들어왔다. 동시에 철궁의 시위가 당겨졌다. 시위에는 하나의 나뭇가지가 걸려 있었다. 한없이 용솟음치는 내공을 지닌 소문이었지만 저 많은 적을 상대하면서 처음부터 내공이 많이 소진되는 무영시를 쓸 생각은 없었다. 소문의 곁에 박혀 있는 바위 위엔 어느새 준비했는지 상당한 나뭇가지들이 쌓여 있었다.

'환야 형님과 그대들에겐 미안한 일이지만 지금부터 악몽이 시작될 것이다. 우선은 이것으로.'

잠시 환야를 생각했던 소문의 손에서 힘이 빠지자 철궁의 시위가 자신을 귀찮게 했던 나뭇가지를 힘차게 날려 버렸다.

쐐액!

새벽 공기를 가르며 날아가는 화살의 파공성! 그것이 바로 전대미문의 싸움이 시작되는 순간임을 알리는 신호탄이었다.

*　　　　*　　　　*

"크윽!"

느리게 무너지는 신형. 천천히 다리가 꺾이고 차가운 땅에 몸을 누이는 중년 사내의 얼굴에는 도저히 믿기지 않는다는 표정이 떠올랐다. 그런 사내의 이마 정중앙에는 눈으로 살피기에도 힘든 가는 세침(細針)이 박혀 있었다.

"쯧쯧, 그게 당가가 자랑하는 만천화우인 모양인데… 실망이야. 고작 그 정도 무공이 무림의 일절(一絶)로 불렸다니 말이야. 무턱대고 암기만 많으면 최고인 줄 아나 본데 하나를 날려도 상대에게 위협을 줘야지. 안 그런가?"

사내를 쓰러뜨린 노인은 자신의 몸에 박힌 온갖 종류의 암기들을 툭툭 털어내며 중얼거렸다. 먼지를 털듯 몇 번 움직인 손짓에 촘촘히 박혀 있는 암기들이 우수수 떨어지는 것을 보니 그것들은 노인에게 조금의 상처도 입히지 못한 모양이었다.

"……."

그 모양을 보던 사내 당문천은 부끄러움에 고개를 숙였다. 몸에 느껴지는 고통과 죽음을 앞둔 공포보다 더욱 그를 가슴 아프게 한 것은 선조들이 피땀으로 이룩한 당가의 명성에 먹칠을 했다는 것이었다. 자신이 최선을 다해 펼친 만천화우, 비록 암왕이란 이름을 얻은 아버지 당천호가 펼치는 것에 비해 위력이 현저히 떨어지는 것은 사실이었지만 지금껏 당가를 빛내던 만천화우가 이렇게 처참하게 부서질 줄은 꿈에도 생각하지 못했다. 결국 그 한 수로 자신은 목숨을 잃게 되었고 당가의 명예는 땅에 떨어지고 말았으니…….

'죄… 송합니다, 아버님…….'

당문천의 고개가 힘없이 떨구어졌다. 단 한 번의 실수로 조부가 손녀를 죽이는 광경을 보아야 했고 그 자신은 가주의 직위에서 내려와 실추된 세가의 명예를 회복하기 위해 동분서주했던 당문천. 결국 그는 그렇게 목숨을 잃고 말았다.

"자, 다음은 누구냐?"

당문천을 세침 하나로 절명시킨 생사노괴 임종대는 경악에 찬 눈으로 자신을 바라보는 정도맹의 인물들을 돌아보았다. 평범한 얼굴, 입가에 살짝 지은 웃음이 인상 좋은 노인네로 보였지만 그를 바라보는 정도맹의 사람들은 절대 그렇지 못했다.

그 웃음 속에서 벌써 얼마의 목숨이 사라졌는가!

암기를 제법 쓴다 하는 당가의 무인들이 속절없이 쓰러졌고 결국 물러나기는 하였지만 얼마 전만 하더라도 당가의 가주로 있던 당문천마저 별다른 저항도 못하고 목숨을 잃었다. 그들이 바라보는 생사노괴의 미소는 염라대왕(閻羅大王)의 미소나 마찬가지였다. 누구 하나 덤비는 사람이 없었다. 그런데 이런 상황은 비단 이곳뿐만이 아니었다. 원로원의 원로들이 움직이는 곳에서는 이와 동일한 일들이 벌어졌다.

궁사혼의 병력에 힘을 보탠 원로들은 그리 바삐 움직이지도, 또 전원이 나서지도 않았다. 하지만 그들이 움직였을 때는 반드시 정도맹의 핵심 고수들이 목숨을 잃었다. 벌써 각 문파의 장로들은 물론이고 이번 싸움을 대비해 모셔온 은거기인들이 상당수 목숨을 잃었다. 이러니 싸움이 될 리가 없었다. 주춤주춤 뒤로 물러나는 정도맹 무인들의 표정에는 공포가 어리고 있었다. 그러나 그 누구도 그것을 탓하지 못했다.

"결국 당 공도 목숨을 잃고 말았소이다. 이를 어찌해야 할지……."

막 당문천이 쓰러지는 것을 목격한 석부성이 절망의 한숨을 내쉬었다. 곽무웅의 표정도 심각하게 굳어졌다. 당문천이라면 최소 자신들의 아래가 아니었다. 그런데도 저리 쉽게 목숨을 잃는 것은 무엇을 의미하는가? 그건 여기 있는 그 누구도 노인들의 상대가 될 수 없다는 것을 뜻했다.

이들과 함께 상황을 지켜보던 전대 개방 원로인 독목개(獨目丐) 악기봉(岳奇峯) 또한 난감하기 그지없었다. 강남 총타를 치기 위해 길을 떠난 황충의 간곡한 부탁으로 그를 대신하여 잠시 동안 개방을 이끌고 있었지만 상황은 몹시 여의치 않았다. 생각도 못한 원로원 고수들의 출현은 그 누구도 예상치 못한 결과를 가져왔다.

그들이 누구던가! 그 이름만으로 강호를 숨죽이게 했던 고수들이 아닌가!

열두 개의 비침을 날리며 기행을 일삼던 생사괴의 임종대, 밤의 황제라던 무불살 송무, 구양풍 이전에 소림에 단신으로 도전해 수많은 화제를 뿌렸던 천축(天竺) 출신의 승려 혈승(血僧) 유영(流影), 너무나 평범한 얼굴을 지녔지만 손을 쓰기 시작하면 황제가 와도 못 말린다는 전사옹(田舍翁) 탕문기(蕩紋夔), 웃으면서 적을 쓰러뜨린다는 소면호(笑面虎) 조희운(曹熹雲) 등… 하나같이 일세를 풍미했던 짝을 찾을 수 없었던 고수들. 지금은 세인들의 기억에 아련한 전설로만 남은 전대의 고수들이 처음 모습을 드러냈을 때 악기봉은 공포에 몸을 떨어야만 했다.

"강호오왕 중 궁왕을 비롯한 검왕, 권왕이 패천궁의 원로인 줄은 알았지만 저들마저 패천궁에 있었을 줄이야! 결국 소문이 사실이었어. 구양풍에게 패하고 패천궁에 몸을 의탁했다고 항간에 떠돌던 소문이. 허허, 이들을 어찌 상대해야 한단 말인가? 그 당시에도 이들과 싸울 수 있었던 사람은 거의 전무했거늘……."

고개를 절레절레 흔들던 악기봉이 다시금 입을 열었다.

"우리가 어리석었네. 아니, 저들을 제때에 알아보지 못한 내가 어리석었어. 저들이 처음 전면에 나설 때 바로 알아보았다면 이렇게 큰 피해를 입지는 않았을 것을. 수없이 많은 고수가 죽고 나서야 알아보았으니… 지금은 싸울 때가 아닌 것 같네. 이대로 가다간 고수란 고수는 물론이고 저들의 공세에도 배겨나지 못할 것이야. 다행히 현재는 생사괴의와 무불살, 권왕만이 나서고 있어 어찌어찌 막고는 있다지만 지켜보고 있는 다른 인물들마저 본격적으로 나서면 상황이 급변할 걸세. 그러기 전에 뒤로 물러나 전력을 가다듬는 것이 좋을 것이야."

"하지만 이대로 물러설 수는 없습니다! 벌써 세 번째 퇴각입니다! 더 이상 물러나면 다시는 회복하지 못합니다!"

목인영이 핏대를 올리며 반발했다.

"그럼 자네가 저들을 막아보게, 애꿎은 제자들의 목숨만 잃게 하지 말고. 자네가 저들 중 한 사람의 발이라도 묶을 수 있다면 나도 물러나자는 말을 하지 않겠네."

상황을 제대로 인식하지 못하는 목인영의 태도에 화가 난 악기봉이 차디찬 음성으로 쏘아붙였다. 얼굴이 벌게진 목인영은 아무 소리도 못하고 뒤로 물러났다.

"하지만 뒤로 물러난다고 해도 방법이 없을 것 같습니다. 저들을 막을 고수가 있을런지요? 그나마 검성 어르신과 암왕께서도 이곳에 계시지 않아서……."

곽무웅의 조심스레 물었다.

"그렇겠지. 하나 지난날 구양풍이 소림에 도전을 했을 때도 수호신승이 나타나지 않았는가? 이번에도 그러지 말라는 법은 없네. 모르긴 몰라도 아직 우리가 모르는 많은 기인이사들이 몸을 드러내지 않고 계실 것이네."

"그리만 된다면 얼마나 좋겠습니까? 하지만……."

"어쩔 수 없지 않은가? 지금은 저들을 상대할 방법이 없으니 우선은 전력을 보전하며 훗날을 기약해야 할 것이야. 당장 맹주께서도 군사와 함께 이리로 온다고 하지 않는가? 최소한 그때까지만이라도 피해를 최소한으로 해야 된다고 보네."

더 이상 이견이 있을 수 없었다. 정도맹을 이끌고 있는 수뇌들 또한 악기봉의 생각과 다르지 않았다. 다만 호북성의 완벽한 수복을 눈앞에 두고 있다가 물러나려니 선뜻 결정을 하지 못했을 뿐이었다. 그러나 결정을 한 이상 조금이라도 머뭇거릴 필요는 없었다.

"흠, 저들이 물러나는군, 태상장로."

"그렇습니다. 물러나지 않을 수가 없었겠지요. 비록 싸움은 팽팽하여 지금까지는 어느 한쪽이 우세를 점하진 못했지만 원로님들에 의해 상당수의 고수들이 목숨을 잃었습니다. 하나같이 중요한 자리에서 일반 무인들을 이끄는 자들. 시간이 지나면 자연 무너질 수밖에 없었습니다."

궁사혼이 만족한 미소를 지으며 대답했다.

"그렇겠지. 나를 비롯하여 오직 한 번 구양 궁주에게만 패했던 사람들이야. 구양 궁주가 누군가? 그 당시 천하제일인이 아니던가. 저들을 막을 수 있는 사람이 누가 있을까!"

궁왕이 싸움터에서 눈을 떼지 않으며 고개를 끄덕였다. 입가에 걸린 희미한 미소가 그의 자부심을 보여주는 듯했다.

"허! 아직도인가? 그나저나 저 젊은이도 대단하군. 권왕이 많이 봐주는 것 같기도 하지만 대단한 투지야."

문득 시선을 움직이던 궁왕의 입에서 감탄사가 터져 나왔다. 그런 그의 눈에 권왕과 치열한 싸움을 하고 있는 호천단의 단주 이성진의 모습이 들어왔다. 상당한 부상을 당한 듯 검을 움직이는 그의 행동은 한없이 굼뜨기만 했다.

"이제 그만 하도록 해라. 비록 적이라지만 너는 죽이기엔 아까운 인물이구나! 그쯤 했으면 되었다."

권왕은 온몸을 피로 도배를 하면서도 조금도 물러섬이 없이 자신에게 돌진하는 이성진을 바라보며 궁왕 못지 않게 감탄을 하고 있었다.

각 문파의 장문인과 어른들을 압도하는 실력을 지닌 원로원의 노고수를 상대로 처절한 혈전을 펼치는 이성진. 지금 그는 어째서 그가 투귀(鬪鬼)라는 명성을 얻게 되었는지 확실히 증명을 하고 있었다. 물론 궁왕의 말대로 권왕이 손속에 인정을 두고 있는 것은 틀림없는 사실이지만 권왕과 싸우는 그의 실력은 강호에 알려진 것과 비교할 바가 아니었다.

검을 사용하기는 했지만 그는 전신이 무기였다. 검을 휘두르다가도 기회가 생기면 다리로, 팔로, 어깨로, 몸통으로 온몸을 이용해 권왕을 공격했다. 심지어 가슴을 내주고 머리로 들이받는 무모함에 공격을 감행했던 권왕이 깜짝 놀라 뒤로 물러서기까지 했다. 하지만 거기까지였다. 상대의 기를 질리게 만드는 투지와 수없이 많은 전쟁을 치르며 익힌 실전 무공도 잠시 권왕을 당황하게 만드는 것이 전부였다. 이미 두 팔과 한쪽 다리는 부러진 지 오래였고, 여러 차례 공격을 허용한 전신의 뼈 또한 성한 것이 없었다. 그럼에도 이성진은 초인적인 인내로 부러진 팔로 검을 부여잡고 성한 다리 한쪽을 이용하여 공격을 하고 있었다.

"허허, 정신을 잃고도 몸을 움직이고 있었더란 말이냐?"

흐느적거리며 자신에게 다가오는 이성진이 이미 정신을 잃고 있다는 것을 깨달은 권왕이 또 한 번 탄성을 내뱉었다. 이어 힘이라고는 전혀 실리지 않은 공격을 슬쩍 피하며 손을 움직였다. 하지만 이번 움직임은 조금도 강맹하지 않았고 목숨을 노리는 것도 아니었다. 이성진의 상태를 더 이상 두고 볼 수 없었던 권왕이 그의 수혈을 점한 것이었다. 수혈을 점혈당한 이성진의 몸이 천천히 무너져 내리자 권왕이 손을 뻗어 그를 안아 들었다. 그리곤 정도맹의 무인들이 대부분 퇴각했음에도 불구하고 홀로 남아 자신을 노려보고 있는 한 사내에게 걸어갔다.

"동료들이 물러가고 있는데 너는 아까부터 지켜보고 있더구나. 너와

이자는 어떤 관계더냐?"

"우리는 정도맹의 주력 호천단의 일원이오."

호천단의 부대주 하지무는 조금도 두려움없이 당당하게 대꾸했다.

"그래, 이름은 들었다. 이자가 호천단의 단주더냐?"

"그렇소. 그가 호천단 단주인 투귀 이성진이오."

"투귀라… 과연 잘 어울리는 별호군."

고개를 끄덕이던 권왕이 다시 물었다.

"그렇게 말하는 너는 누구냐?"

"부대주 하지무요."

하지무의 태도는 시종일관 당당했다. 쾌씸하면서도 한편 그 기개가 마음에 든 권왕은 별다른 말은 하지 않고 들고 있던 이성진을 넘겨주었다. 축 늘어져 정신을 잃은 이성진을 재빨리 안은 하지무가 처음으로 고개를 숙였다.

"고맙소."

"난 그저 정신을 잃으면서까지 내게 덤비던 이 녀석의 용기와 그런 자신의 상관을 끝까지 지켜보는 네가 마음에 들어 그리한 것이니 고마워할 것은 없다. 하지만……."

말을 하던 권왕의 어깨가 순간 움찔하는 것 같더니 하지무의 신형이 휘청거렸다. 비명은 지르지 않았지만 하지무의 얼굴이 심하게 일그러진 것으로 보아 상당한 고통이 있는 듯했다.

"나이도 어린 놈이 까마득한 선배를 보고 '이랬소, 저랬소' 라니… 내 이번만은 참고 가벼운 징계로 넘어가지만 다음번엔 어림도 없을 줄 알거라. 그럼 이만 가보거라."

"……."

권왕이 어떻게 자신의 옆구리를 가격했는지 전혀 알아보지 못한 하지무는 고통 속에서도 천천히 몸을 돌렸다. 그 누구도 권왕이 돌려보내는 그들을 가로막지 못했다. 힘들게 몸을 움직이는 하지무를 바라보던 권왕도 몸을 돌려 다른 원로들에게 돌아갔다.

"쯧쯧, 뭐가 그리 즐거워 웃는 것인가? 오랜만에 몸을 푸니 좋은 모양이군."

싱글벙글 웃으며 돌아오는 권왕을 향해 궁왕이 대뜸 시비를 걸었다.

"좋지. 암! 좋고말고. 자네 말대로야. 오랜만에 몸을 풀어서 좋고 또 지난날의 나와 성격이 비슷하던 젊은이를 만나서 기분이 좋았다네."

"하긴, 용기인지 어리석은 발악인지는 모르나 죽음을 무릅쓰고 덤비는 그자의 모습이 자네의 성격과 비슷은 하더군. 앞뒤 가리지 않는."

계속해서 이성진의 모습을 지켜보던 궁왕도 인정을 한다는 듯 고개를 끄덕였다.

"얼마나 기분이 좋은지 모른다네. 실로 오랜만에 그럴듯한 무인을 만났어. 무인이라면 자고로 그래야지. 최소한 저 정도의 투지와 용기, 끈질김, 그리고 불굴의 정신력은 지녀야 무인답지. 요즘은 어찌 된 것이 이놈이나 저놈이나 그저 세력 다툼에 눈이 멀어 쓸데없는 싸움이나 하고 있으니……."

즐겁게 말을 하던 권왕이 궁사혼을 비롯하여 자리에 모인 수뇌들을 바라보며 안색을 찌푸렸다. 일순 안색을 붉히는 사람들. 그들은 권왕이 말하는 이놈과 저놈이 누구인지 잘 알고 있었다. 그러나 그들은 약속이라도 한 듯 침묵을 지켰다. 기분은 나빴지만 권왕을 상대로 불쾌한 감정을 드러내 놓고 표현할 수 있는 사람은 아무도 없었다.

　　　　　*　　　　*　　　　*

　"헛!"

　수하들의 길을 재촉하던 적성은 자신을 노리고 날아오는 화살에 대
경실색하며 재빨리 고개를 돌렸다. 화살은 간발의 차이로 왼쪽 볼을
스치듯 지나가며 상처투성이의 얼굴에 또 하나의 상처를 늘려놓았다.
하지만 피한 것은 오직 적성뿐이었다. 연이어 들려오는 비명성. 순식
간에 서너 명의 수하들이 땅을 뒹굴었다. 하나같이 복부를 부여잡고
쓰러져 있는 그들은 쉽사리 일어나지 못했다.

　"적이다! 좌우를 경계하며 공격에 대비하랏!"

　단번에 사태를 파악한 적성이 재빨리 나무 뒤로 몸을 숨기며 소리쳤
다. 그러나 그가 소리치기도 전에 이미 대부분의 대원들은 자신들을
보호해 줄 엄폐물(掩蔽物)을 찾아 몸을 날리고 있었다.

　'역시 대단하군. 정말 쉽지는 않겠어.'

　동료들이 쓰러지고 위험이 감지되자마자 저토록 재빨리 몸을 움직
이는 패천수호대의 대원들을 바라보고 있던 소문의 눈에 은근한 경탄
의 빛이 떠올랐다. 그들과 함께 패천궁 최고의 정예로 일컬어지는 혈
참마대와도 이미 싸움을 해보았지만 혈참마대도 저 정도의 일사불란한
움직임을 보여주지는 못했었다.

　'역시 환야 형님의 말대로 혈참마대와 비교할 바가 아니군. 그렇다
고 이대로 물러설 수야 없지.'

　입술을 지그시 깨문 소문은 다시 한 번 시위를 당겼다. 그리고 새벽
녘 어둠을 등에 업고 빠르게 날아간 화살은 수풀 사이에 배를 깔고 엎
드려 있던 한 대원의 등허리에 그대로 박혀 버렸다.

"크헉!"

고통에 비명을 지르는 사내. 몸을 숨기고 있다지만 혹시 몰라 극도로 조심을 하고 있었는데 갑자기 찾아오는 이 고통은 무엇이란 말인가!

고통을 참고 등허리에 박힌 화살을 분지른 사내는 어째서 이 빌어먹을 화살이 정면이 아닌 엉뚱한 하늘에서 내리박혔는지 도저히 이해를 하지 못하겠다는 표정을 짓고 있었다. 하나 그가 알 수 있는 것은 아무것도 없었다.

소문의 손은 잠시도 쉬지 않았다. 그때마다 숲에는 비명성이 울려 퍼졌다. 철궁을 떠난 화살은 상대를 가리지 않았다. 수풀에 숨어 있는 자도 바위나 나무를 방패막이 삼아 고개만 살짝 내밀고 있는 자도 예외는 아니었다. 자신의 위치를 드러내지 않기 위해 일부러 하늘 높이 화살을 날린 소문의 솜씨, 어려서부터 포두이술에 매달린 그의 화살 정확도는 이제 극에 이르고 있었다. 더구나 살짝살짝 이기어시의 묘용도 응용을 하니 화살은 단 한 발의 실패 없이 적에게 치명적 타격을 가했다.

'좋아, 좋아! 오랜만에 사용을 했는데도 잘 들어가는군.'

성공한 화살을 바라보던 소문은 내심 득의양양해했다. 그러나 그렇게 좋아할 일만은 아니었다. 연신 웃음을 터뜨리며 또 하나의 화살을 시위에 재고 있던 소문은 갑자기 밀려드는 살기에 흠칫 몸을 떨었다.

'이런, 나도 모르게 그만……'

소문이 오랜만에 사용한 포두이술이 생각보다 잘 먹혀 들어가는 기쁨에 잠시 주의가 흐트러진 사이 몇 명의 인물이 그의 근처까지 다가왔다. 어느 정도까지 접근한 그들은 주저없이 몸을 날렸다.

소문과의 거리는 어림잡아 십여 장. 바로 앞에 이르렀어도 그들의 몸놀림으론 소문의 옷깃도 잡지 못할 것이지만 문제는 그것이 아니었다. 그들의 공격이 시작됨과 동시에 몸을 숨기고 있던 나머지 대원들도 모조리 일어나 소문에게 달려오기 시작했다. 더구나 그 상황에서도 일부의 대원들은 소문의 도주로를 차단하기 위해 좌우로 이동을 하며 포위를 하고 있었다.

이쯤 되면 자신의 무공에 얼마간 자신이 있는 사람이라도 당황하기 마련. 그러나 상대는 소문이었다. 그가 보인 반응이라곤 자신의 위치가 그렇게 빨리 발견되었다는 데에 대한 놀람과 그만큼 자신에게 접근할 동안 신경을 쓰지 않은 자신의 부주의에 대한 대가로 날리려던 화살로 자신의 머리를 두 차례 두드린 것뿐이었다.

"나를 잡기란 생각보다 쉽지 않을 것이다."

입꼬리를 살짝 말아 올리며 짓는 미소와 자신을 발견하고 일을 번거롭게 만든 대원들에 대한 가벼운 응징 차원으로 소문이 날린 것은 무영시였다.

가장 앞장서 소문을 공격하던 대원들이 뭔가를 알아채고 방비를 하려 했지만 극도로 긴장을 하고 대비해도 막기 힘든 무영시를 온 힘을 다해 경공을 펼치고 있는 그들이 막아내기란 요원한 일이었다. 한 걸음에 이삼 장씩 뛰어오던 사내들이 그대로 땅에 꼬꾸라지자 소문은 주저없이 몸을 날렸다.

"쫓아라! 여기서 놓치면 안 된다!"

방금 소문의 무영시에 쓰러진 대원들의 곁에서 그들과 함께 소문을 쫓던 희탁강은 마음 한구석에서 밀려오는 한기를 애써 누르며 주춤거리는 대원들에게 소리를 질렀다. 그리곤 적진을 향해 질주하는 용맹한 장수마냥 소문을 뒤쫓았다. 그러나 소문을 잡기란 결코 쉬운 일이 아니었다.

"숲이 우거지고 험해 수적인 우위를 보지 못하고 있어 피해는 계속 늘고 있는데."

적성은 번번이 소문을 놓치는 대원들을 바라보며 속을 끓이고 있었다. 피해를 무릅쓰고 포위망 안에 가두면 상대는 어떻게 하든지 포위망에서 벗어나 버렸다. 그것은 수하들의 잘못이 아니었다. 상대가 그만큼 훌륭한 것도 있었고 결정적으로 주변의 험한 지형이 포위망을 견고히 하는 것을 방해했다. 상대는 그런 지형을 교묘히 이용하며 세상에 다시 보기 어려운 경공을 발휘하며 빠져나가는 것이었다. 또한 그러면서도 화살을 날리는 것을 멈추지 않으니… 패천수호대의 피해는 기하급수적으로 늘어만 갔다.

"궁귀인 모양이야."

"그렇겠지. 저렇게 빠른 몸놀림은 일찍이 본 적이 없어. 저렇듯 쫓기며 날리는 화살에 속수무책으로 당하는 것을 보니 강호에 퍼진 그의 명성이 헛소문만은 아닌 모양이군. 저런 실력을 지녔으면서도 왜 지난번에는 그런 모습을 보였는지 모르겠네. 그때는 소문만 무성한 삼류건달로 보였는데 말이지."

적성은 혁종의 말에 동의를 표했다.

"어쩌면 그때는 정말 우리와 싸울 마음이 없었는지도 모르지. 물론 지금은 상황이 달라졌지만."

적성은 고개를 돌려 혁종을 바라보았다. 뭔가 묘한 분위기를 풍기는 말을 들었기 때문이다.

"상황이 달라지다니?"

"아까부터 생각하고 있던 것인데 저자는 아무래도 시간을 끄는 것 같아."

"시간이라니? 혹 도주하는 정도맹을 돕기 위해?"

"그렇지. 강남 총타를 치는 데에는 보이지 않던 저자가 나선 것은 도망치는 그들을 돕기 위해서겠지. 그리고 또 하나 자네는 뭔가 이상한 것이 느껴지지 않는가?"

적성은 혁종의 말에 고개를 갸웃거렸다.

"저자가 있는 곳과 우리가 있는 곳을 살펴보게. 처음의 위치가 바뀐 것 같지 않나? 저자는 틀림없이 우리보다 서쪽에서 공격을 시작하였는데 지금은 오히려 동쪽으로 가 있네."

"그 말은!"

뭔가를 알아차렸다는 듯 적성이 눈이 번쩍였다.

"그렇지. 그는 지금 두 마리 토끼를 노리고 있어. 하나는 도주하는 정도맹의 정예를 위해 시간을 끄는 것이고 다른 하나는 우리로 하여금 이 산을 벗어나지 못하게 하려는 것이네. 제아무리 강한 무공을 지니고 있다 하여도 우리에게 포위되어서 살아남을 인간이 있다고 보는가? 애당초 싸움이 되지 않는다는 것을 아는 거야. 저처럼 빠른 경공을 지닌 자를 이리 험한 산에서 잡기란 몹시 힘든 것이네. 또한 이런 지세(地勢)는 활을 사용하기엔 그다지 좋지 않지만 그의 화살을 보게. 오히려 더욱 춤을 추지 않는가? 어쩌면 그에겐 이곳이 최적의 조건을 갖춘 곳일 수도 있네. 그것을 알기에 저자는 포위되는 척하면서 우리를 점점 더 숲으로 끌어들이는 것 같아."

"그렇다면 방법은 하나군."

적의 철저한 심리전에 속았다는 분함보다는 압도적인 전력을 지니고도 홀로 날뛰는 적을 한참 동안이나 어쩌지 못했다는 부끄러움이 앞선 적성은 무거운 음성으로 명령을 내렸다.

"지금부터 최대한의 속도로 숲을 빠져나간다. 방향은 서쪽. 후미(後尾)에서 따라오는 대원들은 최대한 적의 공격을 막도록."

적성의 명은 신속하게 전달되었고 맹렬하게 소문을 추격하던 패천수호대의 대원들은 그 방향을 틀어 서쪽으로 내달리기 시작했다. 이렇게 되자 당황한 것은 오히려 소문이었다.

"이런, 저놈들이 눈치를 챘구나!"

화살에 쓰러지면서도 악착같이 자신을 따라오던 패천수호대가 갑자기 몸을 돌리자 소문의 얼굴에 처음으로 당황의 빛이 떠올랐다. 이곳은 자신이 싸우기에는 최적의 장소였다. 그러나 적들도 이제 그것을 간파한 모양이었다.

일순 걸음을 멈춘 소문은 심한 갈등에 사로잡혔다. 정도맹의 무인들이 아무리 빨리 도망을 쳤다 해도 이들의 걸음엔 어림도 없었다. 그렇다고 산을 벗어나 평지에서 싸우기엔 패천수호대가 지닌 힘이 너무나 강력했다. 또한 평지에서 싸운다면 포위를 당하는 것은 불문가지. 언제까지나 무영시로만 상대를 할 수는 없을 것이었다. 문제는 바로 그것이었다. 지금까지는 확실히 몸을 피할 수 있다는 자신감과 여유가 있어 적당히 부상을 입히는 정도에 그쳤지만 검을 들고 싸운다면 당하지 않기 위해서라도 상대를 철저하게 괴멸시킬 수밖에 없었다.

"후~ 어쩐다……."

잠시 동안 고민을 하던 소문. 하지만 이미 결정은 내려져 있었다.

"예상대로군. 놈! 이제 네놈의 명줄이 다하기까지는 얼마 남지 않았다."

적성은 자신들을 추격하며 화살을 퍼부어대는 소문을 바라보며 이

를 갈았다. 어느새 그의 앞에는 우거졌던 풀숲과 나무들이 사라지고
넓은 평야 지대가 나타나고 있었다.

"그러나 피해가 예상외로 너무 커. 저자도 독하게 마음을 먹었는지
손속이 거세어졌네. 많은 이들이 죽고 있어."

혁종이 연이어 들려오는 비명을 의식하며 뒤를 돌아보았다.

"다 끝났네. 여기서는 저렇게 날뛰지 못하겠지."

어느 정도 산을 벗어났다고 생각한 적성이 걸음을 멈추자 그를 따르
던 나머지 대원들의 걸음도 자연적으로 멈추어졌다. 숲의 언저리에는
아직도 경계를 하며 온몸으로 화살을 막아내고 있는 대원들이 몇 보였
지만 그것도 잠시 마지막 단말마를 끝으로 더 이상 움직이는 사람은
없었다. 그리고 그 끝에 철궁을 들고 천천히 숲을 빠져나오는 소문의
모습이 보였다.

"혹시나 했지만 역시 네놈이었군."

예상은 했지만 막 비추기 시작한 햇살을 받으며 모습을 드러낸 소문
이 지난날 자신들이 쫓던 사람과 동일인임을 알게 된 적성의 나직한
음성에선 짙은 살기가 뿜어져 나왔다. 반면에 소문의 대답은 너무나
천연덕스러운 것이었다.

"그렇게 되었소이다."

"설마 이번에도 겁을 먹고 꽁무니를 빼는 것은 아니겠지? 아니, 그
래도 상관은 없다. 네놈이 아니라도 우리가 빚을 받아낼 상대는 충분
히 있으니까."

정도맹의 무인들이 도망을 치고 있을 방향을 은근슬쩍 바라본 적성
이 더욱 진한 살소를 지었다.

"네놈의 걸음이 빠른 것 또한 알고 있다. 우리와 싸우다 언제든지

도망을 칠 수 있다는 것을. 하지만 그리되면 그 즉시 어떤 일이 벌어질지는 충분히 알 수 있을 것이다. 단, 약속을 하지. 네놈이 끝까지 물러나지 않고 우리와 싸운다면 따로 병력을 돌려 저들을 추격하는 일은 없을 것이다. 물론 네놈이 목숨을 잃은 다음은 상황이 달라지겠지만."

"후후, 내가 고맙다고 해야 하는 것이오? 아마 그렇지는 않을 것이오. 당신들에겐 자신이 있을지 모르지만 병력을 나눈다면 그 결과가 어찌 될 것 같소? 어쨌든 그렇게까지 말을 하니 나 또한 싸움을 하는 도중에 도망을 가는 일은 없을 것이오. 물론 나를 잡는 것은 그대들의 능력이겠지만."

어느새 패천수호대의 포위망에 갇혀 버린 소문의 태도에는 여유가 넘쳐흘렀다. 그런 소문의 자세에 뭔가 모르게 자격지심을 느낀 적성은 거친 음성으로 대꾸했다.

"흥, 걱정하지 말고 살 궁리나 하여라."

그 말이 신호인 양 무수한 공격이 소문에게 쏟아져 들었다. 소문 또한 다가오는 공격을 냉정하게 바라보며 활시위를 당겼다.

"크흑!!"

소문에게 달려들던 패천수호대 대원들이 그대로 꼬꾸라졌다. 단숨에 두 명의 대원을 쓰러뜨린 소문은 그들의 머리를 넘어 포위망을 빠져나가려고 하였다.

궁을 들고 싸우는 소문에게 가장 중요한 것은 바로 적과의 거리였다. 아무리 강력한 궁술을 지닌 사람도 무수한 적을, 그것도 근접한 거리에서 만나게 되면 절대적으로 불리한 상황이 돼버리고 만다. 그것은 소문이라고 해서 예외일 수는 없었다. 소문은 어떻게든지 거리를 벌리기 위해 몸을 움직였다. 하지만 패천수호대의 능력은 그리 녹록한 것이 아니었다. 소문이 움직이면 같이 따라 움직이고 상처를 입거나 목숨을 잃어 자리에서 이탈하면 거의 동시에 다른 대원이 자리를 채웠다. 또한 소문의 주변을 이중삼중으로 방비를 하며 그가 포위망을 벗어나는 일은 없게 하려고 발버둥을 쳤다. 비록 소문이 이리 뛰고 저리 뛰며 포위망의 간격을 제법 벌려놓았지만 상황은 그다지 좋지 않았다. 죽음을 두려워하지 않는 적의 포위망은 점점 견고해졌고 그러면서도 소문의 움직임에 조금의 틈이라도 만들기 위해 몇몇의 무인들이 악착같이 덤벼들었다.

"크악!"

"컥!"

그러나 그들이 소문에게 다가가는 것 또한 요원한 일이었다. 가까운 거리기에 소문이 날리는 무영시는 더욱 정확하게 명중을 하였다. 소문의 시위가 한 번씩 튕겨질 때마다 비명을 지르며 쓰러지는 패천수호대의 무인들. 이미 손에서 인정을 거둔 소문이 날리는 무영시의 위력은 실로 끔찍했다. 스치기만 해도 피부가 찢기는 것은 물론이고 뼈가 으스러졌다. 하지만 공격보다는 수비에 신경을 많이 써야 되는 소문이기에 당겨지는 활시위의 횟수는 현저하게 줄어들었다. 설상가상(雪上加霜)으로 소문에겐 최악의 상황이 벌어지고 말았다.

틱!

'틱?'

의당 시위를 당기면 경쾌하고도 날카로운 소리가 들려야 하건만 이 무슨 소리던가! 더구나 자신에게 막 검을 날리는 사내가 비명을 지르며 쓰러져야 하건만 오히려 기세 좋게 검을 휘둘러 목을 노리니…….

"이런, 젠장!"

영문을 몰라 멍청히 서 있다가 하마터면 목이 잘릴 뻔한 위기를 간발의 차이로 벗어난 소문은 가운데가 끊어져 양쪽으로 늘어져 있는 시위를 바라보며 욕지거리를 해댔다. 하지만 그것은 어쩌면 너무나 당연한 결과였다.

보통의 화살을 날리는 활이라도 적절한 시기가 오면 그 시위를 갈아줘야 하는 것이 당연한 이치였다. 한데 소문의 무영시가 어디 보통의 위력을 지닌 것이던가? 자연 그 수명이 짧을 수밖에 없었다.

그나마 과거 소문의 철궁을 보관하고 있던 남궁혜가 철궁의 낡은 활시위를 교체했기에 지금까지 버틴 것이었다. 만약 남궁혜가 철궁에 걸린 시위가 질기기가 세상에 으뜸이라는 천잠사(天蠶絲)를 엮어서 만든 것임을 못 알아보고 또 그와 같은 활시위를 구하고자 백방으로 수소문하는 노력을 하지 않고 평범한 활시위로 교체를 했다면 벌써 수십 번은 끊어지고도 남음이 있었다.

하지만 자신이 쓰던 철궁의 시위가 천잠사로 만든 것인지 그냥 명주실로 만든 것인지, 또한 천잠사로 만든 활시위를 구하기 위해 남궁혜가 들인 공이 얼마인지 알 리 없는 소문은 싸움 도중 갑자기 끊어지고만 활시위에 화가 날 뿐이었다.

"크하하하! 우스운 꼴이 되고 말았구나. 이빨 빠진 호랑이라는 말이 지금의 네놈과 딱 들어맞는 말이 되었다!"

주변이 떠나가라 웃음을 짓다 멈추고 천천히 소문에게 접근하는 희탁강의 입가가 묘하게 일그러졌다. 그동안 당했던 것을 단숨에 갚아주겠다는 의지로 이를 악물자 나타나는 모습이었다.

"과연 그럴까?"

"큭!"

싸늘한 소문의 음성. 희탁강의 웃음은 곧 경악으로 바뀌고 말았다. 아니, 미처 반응하기도 전에 그는 어찌 된 영문인지 모르고 목숨을 잃고 말았다.

"희탁강!"

깜짝 놀란 적성이 목이 터져라 소리를 질렀지만 흔적도 없이 날아간 그의 머리에선 그 어떤 음성도 흘러나오지 않았다.

"이빨이 없다고 해도 호랑이는 호랑이야."

자신에게 다가오던 희탁강의 머리를 단숨에 날려 버린 소문은 담담한 표정으로 서 있었다. 그런 그의 손엔 어느새 일자로 곧게 펴진 철궁이 검인 양 들려 있었다.

"네, 네놈이!"

감당키 힘든 분노에 몸을 편 적성이 소문을 향해 몸을 날리려는 찰나, 곁에 있던 혁종은 재빨리 그의 몸을 잡았다.

"자네는 우리의 우두머리. 아직은 아니야. 뭣들 하느냐! 쳐라!"

순식간에 벌어진 상황에 잠시 넋을 놓고 있던 패천수호대의 대원들에게 호통을 쳐 공격을 명령한 혁종은 곧바로 말을 이었다.

"저자는 진짜야. 희탁강은 패천수호대에서 자네와 나를 제외하고는 최고의 고수였어. 그런데 그가 미처 손을 써보지도 못하고 죽었네. 방심했다고 생각하는가? 천만에. 난 보았네. 희탁강의 검이 머리에서 불과 얼마 떨어지지 않은 곳까지 이르렀음에도 당황하지 않고 여유가 있던 놈의 눈을 말이야. 그리고 그 여유는 충분히 이유가 있다는 것이 증명되었네. 도저히 인간이 휘둘렀다고는 생각할 수 없는 속도로 희탁강의 머리를 날려 버린 쇠막대기를 통해서 말일세."

여전히 적성의 어깨를 잡고 말을 잇는 혁종의 얼굴은 심각하게 굳어 있었다.

"헌원강 호법님의 우려가 기우가 아니었어. 어쩌면 우린 놈에 대해 너무 모르고 있는 것은 아닌지 모르겠네. 너무 무시를 했어. 자칫 잘못하다간 패천수호대의 명성도 여기서 끝장나는 수가 있네."

"절대 그럴 수는 없지. 나 적성이 살아 있는 한 절대로 있을 수 없는 일이야."

천천히 혁종의 손을 뿌리친 적성의 눈은 조금 전 분노에 휩싸였던 것과는 달리 냉정하게 가라앉아 있었다. 상대의 실력이 흥분해서 날뛴다고 어찌할 수 있는 것이 아니라는 것을 의식한 적성은 혁종이 말하는 위기감을 온몸으로 느끼며 천천히 소문의 움직임을 살피기 시작했다.

패천수호대에 의해 완벽하게 둘러싸인 소문은 철궁을 휘두르며 화살을 날릴 때보다 더욱 빠르게 움직이며 날뛰고 있었다.

"크악!"

소문의 팔이 움직일 때마다 울려 퍼지는 비명성과 고함 소리는 싸움이 얼마나 급박하게 돌아가는지를 단적으로 보여주고 있었다. 하지만 비명은 전부 다 패천수호대의 대원에게서 들려오는 것. 그들은 거의 일방적으로 당하고 있었다.

지금 소문은 절대삼검을 제외한 그가 알고 있는 모든 검법을 사용하고 있었다. 그래 봤자 몇 안 되는 초식에 위력도 별 볼일 없는 것으로 알려진 것들이지만 당하는 패천수호대의 입장에선 그것이 아니었다. 줄기차게 뻗어 나오는 검기에 몸을 빼기가 힘들었고 어쩌다 막는다 하더라도 심각한 내상으로 이어졌다. 더구나 움직이는 소문의 몸에서 풍겨져 나오는 저 지독한 살기란… 별다른 해결책을 찾지 못한 패천수호대의 희생자는 늘어만 갔다.

"사방에서 날아오는 공격을 막는 것은 틀림없는 팔방풍우요, 그리고 이어지는 공격은 틀림없는 횡소천군. 보고는 있지만 도저히 믿기지가 않아. 어떻게 저따위 초식에 손 한 번 써보지도 못하고 당한단 말인가! 두 눈을 뽑아버리고 싶은 심정이야."

"그 어떤 초식도, 하물며 이름없는 시정잡배가 아무렇게나 써먹는 초식에서 검기가 치솟는다면 이미 그것은 절세의 무공이 되는 것이네. 무공에 있어 이름 따위는 그다지 중요한 것이 아니네. 다만 그것을 사용하는 사람이 누구냐가 중요한 것이지. 안 그런가?"

뚫어져라 소문을 살피고 있던 혁종이 고개조차 돌리지 않고 대꾸했다.

"하지만 아무리… 저것은!"

순간 뭐라 반박을 하려 했던 적성이 흠칫 놀라 말을 잇지 못했다.

"역시! 난 우리가 이렇게 당하고만 있을 것이라고는 생각하지 않았네. 누가 뭐래도 우리는 패천수호대가 아닌가?"

치밀어 오르는 격동을 주체할 수 없었는지 혁종의 음성은 은은히 떨리고 있었다. 그런 그의 눈에 처절한 싸움을 하고 있는 대원들의 모습이 들어왔다. 언제부터인가 소문을 공격하는 대원들의 초식은 동일하게 변해 버렸다.

대저 모든 무공들은 최후의 한 수를 지니고 있는 법이었다. 그것은 패천수호대의 독문검법인 혈우검법도 예외는 아니었다.

일신의 몸을 돌보지 않고 상대와 등귀어진을 하고자 하는 혈우검법(血雨劍法)의 마지막 초식, 혈우무적(血雨無敵)!

지금 패천수호대의 대원들이 시전하는 것이 바로 그것이었다. 더 이상 힘이 없을 때, 도저히 상대를 어찌할 수 없을 때 죽기 전에 단 한 번 사용한다는 그 초식을 소문을 공격하는 패천수호대의 대원들은 너나 할 것 없이 사용하고 있었다. 비록 상대가 소문인지라 아직까지는 그다지 큰 효과를 보고는 있지 못했지만 그렇다고 아주 효과가 없던 것은 아니었다.

동료들의 죽음을 목도한 나머지 대원들의 눈에서 불똥이 튀었다. 자고로 피만큼 사람을 흥분시키는 것은 없다던가? 더구나 그것이 자신의 몸이나 동료들에게서 흘러나오는 것이면 그 강도는 더욱 강하기 마련이었다. 그들의 행동을 저지하던 출행랑의 살기도 죽음의 공포를 뛰어넘은 그들의 분노 앞에선 더 이상 영향력을 발휘하지 못했다. 여유가 넘쳐흐르던 소문의 몸에서도 은근한 핏줄기가 보였고 움직임도 꽤 둔화되었다.

'음, 좋지 않군. 좋지 않아.'

시간이 갈수록, 희생자가 늘어나면 날수록 끊임없이 이어지는 상대의 험악한 공격을 의식이라도 하듯 소문의 얼굴에선 웃음이 사라진 지 오래였다. 자신이 내뿜는 검기가 가끔이긴 하지만 상대의 검에 막히기 시작했고 살을 주고 뼈를 깎겠다는 것이 아닌 아예 목숨을 버리고 소문에게서 조그만 틈이라도 만들겠다는 패천수호대 대원들의 의지는 점점 강해지고 있었다.

시시한 무공이라도 구명절초라 일컬어지는 것은 제법 험한 기운을 띠고 있었고 또 제아무리 이름없는 삼류무사라 할지라도 같이 죽겠다고 덤빌 때에는 그 기세에 질려 함부로 하지 못하는 법이었다. 하물며 천하를 진동시키는 패천수호대와 강호의 일절로 알려진 독고적의 독문 검법인 혈우검법이었다. 죽음을 동반하고 펼치는 그 기세는 말로 표현할 수 없을 정도였다. 사지가 잘리거나 몸에 상처를 입는 것은 아무것도 아니었다. 목이 날아가도 나아가던 몸은 멈추지 않는 대원들의 투혼은 마침내 그 성과를 얻기 시작했다.

"윽!"

또 한 명의 대원을 쓰러뜨린 소문의 입에서 짧은 신음성이 터져 나왔다. 그리고 그의 가슴팍엔 죽으면서까지 검을 휘두르던 자의 부러진 검날이 살짝 박혀 있었다.

"지독한 놈들!"

재빨리 검날을 뽑은 소문은 지혈한 시간도 없이 철궁을 휘둘러야만 했다. 상처는 별로 크지 않았지만 기회를 잡은 패천수호대의 무시무시한 공격이 계속 이어졌기 때문이었다.

'이것들을 그냥!'

몇 번의 거센 공격을 막아내고 한숨 돌린 소문은 가슴에서 은근한 통증이 이어지자 불현듯 화가 치솟았다. 그리고 심각한 고민에 접어들었다.

절대삼검이라면 이 고생 할 것 없이 쉽게 적을 물리칠 수 있으리라! 하지만 제아무리 절대삼검이라 해도 저 정도의 실력과 인원을 지친 패천수호대를 모조리 잠재우기 위해선 상당한 시간과 노력이 필요할 것이란 생각이 들었다. 더구나 절대삼검을 사용할 경우 끔찍할 정도로 많은 내공의 소진도 각오해야만 했다. 비록 얼마 사용하지 않는다 치더라도 지금처럼 검기를 뿌려대는 것과는 비교도 할 수 없는……

소문은 갈등할 수밖에 없었다. 절대삼검을 사용한다면 이번 위기에서는 쉽게 빠져나갈 수 있을 것이지만 한동안 제대로 된 내공을 사용할 수 없을지도 몰랐다. 물론 그가 익히고 있는 내공심법의 특성상 금방 소진된 내공을 되찾을 수 있겠지만 그것도 최소한의 시간은 필요로 했다. 그리고 그 안에 위기가 닥치지 않으리라는 장담도 없었다. 문제는 과연 저들의 추격이 패천수호대로서 끝나냐는 것이었다. 이들보다는 못해도 계속해서 강한 인물, 세력들이 쫓아올 것이었다. 결국 언제 끝날지 모르는 싸움을 위해서라도 내공은 철저히 아낄 필요가 있었다.

또한 애당초 소문은 자신이 있었다. 비록 상대가 그 이름도 유명한 패천수호대이고 숫자도 많았지만 그는 자신의 무공을 믿었고 출행랑을 믿었다. 상황이 여의치 않으면 언제든지 몸을 빼면 그만이라는 생각도 하고 있었다. 비록 예기치 못한 공세에 가슴을 비롯하여 제법 많은 상처를 입었지만 그보다 더한 상처도 수없이 많이 입었던 소문으로선 별다른 문제가 되지는 못했다.

잠시 고민에 빠졌던 소문은 고개를 가로저을 수밖에 없었다. 그가 내린 결론은 지금은 절대삼검을 사용하여 내공을 허비하기보다는 적당히 상대를 하다가 몸을 빼는 것이 최선이라는 것이었다. 하지만 일은 생각만큼 그렇게 간단하지 않았다.

기회를 잡았다고 생각한 패천수호대의 공격은 실로 무섭고도 집요했다. 어차피 한 사람을 놓고 공격을 하게 되면 그 인원이나 방위가 제한되기 마련. 그들은 저마다 자신이 노리는 곳에 상처를 주기 위해 최선을 다했다. 아니, 자신이 못하면 다른 동료라도 할 수 있게 어떻게든 악착같이 달려들었다. 철궁에 맞아 더 이상 다가들 수 없으면 몸을 터뜨려 육편을 날렸고 피를 뿜어 시야를 혼란케 했다. 어떤 대원은 소문의 발을 무디게 하기 위해 몸 위로 검기가 쏟아지든 아니면 직접적으로 철궁의 육중한 타격을 받아 목숨을 잃든 개의치 않고 달려들었다. 그리고 그 일이 성공을 하지 못하고 숨이 끊어지는 순간에도 자신의 목표였던 소문의 발에서 시선을 떼지 못했다.

그렇게 죽어가면서도 그들은 확신을 가지고 있었다. 자신은 죽더라도 나머지 동료들이 반드시 자신의 복수와 패천수호대의 명예를 지켜주리라는 것. 그런 확신이 있었기에 그들은 기꺼이 목숨을 내놓고 있었다. 그리고 그것은 점차 현실로 다가오고 있었다.

"난 더 이상 참고 있을 수가 없네. 수하들이 저리 목숨을 버려가며 싸우고 있는데 수장이라는 사람이 이렇게 구경만 해서야 되겠는가?"

"암! 함께 가세나. 이제는 나설 때가 되었지. 자네가 움직이지 않았다면 내가 등을 떠밀었을 것이네."

혁종의 말에 빙그레 웃은 적성이 천천히 걸음을 옮겼다. 주변이 시산혈해(屍山血海)로 변해 버린 지는 이미 오래였다. 조금 전만 하더라도 멀쩡히 살아 있던, 수하이자 동료요 형제였던 대원들의 형체도 없이 뭉개진 시신을 넘으며 적성과 혁종은 전의를 불태웠다. 그리고 그들은 곧 그 누구보다도 강한 사내와 그를 상대하기 위해 목숨을 걸고 있는 수하들의 곁에 도착할 수 있었다. 그리곤 아무 말도 없이 검을 들고 그 싸움에 끼어들었다. 그들의 가세는 안 그래도 고전을 하고 있는 소문에겐 치명타였다. 벌써 몸 이곳저곳에 상처를 입고 피를 흘린 소문은 많이 지쳐 있었다. 더구나 갈가리 찢기는 동료의 죽음에도 아랑곳 않고 덤비는 그들의 투지에 은근히 기가 질리고 있었다. 이제 그만 몸을 빼야겠다는 생각을 하고 있었는데 때마침 적성과 혁종이 달려든 것이었다.

'드디어 움직였는가?'

적성과 혁종의 움직임을 간파한 소문의 입가에 패천수호대의 자살공격이 이어진 뒤 처음으로 미소가 보였다. 지금껏 나서지 않던 적의 수장이 나섰다는 것이 곧 무엇을 말하는지 알고 있었기 때문이다. 그만큼 자신이 있다는 의미. 묘한 반발심이 가슴 깊은 곳에서 꿈틀거렸다. 이대로 물러나기엔 자존심이 허락하지 않았다.

'내 꼴이 그렇게 우습게 보였단 말인가? 하긴 이렇게 피칠을 하고 쩔쩔매고 있으니 그럴 만도 하겠군. 하지만 그대들에게 당할 정도로 지치진 않았어.'

스스로에게 조소를 보낸 소문은 적성과 혁종의 검을 막아갔다. 이전과 조금도 다름없는 행동. 하나 그것은 소문의 오산이었다. 소문은 패천수호대의 대주라는 자리가 어떤 자리인지 좀 더 생각을 했어야 했다.

적성과 혁종, 그들은 애초 소문이 상대하고 있던 패천수호대의 대원들이나 희탁강과는 비교조차 되지 않을 정도로 뛰어난 고수였다. 이미 그 실력이 혈우검법을 전수해 준 독고적이 이루었던 경지를 뛰어넘은 지 오래였고 비록 패천궁 내에서도 크게 드러나진 않았지만 검으로 일가를 이룰 정도의 실력을 지니고 있었다. 기껏해야 다른 이들보다 조금 나은 수준으로 생각하고 있던 소문으로선 그들의 강맹한 공세에 크게 당황할 수밖에 없었는데… 문제는 그것뿐만이 아니었다.

죽은 줄만 알고 있었던 한 사내가 검을 들어 발등을 내리찍은 것이 아닌가! 시체라 여기며 전혀 신경을 쓰지 않았던 인물이 발 아래에서 꿈틀거리는 것을 느낀 소문이 대경실색하여 발을 빼려 하였지만 예상치 못한 적성과 혁종의 거센 공격에 무방비로 노출된 소문은 피하고 자시고 할 틈이 없었다. 적성과 혁종의 공격을 막기는 하였지만 죽을 힘을 다해 검을 움직이는 사내의 공격까지는 막을 수가 없었다.

"크윽!"

뼈마디를 타고 오르는 고통이 뇌를 울리고 거의 동시에 이를 악문 소문은 철궁을 들어 사내의 머리를 후려치곤 몸을 뺐다. 발등을 뚫고 땅속 깊이 박힌 검이 그런 소문의 움직임에 따라 뽑혀 오르고 소문은 그 검을 자신의 발등에서도 재빨리 분리시켰다. 뼈를 가는 기괴한 소리와 함께 발등에서 뽑혀져 나온 검끝에선 소문의 선혈이 점점이 흘러내리고 있었다. 물끄러미 그것을 바라보는 소문의 전신에서 출행랑을 시전할 때와는 전혀 다른 살기가 끓어오르고 있었다.

'크크, 멍청한! 진즉에 절대삼검을 쓰던지 아니면 몸을 뺐어야 했는데… 이제는 도망을 가고 싶어도 갈 수가 없게 돼버렸으니……'

그랬다. 소문이 위기에서도 절대삼검을 쓰지 않은 이유는 단 하나, 출행랑을 믿었기 때문이다. 지금껏 소문의 행동은 앞으로 있을 많은 위험에 대비하여 내공을 아끼고자 하는 마음도 있었지만 그것도 출행랑이라는 최고의 경공을 지니고 있다는 마음이 저변에 깔려 있었기에 가능했던 것이다. 그러나 발등에 심각한 부상을 입은 지금은 아니었다.

"후후후! 하하하!!"

철궁을 축 늘어뜨린 소문은 마치 싸움을 포기한 사람처럼 무방비 상태로 서서 하늘을 바라보며 큰 소리로 웃어 젖혔다. 그 모양이 괜한 허세로 비쳐졌는지 적성이 한껏 비웃음이 담긴 음성으로 말을 했다.

"그 따위 허세는 필요없다. 이제 순순히 질긴 목을 내밀어라. 비록 수없이 많은 동료들의 목숨을 앗아간 놈이지만 그 실력만큼은 인정을 하지 않을 수 없구나. 어쩔 수 없는 상황이었다지만 다수로써 한 사람을 핍박한 것은 틀림없는 수치. 고통없이 보내주마."

적성은 들고 있던 검을 검집에 넣으며 승자의 미소를 보였다. 하지만 적성을 제외하고 혁종과 나머지 대원들은 혹시 모를 소문의 움직임에 대비하여 철저히 경계하고 있었다.

"……."

소문은 별다른 말 없이 주변을 살펴보았다. 살기를 뿜으며 자신을 노려보는 인원이 아직도 사십여 명. 다리만 멀쩡하다면 별로 신경 쓸 것도 없었지만 지금으로썬 상당히 벅찬 인원이었다.

'어쩔 수 없군. 지금이라도 사용을 할 수밖에. 그렇지 않았다간 목숨을 보전하기 어렵겠구나!'

소문은 늘어뜨렸던 철궁을 가슴께로 천천히 끌어당겼다. 그 모양은 본 적성은 조금도 주저없이 명령을 내렸다.

"어리석은 놈! 죽여라!"

그의 말이 떨어지기가 무섭게 몸을 날리는 대원들. 혁종 또한 자신의 손으로 끝장을 보겠다는 듯 몸을 움직였다. 그런 그들을 바라보던 소문의 심장은 차갑게 식어 있었고 눈에는 살기가 깔렸다.

소문과 패천수호대의 경천동지(驚天動地)할 싸움이 벌어지는 곳에서 얼마 떨어지지 않은 나무 그늘 아래. 검왕을 제외한 나머지 원로들을 정도맹과 다투고 있는 호북성으로 북상시킨 환야와 그를 따라나선 검왕이 몸을 숨기고 이들의 싸움을 지켜보고 있었다. 그들이 장내에 도착한 것은 소문이 철궁을 휘두르며 패천수호대와 치열한 접전을 하고 있을 때였다.

"두고만 보려느냐?"

"……."

무심하게 질문을 던진 검왕은 환야가 자신의 물음에 별다른 대꾸가 없자 환야의 마음을 이해한다는 듯 중얼거렸다.

"하긴 그가 아무리 너와 의형제를 맺었다고는 하나 동료의 원수를 갚으려는 패천수호대를 막기엔 무리가 있겠구나. 그렇지만 나중에 후회를 하려거든 지금 나서는 것이 좋을 것이다. 망설이다간 너무 늦어."

검왕의 말에 환야는 길게 탄식을 했다.

"후회를 하겠지요. 틀림없이 할 것입니다. 하지만 제가 나선다 해도 절대로 듣지 않을 것입니다. 도움은 더 더욱 바라지 않겠지요. 패천수호대라는 이름이 지닌 명예는 저들에게 있어선 목숨보다 중한 것이니 말입니다."

"그건 무슨 소리더냐? 도움이라니? 패천수호대의 명예라니?"

검왕이 의아하다는 듯 되물었다.

"검왕 할아버지는 제가 지금 소문을 걱정하고 있다고 보십니까? 훗, 그것은 할아버지가 잘못 알고 계셔도 너무 잘못 알고 계시는 것입니다. 저 정도의 상처는 그에게 별다른 영향을 끼치지 못합니다. 오히려 투쟁심만 가중시킬 뿐이지요. 상처 입은 호랑이의 모습을 이제 보실 수 있을 겁니다. 호랑이를 자극하던 혈랑(血狼)의 종말도……. 그러나 뻔히 결과를 알면서도 제가 나서지 못하는 것은 말씀드린 그대로입니다. 제가 나선다면 소문은 틀림없이 검을 멈출 것입니다. 하지만 패천수호대는 어떨까요? 죽는 한이 있더라도 그들은 검을 멈추지 못합니다. 저나 검왕 할아버지가 저들의 움직임을 막는다면 차라리 자결을 택할 친구들이지요."

한숨을 내쉰 환야가 고개를 흔들며 말을 이었다.

"그래서 제가 나서지 못하고 있는 것입니다. 어차피 이렇게 된 것, 명예나 지키라고 말이지요."

"쉽게 이해가 가지 않는구나. 지금까지 저 아이가 보여준 실력은 과연 뛰어난 것이었다. 또 네 말대로 비장의 한 수를 감추고 있다고 하자. 그렇다고 하더라도 지금은 절대 불리한 상황이 아니더냐? 부상은 부상대로 입고, 특히 발에 상처를 입었으니 지금까지 빠른 몸놀림으로 상대를 혼란시킨 저 아이의 최대 이점이 사라진 것이 아니냐. 또한 살아남은 패천수호대의 인원도 너무 많다. 그리고 그들을 이끄는 저 둘의 무공은 나를 놀라게 할 정도였어."

검왕의 냉막한 얼굴에 불신의 빛이 가득 떠올랐다.

"두고 보시면 알게 되실 겁니다, 결과가 어떻게 나타나는지는. 한쪽은 아끼는 수하요, 다른 한쪽은… 후~"

환야는 처연한 미소를 지으며 고개를 돌렸다. 검왕 또한 환야를 따라 고개를 돌렸다. 잠시 멈추었던 싸움이 다시 시작되는 모양이었다. 하지만 상황은 이전과 전혀 다르게 나타났다.

예상을 했던 환야는 별다른 표정의 변화를 보이지 않았지만 지금도 소문의 실력을 의심하고 있던 검왕으로선 두 주먹이 불끈 쥐어질 정도로 놀라운 일들이 벌어지고 있었다.

하나 멀리서 바라보고 있는 검왕의 놀람은 소문과 싸우고 있는 패천수호대의 대원들과 적성, 혁종 등이 느끼는 놀람에 비할 바가 아니었다.

싸움이 시작되자 패천수호대의 대원들은 조금 전과 같이 자신의 몸을 희생시키고 그 대가로 소문에게 부상을 입히는 공격 대신 수적인 우세로 몰아붙이는 공격을 감행했다. 하지만 이미 상당한 부상을 입은 소문이기에 그 정도면 충분하리란 그들의 생각이 얼마나 잘못된 것인지는 극명하게 드러났다.

이상하게 움직이는 소문의 철궁, 느릿느릿 변화하는 철궁의 움직임은 기묘하고도 기괴했다. 아무리 허점을 파고들어 가려 노력을 했지만 패천수호대 대원들의 공격은 소문의 근처에 이르지도 못하고 모두 막혀 버렸다. 뒤를 막는가 하면 어느새 앞에 나타나고 좌측이 허점이다 싶어 공격을 하면 마치 오기를 기다렸다는 듯 간단히 물리치는 철궁의 조화는 실로 두려울 정도였다. 뿐만 아니라 철궁에 어떤 힘이 깃들어 있는지 공격을 하다가 가로막힌 자들은 하나같이 피를 토하고 그 자리에 주저앉아 버렸다. 그들이 의식도 못하는 사이 소문의 무한한 내공이 철궁과 그들의 검을 통해 전해져 내부를 산산이 조각내 버렸기 때문이다.

순식간에 칠팔 명의 대원들이 목숨을 잃자 이들은 자신들이 얼마나 어리석은 생각을 했는지 알 수 있었다. 상처 입은 맹수를 잡을 때는 확인 사살이 필수라는 것을 뼈저리게 느낀 패천수호대는 적성이 말릴 사이도 없이 방금 전 소문에게 치명타를 입힐 수 있었던 자살 공격을 또다시 감행하기 시작했다. 하지만 이미 절대삼검(絶對三劍) 중 극강의 수비 초식인 무애지검(無愛之劍)을 사용하는 소문의 방어를 뚫기란 사실상 불가능했다.

그토록 변화막측하고 강맹했던 궁왕의 환영시도 단숨에 무용지물로 만들었던 무애지검. 그들이 공격을 할라치면 검막과는 차원이 다른 기운이 순식간에 소문을 감싸고 소문에게 다가오던 자들은 어떤 벽에 막힌 듯 더 이상 나아가지를 못했다.

그리고 방어에 이어지는 소문의 움직임 또한 눈부셨다. 패천수호대 대원들이 자신들의 공격이 막혀 잠시 주춤거리는 그 짧은 찰나에 이어진 절대삼검(絶對三劍) 제일초 무심지검(無心之劍)은 그들이 어떤 반응을 보이기도 전에 의식을 끊어버렸다.

도대체 어떤 수법으로 동료들의 목을 베었는지 알 수 없었던 대원들은 물론이고 회미하게나마 소문의 검을 목도할 수 있었던 적성과 혁종이 두 눈을 부릅뜨고 놀라자 어깨를 한번 으쓱인 소문의 모습에선 절대자들만이 지닌 여유가 넘쳐흐르고 있었다.

"후후후! 더 이상 그런 공격이 통할 거라 보았소? 후후, 그렇다면 실망인걸. 그렇게 놀란다면 내가 무안하지 않겠소? 아직 시작도 하지 않았는데. 그럼 이제 나의 공격을 받아보시오."

"……!"

"최선을 다해야 할 것이오."

천천히 철궁을 들어 올리던 소문의 입에서 무심한 음성이 튀어나오고 머리 위로 치켜 올려진 철궁에서 눈이 부실 정도로 빛나는 빛이 형성되었다. 주변의 기운이 모조리 소문에게 빨려 들어가는 듯 공기는 소용돌이치고 떨어져 있는 낙엽이며 작은 자갈 등이 하늘 높이 비상(飛上)을 했다.

그것이 무엇을 뜻하는지 너무나 잘 알고 있었던 환야는 기나긴 장탄식과 더불어 두 눈을 감고 말았다. 소문이 지난날 회화촌의 절벽 아래서 보여주었던 바로 그 무공이었다. 자신에게 끝없는 패배감을 안겨주었던 바로 그…….

"거, 검강?"

"피해랏!"

도저히 믿을 수는 없었지만 철궁의 위로 무려 이 장이나 뻗어 올라간 빛이 무엇인지 알고 있었던 적성이 경악성을 내뱉고, 보다 빠르게 사태를 파악한 혁종이 목이 터져라 소리를 질렀다. 그러나…….

"늦었어."

차가운 미소를 지은 소문의 입에서 담담히 흘러나오는 음성.

"절대삼검(絶對三劍) 제삼초, 무극지검(無極之劍)!!"

꽈과과광!

하늘이 무너지고 대지가 갈라지는 소리가 이럴까? 한껏 모인 기를 폭발시키는 소문의 안색엔 그 어떤 표정도 일어나지 않았다. 하나 전후좌우 할 것 없이 사방으로 비산(飛散)하는 검강의 기운은 주변을 초토화시키며 생명을 지닌 것들은 단 하나도 남기지 않겠다는 듯 거침없이 쏟아져 나갔다.

"끄아악!"

"으아아악!"

지금까지 단 한 번도 이와 같은 무공을 본 적도 없고 있다는 것도 알지 못했던 패천수호대의 대원들은 아무런 생각도, 움직임도 보이지 못하며 무방비 상태로 검강에 노출되었다.

개중에는 혁종의 음성을 듣기도 전에 몸을 날렸고 더러는 검을 들어 자신에게 날아오는 기운에 부딪쳐 가기도 했다. 하지만 돌아온 결과는 참담했다. 들고 있던 검은 가루가 되어 흩날리고 수도 없이 많은 검강의 가닥들이 몸을 유린하며 지나간 뒤에 그들에게 남아 있는 기억은 아무것도 없었다. 그저 생명을 잃은 차가운 육신만이 땅에 쓰러질 뿐이었다.

"저럴 수가!"

이미 몸을 일으켜 검을 움켜잡고 있는 검왕의 입에서 경악성이 터져 나왔다. 한바탕 휘몰아치던 광풍(狂風)이 잦아들고 드러나는 주변의 풍경. 소문이 밟고 서 있는 곳을 제외하고는 반경 오 장 내엔 성한 땅도, 나무도, 바위도 없었다. 몇 개 있던 바위는 흔적도 없이 가루가 되었고 그 지역의 수호신으로 불리며 신성시되었던 거대한 노송(老松) 또한 너무도 허망하게 쓰러지고 말았다.

상황이 이럴진대 사람이라고 무사할 리가 없는 노릇. 삼십이 넘던 대원들 중 빨리 몸을 피한 몇 명을 제외하고 멀쩡한 사람은 아무도 없었다. 그나마 서 있는 사람은 오직 하나. 검을 들고 있던 팔은 어깨에서부터 흔적도 없이 사라지고 입에선 연신 선홍빛 피를 쏟아내는 적성뿐이었다.

"이 일을… 믿어야 한단 말인가?"

주변을 돌아보는 적성의 음성은 경악을 넘어 허탈하기만 했다. 주섬주섬 몸을 일으키는 수하들을 세어보니 많아야 칠팔 명. 단 한 번의 공격에 그 많던 수하들이 목숨을 잃고 자신 또한 심각한 내상과 함께 팔을 잃어버렸다. 결국 그 누구도 어떠한 세력도 두려워하지 않았고 패배도 없었던, 세인들의 뇌리에 오직 공포로만 각인된 패천수호대가 다시는 일어설 수 없을 정도로 철저히 괴멸되고 만 것이었다.

"큭큭큭……."

어처구니없는 상황에 나오는 것이라고는 웃음밖에 없었다. 웃음을 터뜨릴 때마다 적성의 몸은 한없이 휘청거렸다. 그런 적성의 몸을 부축하는 손이 있었다. 혁종이었다.

"괜찮은가?"

"무사… 했군."

자신의 옆에서 천천히 몸을 일으키며 봄을 기대오는 혁종을 바라보는 적성의 얼굴엔 만감이 교차하고 있었다.

"자네 덕분으로… 왜 그랬나?"

혁종의 음성은 안타까움과 분노로 뒤섞여 있었다. 수하들에게 피하라고 외친 후 자신은 몸을 날렸건만 적성은 그렇지 않았다. 엄청난 위력으로 다가오는 공격에 놀라기는 했지만 적성은 달아나지 않았다. 그는 당당히 소문의 공격에 맞섰다. 그것이 바로 혁종 스스로가 자신에게 분노를 터뜨리게 하는 이유였다. 자신은 적성과 같은 용기를 보여주지 못했기에……

"남들은 나를 어찌 생각할지 모르지만 나는 나름대로 자부심이 있는 무인이라네. 더구나 패천수호대의 대주이기도 하지. 적의 공격이 무섭다고 어찌 피할 수가 있겠는가? 그러나 말일세… 내 능력으로는 도저히 어쩔 수 없었네. 나는 내가 알고 있는 최강의 수법을 펼쳤지만 고작 이 꼴이 되고 말았네."

씁쓸히 웃은 적성은 고개를 돌려 소문을 바라보았다. 처음엔 허명만 있는 별 볼일 없는 인간으로 여겨졌지만 지금은 그 어떤 무인보다 커보였다.

"대단했다. 아까 했던 허세라는 말은 취소하지. 너는 충분히 그럴 자격이 있었다."

"이제 그만 합시다. 일이 이렇게 되었지만 그건 피차에 어쩔 수 없었던 일. 이제라도 힘의 차이를 알았으니 물러나도록 하시오."

더 이상 피를 보기 싫었던 소문은 천천히 몸을 돌리려고 하였다. 하지만 뒤이어 들려오는 적성의 음성은 그런 소문의 움직임을 멈추게 만들었다.

"동정인가?"

"아니오."

"동정이라도 어쩔 수 없지. 너는 그 정도 힘을 지니고 있고 우리는 패했으니. 하지만 우리 사전에 후퇴란 없다."

"목숨은 귀중한 것이오."

"그것도 알고 있지. 그러나 때로는 목숨보다 귀한 것도 있다. 안 그런가?"

적성의 물음에 답은 바로 옆에서 들려왔다.

"물론이지. 죽음도 우리가 지닌 자부심과 명예에 앞서지는 않지. 뭣들 하느냐! 대주는 아직 싸움을 끝내지 않았다! 우리는 패천수호대! 적에게 등을 돌릴 바엔 차라리 죽음을 택하는 패천수호대란 말이다!"

여전히 비틀거리는 적성의 몸을 부축하며 대답을 한 혁종은 간신히 몸을 움직이고 있는 생존자들에게도 일갈(一喝)을 했다.

"도망치려느냐?"

"아닙니다."

"목숨을 구하고 싶은 것이냐?"

"아닙니다."

몸을 일으킨 대원들의 음성이 점점 커지고 잠시 동안 공포에 사로잡혔던 그들의 모습에서 새로운 힘이 느껴졌다.

"그것이 아니라면 검을 들어라! 그리고 나서라!"

당연히 그럴 줄 알았다는 듯 외치는 혁종의 음성은 뿌듯한 자부심에 은근히 떨리고 있었다. 소문은 혁종과 천천히 걸음을 옮기는 패천수호대의 대원들을 바라보며 탄식을 터뜨렸다.

"끝까지 싸우겠다는 것이오? 죽을 줄 뻔히 알면서?"

"백 명이 넘는 인원으로 어쩌지 못한 너를 이 정도 인원으로 쓰러뜨릴 수 있다곤 생각하지는 않는다. 그렇다고 대부분의 동료들이 목숨을 잃었는데 복수도 못하고 우리만 살아간다는 것은 있을 수도 없는 일. 그런 수치스러운 일은 하느니 차라리 명예로운 죽음을 원한다. 어차피 산다 해도 돌아갈 곳은 없지만……. 무인으로 태어나 자신보다 더 강한 상대와 싸워서 죽는다는 것은 어쩔 수 없는 숙명. 검을 들어라."

어디서 힘이 났는지 혁종의 몸에 힘겹게 기대고 있던 적성이 하나 남은 팔로 검을 집어 들고 앞으로 나섰다.

"행여나 손속에 인정을 두거나 몸을 피하는 일을 하지는 않으리라 믿는다. 그것이야말로 우리를 욕되게 하는 일. 우리 패천수호대를 무너뜨리고 새롭게 강호의 전설이 될 사내의 위용을 보여주리라 믿는다."

말을 마친 적성이 허공으로 몸을 날리고 혁종과 나머지 대원들이 그 뒤를 따랐다.

'후~ 어쩔 수 없는가? 명예를 위해서라… 좋다. 그렇다면 나로서도 최선을 다해야겠지.'

나직이 한숨을 내쉰 소문의 손이 천천히 하늘로 올라갔다. 그리고 이어지는 예의 그 무공. 절대삼검의 마지막 초식이자 최강의 무공인 무극지검이 또다시 펼쳐졌다.

쫘과과광!

천지를 뒤덮는 강기의 소용돌이. 그 앞에 더 이상 숨을 쉴 수 있는 사람은 아무도 없었다.

비록 성격은 급하고 불 같았지만 언제나 자신감 넘치고 진정한 무인의 도를 추구하던 적성, 그와 평생을 함께했던 친구 혁종, 그리고 그런 둘을 진정으로 따르던 나머지 패천수호대의 대원들도 모두 차가운 주검이 되어 땅에 쓰러졌다. 그들의 바람대로 명예로운 죽음일지 어떨지는 몰랐지만 그들은 그렇게 웃으며 죽어갔다. 그리고 그들과 함께 강호에 살아 있는 전설로 군림하던 패천수호대의 운명도 함께 쓰러졌다.

싸움이 끝난 자리 위엔 적성의 말대로 앞으로 새로운 전설이 될 소문만이 우두커니 서 있었다.

"끝났군……."

마침내 패천수호대를 쓰러뜨린 소문. 차마 볼 수 없었는지 감았던 눈을 뜨며 자신만이 들을 수 있는 음성으로 중얼거리는 그의 안색은 그다지 밝지 않았다.

지축을 울리는 굉음과 전신의 모든 감각이 떨릴 정도로 주변을 강타하던 기운이 가라앉자 모든 것이 끝났음을 감지한 환야 또한 조용히 눈을 떴다. 눈을 뜬 환야는 가장 먼저 검왕의 행동을 제지해야만 했다.

"행여나 나설 생각은 마십시오. 이것은 제가 원로원에서 인정한 궁주로서 처음이자 마지막으로 내리는 명령입니다."

"……"

"패천수호대만으로 충분합니다. 검왕 할아버지까지 잃고 싶지는 않습니다."

한참 동안이나 환야를 노려보던 검왕의 입이 열렸다.

"진다는 것이냐?"

"제 말이 무슨 소용이 있겠습니까? 느끼신 대로 생각하십시오."

"……"

잠시 열렸던 검왕이 입이 다시 닫혔다. 환야 역시 아무런 말도 없이 검왕을 응시했다. 얼마를 그리했을까? 결국 검왕은 반쯤 빼어 들었던 검을 다시 집어넣고 긴 탄식을 내뱉었다.

"네 말이 맞다. 이길 수 없는 상대인 것을……. 허허, 어쩌다 이리되었는가! 검왕이라는 이름을 얻었음에도 구양 궁주에게 패하고 절치부심(切齒腐心) 그를 꺾기 위해 수십 년을 수련했건만… 이제는 검을 뽑

을 수도 없으니… 검왕이라는 이름도 버려야겠구나!'

검왕은 들고 있던 검을 땅에 던져 버렸다. 그런 검왕의 행동에 깜짝 놀란 환야가 재빨리 떨어진 검을 집어 들며 정색을 하고 말을 했다.

"그런 말씀 하지 마십시오. 검왕 할아버지는 그리 불리실 자격이 있습니다."

"이 정도 실력을 지니고 검왕이라… 내가 검왕이라면 저 아이는 능히 검신(劍神)의 경지에 올랐구나."

"……."

검왕이 느끼는 패배감을 일찍이 맛본 환야는 뭐라 말을 하고 싶었다. 하나 지금의 위로는 오히려 욕된 것. 환야는 아무런 말도 하지 못했다.

"저 아이가 움직이는구나. 그냥 보내려느냐?"

잠시 동안 어색한 침묵이 흐르고 환야가 건넨 검을 힘없이 받아 든 검왕이 서서히 몸을 움직이는 소문을 바라보며 물었다.

"만나봐야지요. 확인할 것도 있고."

비록 힘은 없었지만 검왕이 예전의 냉막한 안색과 음성으로 돌아온 것에 적지 아니 안심을 한 환야가 재빨리 대답을 하고 소문을 향해 몸을 날렸다.

제 40 장

파국(破局)

파국(破局)

"형님!"

패천수호대와 싸움을 하는 도중에 누군가 지켜보고 있다는 것은 알았지만 그것이 환야라고는 전혀 생각하지 못한 소문이 갑작스레 나타난 환야의 모습에 깜짝 놀라며 소리쳤다.

"오랜만이네."

한순간에 소문에게 다가온 환야가 약간은 굳은 얼굴로 입을 열었다.

"그렇군요. 정말 오랜만입니다, 형님."

금방 상황을 인식할 수 있었던 소문의 음성도 절로 무거워졌다.

"죄송합니다. 이럴 생각은 없었는데……."

"어쩌겠는가? 그들과 자네로선 그것이 최선이었겠지. 누가 말린다고 될 일도 아니었고."

슬쩍 고개를 돌리고 주변을 살피며 말하는 환야의 음성엔 안타까움이 물씬 배어 있었다. 멀리서 지켜보기는 하였지만 가까이 다가와 쓰러진 패천수호대를 바라보는 환야의 마음은 착잡하기만 했다. 주인을 잃고 떨어진 병장기며 사지(四肢)가 온전하지 못한 시체들. 그나마 몸통이라도 제대로 보전하고 있는 것은 드문 경우였다. 그 형체도 알아보지 못할 정도로 뭉개진 시체가 대부분이었으니…….

조용히 탄식을 한 환야가 소문을 바라보았다.

"참, 청하 소식은 들었네. 고통이 컸다는 소리도……."

"……."

소문의 얼굴이 절로 침울해졌다.

"아이가 있다는 소식도 들었네. 사내아이라지? 이름은 뭐라 지었는가?"

"휘숩니다, 을지휘소."

"휘소라… 좋은 이름이군. 그래, 아이는 누굴 닮았는가?"

"아직 잘 모르겠습니다. 할아버지는 나를 닮았다고 하시고 구양 할아버지는 청하를 닮았다고 하셔서… 어쨌든 조금씩은 닮았겠지요, 제 놈이 하늘에서 뚝 떨어진 것이 아닌 이상."

"그렇겠지. 자네를 닮았다면 밝고 건강할 것이고 청하를 닮았다면 마음씨가 착하디착하겠구만."

"커보면 알겠지요."

담담히 대꾸를 하는 소문의 입가엔 처연한 미소가 걸려 있었다. 그리고 잠시 동안 어색한 침묵이 이어졌다.

"한 가지 물어도 되겠나?"

침묵을 깬 환야가 물었다.

"말씀하시지요."

"지난번 정도맹에서 강남 총타를 친 일이 있네. 자네가 지금 도주하는 그들을 보호하고 있으니 잘 알고 있겠지."

"예."

쓴웃음을 지은 소문이 고개를 끄덕였다. 예상했던 질문이 시작되리란 생각도 들었다.

"자네는 그들을 도우러 온 것인가? 그들을 도와 그곳을 치려고 한 것인가?"

환야의 음성이 순식간에 냉랭해졌다. 하지만 그 안에 들어 있는 염려와 기대, 제발 부정을 했으면 하는 간절함을 검왕은 느낄 수 있었다. 물론 소문은 알 수 없었지만.

'저 아이가 저 정도로……'

좀처럼 볼 수 없었던 환야의 태도에 검왕 또한 긴장된 표정으로 소문의 대답을 기다렸다.

"무슨 말을 해도 믿으시겠습니까? 변명으로 들릴지도 모르는데……"

"믿겠네."

환야는 조금의 틈도 없이 재빨리 대답을 했다.

"일이 이렇게 되어버렸으니 뭐라 드릴 말씀은 없지만 사실 저는 싸우고 싶은 생각은 별로 없었습니다."

"그럼 어째서 이곳으로 온 것인가?"

이번에는 검왕이 물었다. 슬쩍 검왕을 살핀 소문은 살벌한 그의 표정에 발끈하기도 하였지만 어차피 환야와 함께 온 노인. 지은 죄가 있어 뭐라 말을 하지 못하고 대답을 했다.

"제가 이곳으로 온 이유는 간단합니다. 우선 기수곤을 잡기 위해서였지요. 형님도 아시다시피 기수곤과 저는 같은 하늘을 두고 살 수 없는 관계입니다."

"음, 그 점에 대해선 나도 미안하게 생각하네. 태상장로나 궁왕 할아버지가 말리시지만 않았다면 끝장을 낼 수도 있었는데……."

종남파에서 궁왕과 태상장로의 만류로 기수곤을 살려주어야 했었던 일을 상기한 환야가 입술을 지그시 깨물었다.

"자책하실 필요는 없습니다. 그잔 이미 제 손에 목숨을 잃었습니다."

"그랬는가? 어쩐지 그에 대한 소식이 없더라니……."

환야가 잘했다는 표정으로 대꾸를 했다.

"그리고 또 다른 이유라면 과거 제게 도움을 줬던 사람들을 도우러 온 것입니다. 싸움을 하겠다는 의도는 아니었습니다. 다만 위험에 빠지면 그 목숨은 살려야겠다는 생각이었지요. 약간의 충돌도 각오는 했지만 말이지요. 그 말이 그 말 같군요. 어쨌든 그것도 갑작스레 결정한 것이었습니다. 원래는 할아버님들과 휘소를 데리고 정도맹으로 갈 생각이었습니다. 정도맹에서 지내다 보면 언젠가 기수곤의 소식을 알 수 있을 것이라 생각해서 말이지요. 제갈영영이 도움을 청하는 서찰만 보내지 않았어도 이번 계획에 대해선 알지도 못했을 것이고 여기까지 오는 일도 없었을 것입니다."

"제갈영영?"

환야가 생소한 이름에 의문을 표시했다.

"정도맹의 군사인 제갈공의 여식입니다. 대단한 여자지요. 저와는 끈질긴 악연도 있는 여잡니다. 지난번엔 청하와 고향으로 떠나는 길을 만독문에 알려주어 청하를 죽음으로 몰아넣더니… 참, 그때 형님이 구

양 할아버지를 통해 전해주신 내용을 기억하십니까? 정도맹에서 우리
의 길을 알려준 사람이 있을 것이라는."

"그랬지."

"그 인물이 제갈영영이었습니다. 그때 정도맹의 부군사를 맡고 있었
지요."

소문의 설명에 환야의 안색이 심각하게 굳어졌다.

"그런데도 살려주었다는 말인가? 청하를 죽음으로 몰아넣은 계집
을?"

"그럼 어쩌겠습니까? 그녀의 위치로 보아 제가 그녀를 죽이려고 하
면 수도 없이 많은 인명을 해쳐야 합니다. 쓰러지는 사람들 중에는 저
와 관계된 사람들도 다수 있겠지요. 그래서 망설이게 되었습니다. 더
구나 구양 할아버지는 그녀가 알리지 않아도 기수곤은 어떻게 해서든
지 저를 찾아왔을 것이라 하시더군요. 제갈영영은 그 시기를 조금 앞
당긴 것뿐이라고. 그 말에도 일리가 있었습니다. 해서 고민 끝에 그냥
덮어두기로 했습니다. 그냥 다 잊어버리기로 한 것이지요."

"참 어이가 없군. 어떻게 그리 쉽게 용서를 할 수 있단 말인가? 의당
사지를 자르고 뼈를 갈아 마셔도 시원치 않을 판에!"

환야의 눈이 금방 살기로 번들거렸다. 제갈영영이 눈앞에 있으면 당
장에라도 말한 대로 하고도 남을 기세였다.

"저도 나름대로 고민을 많이 했습니다. 이해해 주십시오."

소문은 방방 뛰는 환야의 태도에 겸연쩍은 미소를 지으며 말을 했
다.

"좋아좋아. 그건 중요한 것이 아니지. 자네가 못했다면 내가 하면
되니까. 그런데 그 계집이 또 서찰을 보냈단 말인가?"

"예, 도움을 청하는 서찰이었습니다. 뻔히 보이는 수작이었지만 어쩔 수가 없더군요. 단견 아우와 검명 형님을 들먹이는데 발길을 돌리지 않을 수가 있어야지요. 지나고 보니 그것도 그녀의 계획 중 하나였지만 말입니다. 갑자기 도전 운운하면서 패천수호대가 나타날 때는 어찌나 황당하던지."

알면서도 당해야만 했던 소문은 그때의 기억을 떠올리며 고소를 지었다. 하나 듣고 있는 환야는 절대 그럴 수 없었다.

"하하하하! 그랬군, 그랬어. 자네가 이곳에 온 것부터 해서 자리를 지키고 있어야 할 패천수호대가 왜 궁을 떠났는지 이제야 이해가 되는군. 패천수호대만 있었어도 아버지가 죽는 일은 없었을 것인데. 빌어먹을 계집 때문에 일이 이 지경에 이르다니!"

"예? 아버지가 죽다니요? 그건 무슨 말씀이십니까?"

깜짝 놀란 소문이 되물었다.

"흥, 그것은 말하지 않던가? 그자들이 패천궁의 궁주이자 나 환야의 아버지인 그분을 죽였다는 말은 하지 않았던 모양이지?"

"서, 설마!"

소문은 도저히 믿지 못하겠다는 표정이었다. 아무리 기습이었다지만 어찌 패천궁의 궁주가 그리 쉽게 목숨을 잃는단 말인가! 더구나 단견이나 곽검명을 비롯하여 그 누구도 자신에게 일언반구(一言半句)의 말도 없었거늘… 그러나 이어지는 환야의 말은 혹시나 하는 소문의 심정을 잔인하게 짓밟았다.

"거짓말이라 생각하는가? 천만에! 아무리 사이가 좋지 않아도 거짓으로 아버지의 죽음을 말하는 이는 없다네. 또 내가 자네에게 거짓을 말할 이유도 없고."

그것으로 확실해졌다. 순간 육중한 둔기로 머리를 강타당하는 느낌에 소문은 어쩔 줄을 몰라 했다.

"후후, 어쩐지 무무 스님이 큰 부상을 당해 이상하다고 생각은 했지만 이것 참… 난 누구를 위해서 싸웠단 말인가. 누구를 위해서……."

배신감에 몸을 떠는 소문. 그들이 의도를 했든 그렇지 않든 간에 그토록 중요한 사실을 자신만 모르고 있었다니… 우두커니 서서 발 밑을 바라보는 소문의 입에선 허탈한 웃음이 흘러나왔다. 그런 소문을 잠시 응시하던 환야가 다시 입을 열었다.

"한마디로 대단한 계집이군. 고향으로 돌아가는 자네의 발을 묶고 오히려 도움을 얻어냈으니. 어린 계집에게 자네나 패천수호대, 심지어는 나의 아버지까지 놀아난 셈이 되었군. 웃기지도 않는 일이야."

"……."

"어쨌든 이것으로 되었네. 자네의 마음이라도 알았으니 그나마 다행이네. 저들을 추격하는 것도 물 건너간 일이 된 것 같고 하니 난 이만 돌아가겠네."

환야는 더 이상 볼일이 없다는 듯 몸을 돌렸다.

"이대로 가시렵니까?"

소문의 물음에 걸음을 멈춘 환야가 다시 돌아왔다.

"돌아가지 않음 자네와 싸우기라도 하라는 말인가? 내가 자네를 공격한다면 자네는 어찌하겠는가? 그 몸으론 싸우기도 힘들 것인데."

"어쩌긴요, 도망가야지요."

싱긋 웃으며 말을 하는 소문. 애써 밝은 척을 하곤 있었지만 아직까지 충격을 벗어나지 못한 듯 소문의 대답에는 힘이 없었다. 그 모양이 처량맞았는지 환야가 혀를 차며 말했다.

"쯧쯧, 그 발로 도망은 무슨."

"제법 상처가 깊지만 그래도 도망은 칠 수 있을 겁니다. 죽어라 뛰면 말이지요."

"뭣 하러 도망을 치는가? 자네에겐 그 무시무시한 검법이 있지 않은가?"

퉁명스레 대꾸하는 환야의 음성엔 가시가 돋아 있었다.

"제가 어찌 형님과 검을 맞댈 수 있겠습니까? 그리고 청하와의 약속을 어길 수는 없는 노릇이지요."

"청하와의 약속?"

환야가 의아하다는 듯 물었다.

"예, 청하와 죽기 전에 한 약속이지요."

"어떤 약속인가?"

되묻는 환야의 음성 속엔 조금 전의 퉁명스러움은 어느새 사라지고 없었다. 그들에게 있어 청하란 존재는 언제나 사랑과 슬픔, 안타까움의 존재였다.

"절대로 형님을 미워하지 말라고 했습니다. 혹여 다툼이 있더라도 절대로 형님을 미워해서는 안 된다고 하더군요. 어찌나 간절하게 말하던지… 지금 생각해 보니 아마 오늘 같은 일을 예견했는지도 모르겠습니다."

"그랬군……."

조용히 대답을 하는 환야의 얼굴에 감동과 슬픔이 교차했다.

"예. 그러니 제가 어찌 형님과 검을 겨눌 수가 있겠습니까? 그렇다고 죽기는 싫으니 도망을 치는 수밖에요."

"나 또한 마찬가지네. 내가 어찌 자네와 검을 겨눌 수가 있겠는가?

자네와……."

살짝 고개를 숙이며 말을 하는 환야의 음성은 가늘게 떨리고 있었다.

'그랬구나. 청하는 알고 있었구나. 알고 있었어……'

"어라? 지금 우시는 겁니까? 이런, 아무리 그렇다고 해도 눈물을 보이실 것까지야 없지 않습니까?"

"누, 누가 울었다고 하는가? 잠시 청하의 가여운 모습이 생각나서 슬퍼했을 뿐이네."

당황한 환야가 옷소매로 재빨리 눈물을 지우고 고개를 들었다.

"누가 뭐라 했습니까? 그리 정색을 할 필요는……."

"쓸데없는 소리 말고 대답이나 해보게. 나는 이대로 한참 정도맹과 싸움이 벌어지고 있을 호북성으로 가려 하네. 자네는 어찌하려는가?"

환야의 물음에 소문은 잠시 생각에 잠겼다.

"글쎄요. 청하의 원수도 갚았고 어찌 된 일인지 확신을 할 수는 없지만 구하고자 하는 사람들도 구해냈으니 이제 이곳에서 제가 할 일은 아무것도 없군요. 소림에서 나를 기다리고 있을 할아버지와 휘소를 만나 고향으로 돌아가는 일만 남은 것 같습니다."

"어찌 된 것인지 확신을 할 수 없다니! 이용만 당한 것이지. 아무튼 고향으로 돌아간다니 잘되었네. 어차피 북쪽으로 가야 할 것, 더구나 소림이라면 나의 최종 목적지나 마찬가지니 나와 함께 가세나."

은근슬쩍 동행을 권유하는 환야. 아무렇지도 않게 말은 하였지만 대답을 기다리는 가슴의 심장 박동은 점점 빨라지고 있었다.

"그러지요, 그럼. 오랜만에 같이 여행이나 하지요."

지난날 청하와 환야와 함께했던 여행길을 생각하며 소문은 흔쾌히 대답했다.

"하하하! 알았네. 잘되었군."

조마조마하며 대답을 기다리던 환야가 쌍수를 들어 환영했다. 하지만 모든 일이 제대로 풀리는 것은 아니었다.

"누군가가 오는구나!"

환야가 소문에게 하는 짓을 가소롭게 바라보던 검왕이 저 멀리서 달려오는 여러 인영(人影)들을 응시하며 말을 하였다. 제법 많은 수였고 아군인지 적인지 구별할 수도 없었지만 그다지 염려하는 기색은 아니었다.

검왕이 보기도 전에 벌써 그들의 존재를 느끼고 있던 소문과 환야의 고개가 동시에 돌아갔다. 그리고 달려오는 사람들의 모습이 뚜렷이 드러나자 소문의 입에서 탄식이 새어 나왔다.

"암왕 어르신이 쓸데없는 말씀을 하셨군. 걱정하지 말라고 그렇게 말씀을 드렸건만."

가장 앞서 달려오는 사람이 곽검명임을 확인한 소문이 고개를 흔들었다. 또 마음 한편으로는 철저하게 이용당했을지도 모른다는 자신의 생각이 틀렸음에 안도의 한숨을 내쉬었다. 이용을 했다면 이렇게 구하러 오지도 않았을 것이니.

"자네, 괜찮은가?"

단숨에 소문의 곁으로 다가온 곽검명이 걱정스런 어투로 물었다. 눈은 벌써 소문의 상처를 살피고 있었다.

"괜찮습니다. 그런데 어찌 된 것입니까? 이곳으로 다시 돌아오다니?"

"암왕 어르신께 다 들었네. 자넨 어쩌자고 자네 혼자 패천수호대를 상대하려 했단 말인가? 그게 어디 가능이나 하다고 생각하… 는…
가?"

말을 하면서도 뭔가가 이상한 느낌이 들었는지 주변을 살피던 곽검
명은 말을 더듬고 있었다. 한눈에 들어오는 주변의 모습. 살아 있는 사
람이 없었다. 너무나 처참하게 망가진 시신들만이 땅에 널브러져 있었
다.

"서, 설마… 이들이 패천… 수호대?"

곽검명이 대답을 구하는 시선을 보내자 그 대답은 소문이 아닌 환야
에게서 나왔다.

"그렇습니다. 패천궁의 자랑이었던 패천수호대지요. 지금은 요 모
양 요 꼴로 변해 버렸지만. 그나저나 오랜만입니다. 잘 지내셨습니까?"

"예? 아예, 오랜만입니다."

얼떨결에 대답은 했지만 곽검명의 안색은 그다지 밝지 않았다. 눈앞
에 있는 사람이 누구던가! 소문의 의형제이자 자신들이 죽인 관패의
아들이었다. 하지만 곽검명보다 더욱 놀라는 사람이 있었으니…….

무리 뒤에 남궁진과 나란히 걸어오는 여자. 그녀가 제갈영영임을 알
아본 소문이었다.

'어째서 그녀가 이곳에!!'

혹시나 잘못 본 것은 아닌지 하여 거듭 살펴보았지만 그녀는 틀림없
이 제갈영영이었다. 아무리 머리를 굴려도 제갈영영이 이곳에 나타날
어떤 이유도 찾지 못한 소문은 앞으로 일어날 일에 대한 불안감으로
어쩔 줄을 몰라 했다. 그것을 아는지 모르는지 남궁진의 곁에서 잠시
도 떨어지지 않는 제갈영영의 표정은 행복하기만 했는데…….

남궁진이 염려되어 구원군에 합류한 제갈영영은 불철주야 말을 몰

아 제갈공 등의 예상보다도 근 하루가 빠르게 약속 장소인 동정호 서쪽 지류에 도착할 수 있었다. 그녀는 미리 기다리고 있던 용골채 채주 노적삼을 만나 좀 더 세부적인 계획에 대해 논의하고 혹시 계획에 차질이 있을 만한 것은 없는지 살피며 만반의 준비를 갖추었다.

하지만 그것도 잠시, 도저히 마음을 놓지 못했던 제갈영영은 구원군을 이끌고 직접 길을 나서기로 결정을 하였다. 함께 온 무인들이 혹 반발이나 하지 않을까 염려를 하였지만 그들 또한 기습 작전에 참여하지 않았던 복마단과 의혈단의 무인들이라 별다른 잡음은 없었다. 그들은 곧 힘겹게 도주하고 있을 정도맹의 무인들을 맞이하기 위해 이동을 시작하였다. 다만 자칫 잘못하여 길이 어긋나는 일이 있어서는 안 되기에 다급한 마음과는 달리 이동하는 속도를 적절히 조절할 수밖에 없었다. 그렇게 이동하기를 만 하루. 마침내 오늘 아침 소문이 패천수호대를 막는 틈을 타 도주를 시작한 생존자들을 만나게 되었다.

그러나 만남의 기쁨도 잠시 당천호로부터 소문이 패천수호대와 싸움을 하고 있다는 말을 들은 곽검명은 당장 몸을 돌려 소문에게 가려 했고, 지금껏 소문 덕에 간신히 목숨을 부지할 수 있었던 무인들 또한 곽검명에게 동조하고 나섰다. 애당초 소문을 달갑지 않게 여기던 제갈영영이 이들의 발길을 막으려 하였으나 당천호가 나서고 남궁진마저 목소리를 높여 소문을 구해야 한다며 움직일 기미를 보이자 그녀는 더 이상 반발할 명분을 찾지 못했다. 결국 황충이 부상자들을 이끌고 먼저 이동하기로 하고 이들을 제외한 나머지 인원과 구원군이 소문을 구하러 나서는 것으로 그들은 최종 결정을 보았다.

이런 사정을 알 리 없는 소문이 느닷없이 나타난 제갈영영을 보았으니 놀라는 것은 어쩌면 너무나 당연한 일이었다.

"세상에! 패천수호대를 자네 혼자 쓰러뜨렸다는 말인가?"

천천히 다가오며 도저히 믿기지 않는다는 듯 연신 주변을 살피며 말을 하는 당천호의 표정엔 경악과 놀람과 그리고 소문이 안전한 것에 대한 안심이 어우러져 있었다.

"어찌하다 보니 그렇게 되었습니다."

당천호의 질문에 고개를 돌리며 담담히 대꾸는 했지만 소문의 모든 감각은 제갈영영에게 쏠려 있었다.

"다행입니다. 얼마나 걱정을 했는지 모른답니다."

어느새 소문의 곁으로 다가온 남궁혜가 울먹이며 말했다. 모두들 소문을 걱정했겠지만 그중 으뜸은 단연 남궁혜였다. 남궁혜는 주변의 시선을 조금도 의식하지 않고 소문에게 다가왔다. 그러자 환야와 어색한 대화를 나누고 있던 곽검명이 재빨리 고개를 돌렸다.

"하하, 남궁 소저가 얼마나 자네를 염려했는지 보지 못한 자네는 짐작도 못할 것이네. 정말 가관이었어."

"염려는 무슨. 어쨌든 고맙습니다."

겸연쩍은 표정을 지은 소문이 살짝 허리를 굽히며 인사를 했다. 그때 허리를 굽히는 소문의 손에 시위가 풀린 철궁을 발견한 남궁혜가 재빨리 철궁을 채갔다.

"이런, 또 시위가 풀렸군요. 잠시 기다려 보세요. 제가 여분의 시위를 지니고 있으니."

"예? 아니, 그럴 필요는……."

얼떨결에 철궁을 빼앗긴 소문이 멋쩍은 듯 서 있자 기회를 보고 있던 환야가 다가왔다. 그리고 은근한 목소리로 물었다.

"누군가, 저 아리따운 아가씨는?"

"남궁혜 소저라고 합니다."

소문이 그다지 대수롭지 않게 말을 하자 능글거리는 웃음을 지은 곽검명이 대뜸 나섰다.

"하하, 왜 이 말은 빼는 것인가? 자네를 사모하는 아가씨라고 말이네."

"으이구! 그만 하십시오. 도대체 무슨 말씀이 하고 싶으신 겁니까?"

곽검명이 벌써 한두 번 이런 말을 한 것이 아니기에 소문은 별로 신경을 쓰지 않았다. 그러나 곁에 있던 환야는 달랐다. 곽검명의 말을 듣자마자 표정은 순식간에 굳어졌고 동시에 남궁혜를 바라보는 눈가엔 스산한 살기가 깔렸다.

"험험, 이만 돌아가자꾸나. 이곳에 있어봤자 별로 좋은 일은 없을 것 같고 있을 이유도 없구나."

환야의 내심을 눈치 챈 검왕이 입을 열었다.

"알겠습니다. 그러지요. 자네도 가세나."

남궁혜로부터 다시 철궁을 받아 드는 소문에게 향하는 환야의 음성은 조금 쌀쌀해져 있었다. 그것을 눈치 채지 못한 소문은 자연스레 반문했다.

"지금 말입니까?"

"그럼 지금이 아니면 언제이겠는가? 어서 가세나."

소문의 말에 대답을 하는 환야의 음성은 조금보다 훨씬 더 신경질적이었다. 하지만 여전히 무딘 소문은 변한 환야의 태도를 조금도 의식하지 못했다.

"어차피 떠나기로 한 것, 빨리 가자는 것이네."

소문이 잠시 머뭇거리는 사이 그 시간마저도 참지 못하겠다는 듯 환야는 계속해서 재촉을 했다. 소문도 이렇게 불안하게 있느니 차라리 빨리 제갈영영의 일행과 헤어지는 것이 낫겠다고 여겨 그러마 하는 대답을 하려 하였다.

그러나 늘 그렇듯 원하지 않는 일은 전혀 엉뚱한 방향으로 흐르기 일쑤였다. 그 시작은 지금껏 전혀 미동이 없던 제갈영영의 냉랭한 음성이 들리면서였다.

"어디를 함께 가신다는 것이지요? 을지 소협께서는 저희와 함께 가시는 것으로 알고 있는데요."

"헛!"

당당히 나서며 말을 하는 사람이 제갈영영임을 알아본 소문의 입에선 절로 헛기침이 튀어나왔다.

'이런 젠장! 고개를 숙이고 한쪽에 처박혀 있어도 무사히 넘어갈까 걱정할 판인데 아예 죽으려고 작정을 하였구나!'

복장이 터질 일이었다. 가능만 하다면야 조잘거리는 저 입을 당장 틀어막고 싶었다. 그러나 이미 일은 터지고 말았다. 사람들을 제치고 정면에 나선 제갈영영이 차분한 음성으로 재차 입을 열었다.

"공자님께서 여기 계시는 을지 소협의 의형제라는 것은 잘 알고 있습니다. 하지만 그런 인연을 떠나 을지 소협은 저희를 돕기로 하셨습니다."

'참 뻔뻔하기도 하다. 내가 언제 그 따위 말을 했단 말이냐?'

소문이 기막혀하고 있을 때 슬쩍 고개를 돌린 제갈영영이 대답을 구했다.

"아니 그런가요, 을지 소협?"

하나 소문은 별다른 대답 없이 무심한 표정으로 제갈영영의 얼굴만

쳐다볼 뿐이었다. 그러자 잠시 당황한 기색을 보인 제갈영영은 곧바로 화제를 바꾸었다.

"그리고… 을지 소협의 의형제라면 패천궁의 소궁주로 알고 있는 데… 그렇지 않나요?"

정도맹의 모든 계획을 수립하고 정보를 관장하는 군사인 제갈공이 그녀의 아버지요, 그녀 자신 또한 부군사라는 직함을 가지고 있었다. 이미 환야가 누구이며 소문과는 어떤 관계라는 것을 너무나 잘 알고 있는 제갈영영은 의미심장한 표정으로 질문을 던졌다. 그렇지만 환야 는 별로 개의치 않는 모습이었다.

"그렇소, 내가 패천궁의 소궁주요. 아니, 그대들에 의해 원치도 않는 궁주가 되고 말았군. 그런데 그것은 왜 묻소? 내가 패천궁의 소궁주라 니까 나의 목숨도 탐이 나시오?"

너무나 태연히 대꾸하는 환야. 그런 환야의 모습에 소문은 왠지 불 안감을 떨치지 못했다. 그것은 소문만이 아니었다. 대화의 분위기가 이상하게 흐르자 주변의 공기는 급격하게 냉각되었다. 남궁진을 비롯 한 몇몇의 무인들은 벌써부터 제갈영영의 주변을 경계하고 나섰다. 남 궁진이 자신의 곁으로 다가오자 마음 한구석에서 따스한 기운이 솟아 오름을 느끼며 한층 더 차분해진 제갈영영이 별다른 표정 변화 없이 말을 이었다.

"궁주의 일은 안타깝게 생각하고 있어요. 꼭 그럴 의도는 아니었는 데 미안하게 되었군요. 하지만 무림의 평화를 깨려고 한 사람은 공자 님의 아버님과 패천궁이었고 우리는 그것을 막고자 했을 뿐입니다."

"후후, 무림의 평화라… 어쨌든 그건 그대들의 생각이고. 그래서 어 쩌겠다는 것이오? 나의 정체를 알고 묻는 것 같은데 훌륭한 고견(高見)

이나 한번 들어봅시다. 혹시 내 목숨이 필요한 것이오?"

화도 내지 않고 대꾸하는 환야의 음성은 점점 빈정거림을 띠고 있었다.

"그럴 리가요? 을지 소협을 생각해서라도 그것은 있을 수 없는 일이지요. 다만……."

"다만 뭐요?"

환야의 질문에 슬쩍 소문을 바라본 제갈영영이 조심스레 말을 하였다.

"지금 우리 정도맹과 패천궁은 치열한 싸움을 하고 있습니다. 이런 상황에서 공자님이 패천궁의 소궁주임을 안 이상 그대로 보내드릴 수는 없습니다."

"……."

환야는 더 이상 입을 열지 않았다. 다만 얼굴의 미소가 점점 짙어져 갈 뿐이었다.

"해서… 싸움이 끝날 때까지 잠시 저희와 함께 계셨으면 합니다."

"그리 못하겠다면 어찌하시려오?"

"그런 일이 일어나길 원하지는 않지만 정 고집을 피우시면 어쩔 수 없이 다수로 소수를 핍박했다는 비난을 감수해야겠지요."

"다수로 소수를 핍박한다? 하하하! 글쎄……."

제갈영영의 대답은 간단했다. 한마디로 이대로 돌아갈 생각은 하지도 말라는 경고였다. 제갈영영의 말이 끝났을 때 대부분의 사람들 시선은 소문을 향해 있었다. 아무리 제갈영영이 그렇게 말을 하고 행하려 한다 해도 소문이 반대한다면 어림도 없는 일임을 알고 있었다. 그러나 소문은 두 눈을 꼭 감고 좀처럼 입을 열지 않았다.

"그것이 을지 소협을 생각해서도 좋을 것이라 생각이 드는군요. 괜히 얼굴을 붉힐 필요는 없다고 생각합니다."

소문이 아무런 말도 없이 입을 다물고 있자 제갈영영은 자신의 의지를 좀 더 확실히 관철시킬 요량으로 몇 마디 말을 덧붙였다. 그러자 오히려 반발한 것은 환야나 소문이 아닌 곽검명 등이었다.

"그게 무슨 말씀이십니까? 그가 아무리 패천궁의 소궁주라 해도 소문을 생각한다면 이리 대할 순 없는 겁니다."

곽검명의 음성은 확실히 격앙되어 있었다. 제갈영영의 얼굴이 살짝 찌푸려졌다.

"공과 사는 확실히 구별해야 한다고 생각합니다. 비록 그가 우리의 은인인 을지 소협과 친분이 있다지만 그것은 어디까지나 사적인 얘기이고 공적인 일로 따지자면 지금 환야 공자만큼 저희에게 중요한 사람은 없습니다. 죄송한 말씀이지만 이번 일은 제 의견대로 따라주십시오."

제갈영영의 음성은 단호했다. 곽검명이 나서서 입장이 조금 곤란해졌지만 자신의 고집을 꺾을 생각은 없는 듯했다. 꽉 다문 입술은 무슨 소리를 해도 물러서지 않겠다는 의지를 보여주는 듯했다.

"하지만……."

"이미 결정된 일입니다."

곽검명이 미처 뭐라 말을 하기도 전에 못을 박아버린 제갈영영은 어쩌겠냐는 듯 환야를 바라보았다.

"좋은 말을 했소이다. 공적인 자리라… 이보게, 소문. 이 아름다운 소저께선 아무래도 나를 그대로 보내고 싶은 마음이 없는 것 같네. 자네는 어찌하려는가?"

환야는 갑자기 질문의 화살을 소문에게 돌려 버렸다. 일순 말문이 막힌 소문은 딱히 알맞은 대꾸를 찾지 못했다. 그러자 얼굴에 미소를 띤 환야가 말을 했다.

"하하하! 하긴 대답하기도 곤란하겠지. 충분히 이해가 가네. 그럼 지금부터 자네는 빠지는 것이 좋겠네. 이 문제는 나와 이분들이 직접 푸는 것이 좋을 듯하니. 공적인 일이라 하지 않는가? 하하하!"

환야의 말에 소문의 얼굴은 한층 더 심각하게 굳어졌다. 환야가 한 말의 의미가 무엇인지 모를 그가 아니었기 때문이다.

'일났군, 일났어. 멍청한 계집 같으니… 아예 무덤을 파는구나! 어쩐다……'

의형제인 환야는 둘째 치고 정도맹의 인물들과 상당한 친분이 있었던 소문은 어떻게든 결과가 뻔히 보이는 양쪽의 충돌을 막고 싶었다. 아직 환야의 실력을 제대로 본 것은 아니지만 호랑이는 호랑이를 알아보는 법. 환야의 무공 실력이 절대로 범상한 것이 아니라는 것은 몸이 벌써 느끼고 있었고 또한 아까부터 정체가 궁금한 노인이 내뿜는 기운 또한 예사로운 것이 아니었다. 싸움이 벌어지면 십중팔구 온전할 사람이 없을 듯싶었다. 하지만 문제는 양측의 대화가 패천궁과 정도맹 사이의 일로 발전해 버렸고 중간 입장인 소문이 딱히 끼어들 여지가 없다는 것이었다. 또한 어느 한쪽도 만류한다 해도 들을 기세가 아니었다.

그런데 이런 걱정은 비단 소문만이 한 것은 아니었다. 도착하자마자 소문의 안부를 물은 당천호는 그 이후 오직 한 사람만을 관찰하고 있었다. 팽팽한 신경전이 이어지고 있는 가운데 한가로이 뒷짐을 지고 딴청을 피우는 냉막한 노인. 잘 기억은 나지 않지만 분명 어디선가 안면이 있는 얼굴이었다.

'누굴까?'

전신을 타고 흐르는 예기는 좀처럼 보기 힘든 것이었고 방심투성이의 자세는 결코 평범한 것이 아니었다. 노인의 정체가 궁금했던 당천호는 눈살을 찌푸리고 과거의 기억을 떠올리기 위해 고심을 하였다. 하지만 좀처럼 쉽지가 않았다. 그러는 사이 시간은 흘러갔다.

"자, 어쩌면 좋겠소? 소저께서는 나를 인질로 잡고 싶은 모양이지만 난 그럴 생각이 추호도 없소이다."

"그렇다면 어쩔 수 없는 노릇이지요. 이대로 보내드릴 수는 없으니……."

환야의 말에 대답을 한 제갈영영이 천천히 뒤로 물러나자 그것이 어떤 의미인지 알고 있는 정도맹 무인들의 기세가 심상치 않게 변해갔다. 다만 소문의 존재가 마음에 걸려 그 누구도 경거망동을 하지는 못했다.

"흠, 충돌은 어쩔 수가 없는 모양이오. 안타깝소이다. 한데 소저의 방명은 어찌 되시오? 내가 패천궁의 소궁주임은 다들 아실 테니 따로 말씀드릴 것은 없지만 최소한 상대가 누군지는 알아야 하지 않겠소? 제법 범상치 않은 신분인 듯하외다."

환야는 아까부터 궁금했던 것을 물었다. 그 누구보다 앞장서 말을 하는 것을 보니 눈앞에 있는 제갈영영이 이곳에 있는 정도맹의 무인들을 이끄는 사람인 듯 보였다. 나이도 많고 실력도 상당한 고수들이 즐비한데 나이 어린 여자가 수장이다 보니 자연 그 정체가 궁금할 수밖에 없었다. 환야의 칭찬 섞인 질문에 기분이 좋은 듯 대답하는 제갈영영의 음성은 매우 밝았다.

"범상치 않다니요. 호호! 저는 그저 제갈가의 평범한 계집에 불과합니다. 이름은 영영이라 하지요."

살짝 입가를 가리며 미소를 짓는 제갈영영. 그러나 그녀와 대조적으로 환야의 웃는 얼굴엔 급격한 변화가 시작됐다.

"제, 제갈… 영영? 지금 제갈영영이라고 하였소?"

"예, 과분하게도 정도맹의 부군사 직을 맡고 있습니다."

환야는 호기심에 물었고 제갈영영 또한 별다른 생각 없이 대답을 했지만 그 누구도, 대답을 하는 제갈영영은 물론이고 질문을 한 환야 또한 제갈영영이란 이름이 몰고 올 파장은 미처 예상하지 못했다. 다만 소문만이 하늘이 노래지는 것을 느끼며 두 눈을 질끈 감고 말았다.

'빌어먹을!'

우려하던 일이 기어코 벌어지고 만 것이었다.

"크크크! 하하하하하!!"

갑작스레 울려 퍼지는 환야의 웃음. 제갈영영과 뭇 사람들이 그 이유를 몰라 고개를 갸웃거리고 있을 때 고개를 들고 마음껏 웃음을 터뜨리던 환야가 돌연 웃음을 멈추었다. 그리고 스치기만 해도 모골이 송연해질 시선을 하며 제갈영영에게 천천히 다가갔다.

"그랬어. 네년이 바로 제갈영영이었군. 후후후, 이제는 그냥 보내준다 하더라도 내가 가지 못하겠다."

살기가 뚝뚝 떨어지는 표정 하며 돌변한 환야의 어투에 당황한 제갈영영은 미처 대처를 하지 못하고 두려움에 떨었지만 그녀의 곁에는 많은 무인들이 있었다.

"말을 함부로 하지 마시오."

가장 먼저 앞서 환야를 제지한 사람은 단연 남궁진이었다. 하지만 그런 남궁진보다 먼저 손을 쓴 사람이 있었다.

"이때를 기다렸다. 지난날 화산에서 종남의 제자를 상하게 한 원수를 갚아주마!"

미처 말릴 사이도 없이 검을 들고 뛰어나온 오상은 조금도 머뭇거리지 않고 공격을 시작했다.

과거 화산에서 소문의 일행, 즉 지금의 환야에게 사제를 잃은 오상은 아직도 그 일을 가슴속에 묻어두고 있었다. 소문 때문에 미처 손을 쓰지 못하고 있었는데 분위기가 자신이 원하는 쪽으로 흐르는 것이 아닌가! 회심의 미소를 지은 오상은 다른 누가 나설까 염려되어 앞뒤도 재지 않고 무조건 공격을 시작했다.

'용해, 정말 용해. 어떻게 저런 성격을 지니고도 아직까지 목이 붙어 있는지……'

벌써 여러 차례 오상의 만용을 지켜본 바 있던 소문은 애써 고개를 돌려 외면했다. 결과는 보지 않아도 뻔했다. 그리고 들려오는 비명성!

"크윽!"

자신이 어떻게 당했는지도 모르고 땅바닥으로 곤두박질친 오상은 부끄러움을 느끼기도 전에 다시 한 번 공중으로 부양하는 자신을 느낄 수 있었다. 그리곤 의식의 끈을 놓쳤다.

'이게 아닌데……!'

검을 뽑을 것도 없이 두 번의 발길질로 오상을 날려 버린 환야의 시선은 오직 제갈영영에게 고정되어 있었다. 그의 표정은 점점 살벌하게 변해가고 있었다.

"그만 하시오. 그대가 비록 을지 소협의 의형이라지만 더 이상 다가오면 무례를 범할 수밖에 없소."

예상보다 뛰어난 환야의 무위에 놀라며 제갈영영을 보호하기 위해 그의 앞을 막아서는 남궁진의 전신에선 팽팽한 긴장감이 흐르고 있었다.

"무례? 무례는 이미 저 계집이 저질렀소. 그 대가는 오직 목숨뿐!"

"마지막 경고요. 더 이상 다가오지 마시오."

남궁진은 점점 밀려오는 압력에 대항을 하며 검을 치켜 올렸다. 걸음을 멈추지 않으면 당장에라도 공격을 하겠다는 자세였다. 얼굴에 잠시 나타났던 동요는 어느새 사라지고 평소의 모습으로 돌아온 남궁진의 기세 또한 예사롭지 않은 것이었다. 제갈영영에 대한 분노도 분노이지만 자신을 가로막고 있는 남궁진에게 호기심을 느낀 환야가 걸음을 멈췄다.

"대단한 기세. 하지만 나를 막지는 못하오. 저 계집 따위로 인해 당신 같은 사람을 죽이고 싶지는 않소. 그러니 물러나시오."

"훗, 난 동정 따위는 필요치 않소. 남궁가의 사람에게 죽음보다 더 두려운 것은 바로 비겁한 것이오. 제갈 소저와 무슨 은원이 있는지 모르나 그녀에게 가려면 나의 목을 베어야 할 것이오."

방금 사내가 보여준 무위는 별것 아닌 것처럼 보였지만 오상이라면 정도맹에서 알아주는 후기지수, 그런 그를 단번에 쓰러뜨릴 정도면 남궁진 또한 감당하기 힘든 상대라는 것은 너무도 자명했다. 하지만 남궁세가의 장자로서, 그리고 제갈영영이 그를 사모하듯 제갈영영을 사모하는 남궁진으로선 도저히 피할 수 없는 일전이었다. 그것이 일생일대의 실수가 되더라도.

'남궁가? 그렇다면?'

순간 환야의 눈에서 기광이 스쳐 지나갔다. 생각과 동시에 남궁혜에게 돌아가는 시선. 상황이 한 치 앞도 내다볼 수 없는 지경에 이르렀지만 남궁혜는 여전히 소문의 곁에서 머무르고 있었다. 환야의 입술이 지그시 깨물려졌다. 그리고 천천히 풍혼을 꺼내 들었다.

"그대가 자초한 것이오."

벌써 몇 명의 무인들이 환야를 에워싸고 있었지만 제갈영영을 향해 몸을 날리는 환야의 모습에선 조금의 주저함도 찾아볼 수 없었다.

"쳐라!"

환야가 몸을 날리자 정도맹의 무인들 또한 행동을 개시했다. 하지만 대화의 여지는 남겨두겠다는 듯 그들의 공세는 그다지 험하지 않았다. 그것이 그들에게 얼마나 뼈아픈 결과를 가져올지는 생각도 못한 채.

"크악!"

"컥!"

순식간에 터지는 단말마. 그것으로 끝이었다. 일단 한번 검을 뽑으면 절대로 멈추지 않는다 하여 패천수호대의 대원들이 붙여준 이름 혈검 환야!

환야의 의지대로 풍혼이 춤을 추고 아침 햇살처럼 눈부신 빛에 의해 환야를 공격했던 세 명의 무인들이 그 자리에서 절명하고 말았다. 그것이 끝이 아니었다. 자신을 가로막고 있던 무인들을 단숨에 해치운 환야의 몸은 어느새 남궁진에게 육박하고 있었다.

'남궁가란 말이지…….'

잠시 그에게 가졌던 호감도 이미 기억 너머로 사라지고 남궁진을 향하는 환야의 뇌리엔 소문의 곁을 지키고 있는 남궁혜의 모습만이 떠오르고 있었다. 하지만 남궁진의 무위 또한 녹록한 것이 아니었다.

"제왕독보!"

제갈영영을 지켜야만 하는 남궁진은 필사적이었다. 오의(奧義)조차 제대로 깨우치지 못해 시전을 하면서도 버거워하는 남궁진이었지만 관패마저 두려움에 떨게 했던 제왕검법의 위력만큼은 환야로서도 무시못할 정도로 무시무시한 것이었다. 하나 무시하지 못할 뿐이지 감당하지 못할 것은 아니었다.

"좋군."

싸늘히 냉소를 지은 환야가 다가오는 공세에 맞불을 놓았다.

꽈과광!

"크헉!"

장내를 휩쓰는 파공성이 들리고 주변을 순식간에 먼지로 뒤덮었다. 그 먼지를 뚫고 하염없이 날아가 땅에 처박히는 인영이 보였다. 입가에서 꾸역꾸역 피를 토하고 이미 정신을 잃었는지 쓰러진 몸은 조금의 미동도 없었다. 그런 남궁진의 모습에 대경실색한 제갈영영이 울부짖으며 뛰어갔다.

"공자님!"

정신은 잃었지만 남궁진의 상세는 목숨을 잃을 정도로 심각하진 않았다. 하나 남궁진을 살피던 체갈영영의 입에서 또 한 번 경악성이 터져 나왔다.

"이곳은!"

제갈영영이 바라보고 있는 남궁진의 아랫배 부분, 멀쩡한 다른 곳과는 달리 무인으로선 생명보다 더 귀하게 여긴다는 단전이 철저하게 파괴되어 있었다. 이 정도 상처라면 다시는 무공을 사용하지 못하리라!

그것은 곧 무인으로서 남궁진의 생명은 끝났다는 것을 의미했고 장차 남궁진을 중원의 영웅으로 만들겠다는 그녀의 소박한 꿈 또한 산산조각났다는 것을 뜻했다. 생각이 거기까지 미치자 제갈영영의 얼굴엔 이전엔 결코 볼 수 없었던 냉기가 흘렀다.

"죽이세요. 당장 저자를 죽이세요."

고개조차 돌리지 않고 명령을 하는 제갈영영의 음성. 염라대왕의 목소리가 이럴까? 그 음성이 어쩌나 살벌한지 귀기(鬼氣)가 서린 듯했다.

아무리 연약한 여자였지만 제갈영영은 어엿한 정도맹의 부군사였다. 부군사라면 그 권한이 거의 장로들에 육박하는 터, 그 명령은 환야의 태도에 불만을 가지고 있었지만 소문의 입장을 생각해서 차마 검을 들지 못했던 사람들에게까지 영향을 미쳤다. 그리고 그 대표적인 사람이 바로 곽검명이었다.

'후~ 어쩌다 일이 이 지경이 되었는지…….'

곽검명은 정도맹의 무인들에게 둘러싸여 제갈영영이 명을 내리기도 전에 이미 치열한 싸움을 하고 있는 환야를 바라보며 고개를 흔들었다. 비록 적이었지만 처음 보았을 때부터 호감이 가는 사람이었다. 더구나 그는 소문의 의형. 절로 한숨이 나왔다. 하지만 소문과의 관계를 떠나 그 또한 정도맹의 사람이었다. 잠시 동안 얼굴을 찌푸리고 있던 곽검명은 결국 검을 들고 말았다.

'검명 형님까지 나섰구나!'

고민을 거듭하던 곽검명이 환야에게 다가가자 소문은 씁쓸한 웃음을 지었다. 곽검명이 싸움에 나섰다는 것이 문제가 아니라 혹여나 환야의 검에 큰 낭패나 보지 않을까 걱정스런 마음이 들었다. 비단 곽검명뿐만 아니라 환야와 치열한 싸움을 하고 있는 무인들 중에는 낯익은 얼굴들이 너무 많았다. 황보장을 비롯하여 지난날 남궁세가에서 함께 생사를 나눈 오대세가의 인물들도 있었고 구파일방의 사람들도 있었다. 소문의 곁에 있던 남궁혜는 벌써 싸움에 뛰어든 지 오래였다. 남궁진보다 훨씬 뛰어난 실력을 지닌 그녀의 무공은 단연 발군이었다.

'그나저나 무슨 수를 쓰기는 써야겠구나! 이대로 두었다간 사단이 나도 크게 나고 말 것이니⋯⋯.'

하지만 방법이 없었다. 아버지를 잃은 의형 편에 서기도, 그렇다고 정도맹의 편에 서기도 애매했던 소문으로선 뾰족한 해결책이 떠오르지 않았다.

'방법이 없는 것인가? 방법이!'

소문이 머리를 쥐어짜며 대책을 수립하는 순간에도 희생자는 계속 늘고 있었다. 하지만 그런 급박한 순간에도 전혀 움직임이 없이 서 있는 두 사람이 있었다. 처음 그 자리에서 조금의 미동도 없이 뒷짐을 지고 있는 검왕과 그런 검왕을 바라보는 당천호였다.

"그렇게 오랫동안 관찰했으면서도 아직도 나를 못 알아보는가? 서운한걸."

한참 동안의 침묵을 깨고 말을 건넨 사람은 의외로 검왕이었다. 나름대로 친근한 어투로 말을 한 것이겠지만 검왕의 입에서 흘러나오는 말을 서늘하기 그지없었다.

"서, 설마!"

그 표정과 싸늘한 어투. 마침내 당천호는 오랜 기억의 편린(片鱗) 중 하나를 끄집어낼 수 있었다.

"하긴 검성은 십여 년 전에 한 번 본 적이 있지만 자네와는 수십 년 만에 만났으니 기억을 못할 만도 하군."

"이제야 생각이 났소. 오랜만이오, 검왕 노선배!"

고개를 끄덕이며 대답을 하는 당천호의 얼굴에 짐짓 반가움이 스쳐 지나갔다.

"후후, 난 금방 자네를 알아볼 수 있었는데 약간은 서운하군. 하지만 자네 말대로 반갑기는 하구먼."

"선배의 소식은 그 친구를 통해 듣고 있었소이다. 비무도 했다지요?"

"그랬군. 대단한 친구였어. 하마터면 큰 망신을 당할 수도 있었지. 어쨌든 좋은 상대임에는 틀림없었네."

검왕은 지난날 검성과의 비무를 생각하는 듯 허리에 찬 검을 만지작거렸다.

"한데 이곳은 어떻게?"

"보는 대로네. 난 패천궁의 원로이고 자네들 덕에 환야는 패천궁의 궁주가 되었지. 그저 어렸을 때부터 보아온 저 아이가 염려되어 따라나선 것뿐."

"……."

당천호의 얼굴이 심각하게 변해갔다.

눈앞에 있는 인물이 누구던가!

자신과 함께 강호오왕이란 이름으로 불리곤 있지만 은연중 최강으로 대접받고 있는 사람이었다. 그런 그가 환야가 염려되어 따라나섰다니… 그것은 다시 말해 까딱 잘못하면 환야를 위해 검왕이 나설 수도 있다는 말이었다. 절대로 말려야 할 일이었다. 검왕과의 싸움이라니! 생각만으로도 끔찍한 결과가 연상되었다.

"너무 걱정하지 말게나. 난 이번 싸움에 별로 끼어들고 싶지 않네. 애들 싸움에 어른이 끼어든다면 창피한 노릇 아닌가. 물론 자네 또한 그러리라 믿지만."

당천호의 굳은 얼굴이 무엇을 의미하는지 눈치 챈 검왕이 안심하라는 듯 말했다. 다만 자신이 끼어들지 않으니 당천호 또한 끼어들지 말라는 경고 또한 품고 있는 말이었다.

그러나 검왕의 말은 불안했던 당천호의 마음을 더욱 부채질하고 말았다.

환야가 염려되어 나선 강호라고 하였다. 그런데 싸움에 나서지 않겠다는 것은 무엇을 의미하는 것인가? 그것은 검왕이 나서지 않아도 환야가 그를 둘러싸고 공격을 퍼붓는 정도맹의 무인들을 충분히 상대할 만큼 강하다는 것을 반증하는 말이었다. 그리고 그런 당천호의 생각은 난무(亂舞)하는 무인들의 비명성에 의해 곧바로 입증되었다.

싸움이 시작된 지 채 일각이 지나지 않았지만 환야의 주변에는 벌써 십여 명의 무인들이 쓰러져 있었다. 생사를 알 길 없는 그들은 하나같이 심각한 부상을 입은 듯 조금도 움직이지 못했다. 하지만 나비가 꽃을 찾아 날아가는 모양처럼 유려하게 움직이는 환야는 조금의 상처도 입지 않았고 시간이 가면 갈수록 몸놀림은 빨라져만 갔다.

"윽!"

또다시 들리는 비명성. 그 신음 소리를 끝으로 싸움은 잠시 소강 상태로 돌아갔다. 자신의 가슴을 파고드는 검을 피하고 상대를 쓰러뜨린 환야가 순간적으로 생긴 틈을 이용해 뒤로 물러났기 때문이었다. 공격을 성공시켰음에도 환야의 얼굴은 그다지 밝지 않았다.

"검에는 눈이 없소. 그러니 더 이상은 나서지 마시오. 다른 사람은 몰라도 곽 형의 피만은 보고 싶지 않소."

환야는 눈살을 찌푸리며 천천히 고개를 드는 곽검명을 응시했다.

"손속에 사정을 봐주서서 고맙소이다. 나 또한 소문의 의형인 그대와 다투고 싶지 않소이다. 하지만 일이 이렇게 된 이상 어쩔 수가 없구려. 이번 일은 환 형께서 너무 지나치셨소이다."

곽검명은 강하게 맞긴 하였지만 별다른 상처가 없는 가슴을 어루만지며 안타까운 표정을 지었다.

"지나치다? 도대체 무엇이 지나치단 말이오? 지나친 것은 오히려 그대들이 아니오. 소문을 이용해 패천수호대를 유인하더니 종내에는 그들을 전멸케 하지 않았소?"

환야가 버럭 화를 냈다.

"그건 무슨 말이오? 유인이라니?"

곽검명이 의아하다는 듯 되물었다.

"시치미 뗄 것 없소이다. 패천수호대가 성을 벗어나지 않았다면 어찌 강남 총타가 그리 쉽게 무너질 수 있었겠소. 패천수호대가 있었다면 상황은 달라졌을 것이오."

"물론 패천수호대가 성을 떠난 것은 공격을 하기 바로 전 소문을 들어 알고 있었소이다. 한데 그것이 소문과 관계가 있단 말이오?"

"흥, 그것은 저기 서 있는 계집에게 물어보시면 잘 알고 있을 것이오."

자신을 무섭게 노려보는 제갈영영을 바라보는 환야의 얼굴은 한껏 비웃음을 띠고 있었다. 곽검명을 비롯해 몇몇 무인들의 고개가 제갈영영에게 돌려졌다. 하나 제갈영영은 아무런 말도 하지 않았다. 그런 제갈영영을 쳐다보며 코웃음을 친 환야가 다시 입을 열었다.

"그렇게 소문을 미끼로 쓴 것도 모자라 이제는 그를 속여가며 이용하고 있지 않소?"

"말이 지나치외다! 우리는 소문을 이용한 적이 없소!"

곽검명이 두 눈을 치켜뜨며 반박을 했다. 패천수호대를 유인했다는 말은 그들이 공격을 할 때 확실히 이유는 알 수 없었지만 패천수호대가 성을 떠나 있었다는 것과 환야의 말에 제갈영영이 부정을 하지 않는다는 점에서 어느 정도 짐작 가는 바가 있었다. 하지만 이용이라니! 말도 안 되는 소리였다.

"뻔히 드러난 일인데 그리 감출 것은 없지 않소."

"도대체 무엇을 감춘다는 것이오?"

곽검명의 언성이 점점 높아졌다. 그러자 슬쩍 소문을 바라본 환야가 얼굴을 굳히며 대답을 했다.

"알다시피 소문은 나의 의제요. 그리고 패천궁의 궁주는 바로 나의 아버지. 그런데 소문은 왜 패천궁 궁주의 죽음을 알지 못한 것이오? 며칠이나 함께 도망을 쳤으면서. 그것은 나와 소문의 관계를 알고 있는 그대들이 일부러 감춘 것이 아니오? 혹여 소문이 등을 돌릴까 걱정을 해서 말이오."

"그, 그건……."

일순 말문이 막힌 곽검명은 무슨 말을 해야 할지 몰랐다. 환야의 말대로 그것은 부인할 수 없는 사실이었기 때문이다.

"왜 대답을 하지 못하시오? 소문을 이용할 마음이 아니었다면 굳이 감출 필요는 없는 것 아니오?"

환야의 말은 점점 신랄하게 변하고 있었다. 소문 또한 묵묵히 대답을 기다리고 있었다. 그때였다. 그 누구도 환야의 말에 대답하지 못하고 있을 때 지금껏 상황을 주시하고 있던 당천호가 나섰다.

"그건 나의 탓이네. 내가 막았지."

"어르신!"

곽검명이 깜짝 놀라 소리쳤지만 당천호는 살짝 손을 들어 그를 제지

했다.

"되었네. 나 때문에 자네들이 오해를 살 필요는 없지. 이보게."

"예, 어르신."

소문은 공손하게 대답을 했다.

"변명 같지만 들어주게. 사실 여기 있는 검명이나 단견은 자네에게 모든 것을 사실대로 말을 하자고 하였네. 당연히 그래야 했지. 하지만 그때는 한 사람의 조력자라도 필요한 때였어. 자네는 그 누구보다 우리에게 필요한 사람이었고. 그래서 내가 말렸네. 부끄러운 말이지만 그 말을 듣는 자네가 어떤 반응을 보일지 걱정이 되었네. 어떤 말로도 용납될 수 없는 말이겠지만 한두 사람도 아니고 백여 명이 넘는 사람들의 목이 달린 일이었네. 어쩔 수 없었다네. 나의 이런 심정을 이해할 수 있겠는가? 아니, 이해를 해달라는 말은 염치가 없겠지. 어쨌든 모든 일은 나의 고집이었네. 저들은 아무런 상관도 없다네."

"……"

"하지만 아무리 생각해도 부끄러운 짓이었어, 변명의 여지가 없는."

당천호는 허허로운 표정을 지으며 고개를 돌렸다. 평생 자존심을 지켜가며 꼿꼿하게 살아온 당천호는 어쩔 수 없는 상황이었다지만 사실대로 말을 하지 못하고 거짓말을 했다는 자책감에 얼굴을 들지 못했다.

몸을 돌리는 당천호를 바라보며 소문은 역시 자신의 생각처럼 곽검명 등이 자신을 이용하려 한 것이 아니라는 사실에 기뻐했다. 그럼에도 마음을 짓누르는 것이 있었으니… 그 옛날 화산에서 자신과 다른 사람들의 불화를 방지하기 위해서 친손녀의 목숨을 빼앗았던 당천호였다. 그런 당천호가 그렇게 행동하기까지 얼마나 고심했을지 생각하자 절로 마음이 무거웠다.

"이것으로 소문을 이용한 것이 드러나고 말았소이다."

당천호의 해명에도 불구하고 이어지는 환야의 말에 황보장이 묵직한 음성으로 대꾸했다.

"그렇군. 결과적으로 그리되었소이다. 하지만 그것은 어디까지나 을지 소협과 우리의 문제요. 그 점에 대해선 우리가 을지 소협에 백배 사죄하고 용서를 빌어야 할 것이오. 하나 그 일과 그대는 별개. 그대와 우리의 문제는 아직 끝나지 않았소."

"물론, 나 또한 끝났다고는 생각하지 않소. 이제부터가 시작이지. 아직 모든 일의 원흉인 저 계집이 살아 있으니! 다시 말하지만 내 검에는 눈이 없소이다. 난 아우가 가슴 아파하는 것을 보고 싶지 않소. 그러니 소문과 인연이 있는 사람은 모두 물러서시오. 이제부터는 사정을 봐주지 않을 것이오."

땅으로 늘어뜨리고 있던 풍혼을 다시 고쳐 잡으며 말을 하는 환야의 주된 시선은 곽검명을 향하고 있었다. 하지만 난처한 표정을 지으며 자세를 잡는 곽검명은 물러설 생각이 없는 듯했다.

"나 또한 다투고 싶은 생각은 없소이다. 하나 이 또한 정도맹의 일. 이대로 물러설 수는 없구려. 사정을 봐달라는 말은 하지 않겠소이다."

곽검명이 그렇게까지 말하자 환야도 어쩔 수 없다는 표정이었다. 그러기를 잠시, 어느 쪽의 편에도 서기 곤란한 소문이 침묵을 지키고 있는 동안 다시 싸움이 시작되려 하였다. 그러나 싸움은 다시 한 번 중단되고 말았다. 지금껏 아무런 말도 없이 환야만을 노려보던 제갈영영이 돌연 앞으로 나섰기 때문이었다.

"모두 그만두세요. 잠시 뒤로 물러서세요."

앞으로 나선 제갈영영은 공격을 하려던 정도맹의 무인들을 자제시키고 냉소를 짓고 있는 환야에게 다가갔다.

"제가 착각을 했습니다. 공자께서 이 정도 인원으로도 어쩌지 못할 정도로 강할 줄은 몰랐군요. 그것이 저의 판단 착오임을 인정하지요. 그러니 더 이상 불필요한 충돌은 그만 하는 것이 어떻겠습니까? 을지 소협의 난처한 입장도 생각을 해서……."

"후후, 참 편리하구나! 나를 인질로 잡겠다고 하더니만 상황이 여의치 않으니 발을 빼겠다? 그것도 아무 상관 없는 소문을 들먹이며? 하지만 난 네년의 말을 들을 필요도 이유도 없다. 내가 원하는 것은 저들의 목숨이 아니다. 오직 너! 네년의 목숨을 원할 뿐이다."

환야의 입가에 진한 살소가 머물렀다. 여차하면 당장에라도 손을 쓰겠다는 표정이었다. 동시에 곽검명 등이 제갈영영을 보호하고자 다가왔다. 하지만 제갈영영은 그들의 도움을 뿌리치고 아무 문제도 없다는 듯 더욱 태연하게 말을 하였다.

"도대체 내가 무슨 잘못을 했기에 그러는지 모르겠군요. 난 그저 을지 소협에게 도움을 청한 것뿐인데."

너무나 여유있는 태도. 조금도 두려움없이 손으론 옷에 매달린 옥빛 노리개를 만지작거리고 초승달 모양의 고운 아미(阿媚)를 살짝 치켜 올리며 대꾸하는 제갈영영의 모습에 환야는 기마허했다.

"네년이 정녕 소문과 청하에게 한 짓을 부인하려 하는 것이냐?"

"글쎄요… 난 공자께서 무슨 말씀을 하시는지……."

말을 얼버무리던 제갈영영이 만지작거리던 노리개를 손에 쥐었다. 순간 그것을 바라보던 당천호의 안색이 급격하게 변했다.

"안 돼!"

"죽어랏!"

팟!

묘한 소성과 함께 제갈영영의 손에서 놀고 있던 노리개가 수백의 조각으로 나뉘어지더니 환야를 향해 폭사되었다. 환야는 자신에게 날아오는 암기들을 바라보며 별다른 움직임을 보이지 않았다. 좌우를 완벽하게 제압하며 믿기지 않을 정도로 빠른 속도로 날아오는 암기들을 피한다는 것이 불가능하다는 것을 알았기 때문이다. 다만 얼굴만이라도 보호하기 위해 환야는 양팔을 들어 올렸다.

'방심했구나!'

들어 올린 팔을 비롯하여 몸 이곳저곳에서 크고 작은 고통이 느껴지자 환야는 제갈영영의 잔수를 깨닫지 못한 자신의 잘못을 반성하며 쓴웃음을 짓고 말았다. 몸에 느껴지는 고통도 고통이지만 벌써부터 상처 주변을 타고 흐르는 미세한 기운이 감지되는 것을 보아 암기에 독이 묻어 있는 듯했다. 하지만 환야는 이 정도의 암기와 독이 자신을 어찌할 수 있을 것이란 생각은 절대로 하지 않았다. 그는 자신을 믿었다. 그리고 이제 받은 것을 배로 해서 갚아줄 때란 생각을 하였다. 그러나 환야가 어떤 행동을 취하기도 전에 이미 움직인 두 사람이 있었다.

'응?'

환야는 자신의 앞을 가로막고 나서는 사람들이 누구인지 금방 알 수 있었다. 제갈영영이 암기를 발사하는 순간 거의 동시에 몸을 날린 사람들. 당천호의 곁에 있던 검왕과 약간은 멀리 떨어져 있던 소문이었다. 거리상 소문이 검왕보다 그 거리가 배는 되었음에도 도착한 것은 오히려 한 걸음 빨랐다.

'허! 무시무시하군.'

검왕은 기가 질린 표정으로 소문을 바라보았다. 환야가 걱정되어 몸을 움직인 것이었으나 이 순간은 소문의 출행랑에 대한 놀람이 더 컸다.

"이게 무슨 짓이오?"

조금의 높낮이도 없이 착 가라앉은 음성으로 질문을 던진 소문의 표정은 실로 예사롭지 않았다. 두 눈은 이미 살기로 번들거렸고 손끝은 떨리고 있었다. 하나 자신을 노려보는 소문의 시선과는 아랑곳없이 제갈영영은 자신의 공격이 성공을 거둔 것에 만족하고 있었다.

"을지 소협과는 상관없는 일입니다. 이것은 정도맹의 일입니다. 저놈은 벌써 여러 명의 무인들을 해쳤습니다."

어느새 환야에 대한 호칭이 공자님에서 이놈저놈으로 바뀐 제갈영영이 환야에 의해 목숨을 잃은 정도맹의 무인들을 가리키며 말을 하였다. 하나 그녀의 주된 시선은 아직도 정신을 잃고 있는 남궁진에게 향해 있었다.

"그래서 암습을 한 것이란 말이오?"

소문은 여전히 감정이 조금도 느껴지지 않는 음성으로 물었다.

"그래요. 아쉽게도 이곳에선 저자를 제압할 수 있는 사람이 없군요. 하지만 당가에서 만든 암기라면 이야기는 달라지지요. 상호에는 알려지지 않았지만 당가의 암기만큼 위력적인 것은 없으니까요. 비록 한 번밖에 사용할 수 없는 것이긴 하지만 효과는 이미 충분히 입증되었군요."

제갈영영은 얼굴을 가리고 석상처럼 우두커니 서 있는 환야를 가리키며 조소를 보냈다. 소문의 고개는 어느새 당천호에게 돌려져 있었다. 설명을 해달라는 눈빛과 함께.

"허허! 어쩌다 일이 이렇게 되었는가! 저 아이의 말이 사실이네. 저 것은 틀림없는 당가의 암기. 당가가 만든 삼대암기 중 가장 위험하면서도 위력적인 것이라네. 난 그저 무공도 없이 험한 길을 나서는 부군사에게 혹시 위험이 있을까 하여 전해준 것뿐인데……."

당천호의 음성엔 안타까움과 허탈함, 그리고 불안함이 깔려 있었다. 제갈영영이 암기를 만지는 순간 당천호는 뒤에 벌어질 일들을 이미 예견하고 있었다. 만들기는 하였으되 너무나 위험하여 무림에 단 한 번도 등장시키지 않은 암기였다.

환야가 아무리 뛰어난 고수라 해도 절대로 피할 수 없을 것이라 여겼다. 문제는 그 뒤였다. 환야를 따라나선 검왕을 누가 막을 것인가? 아니, 그것은 그다지 큰 문제는 아니었다. 검왕뿐이라면 자신과 다른 이들이 힘을 합친다면 충분히 상대할 수 있었다. 하지만, 하지만 소문이 움직인다면 상황은 전혀 다른 방향으로 흘러갈 것이었다. 어느 한쪽 편을 들지 못하고 있던 소문이었다. 오히려 지금까지는 철저하게 정도맹의 편에 서서 패천궁과 싸워왔다.

그러나 환야가 쓰러진다면? 의형제인 환야가 쓰러졌을 때도 소문이 중립을 지킬 수 있을까? 그것은 한낱 자신의 바램으로 끝날 것이고 제갈영영을 비롯하여 모든 이들이 소문의 분노를 감당해야 할 것이었다. 그런데 그 누가 있어 소문과 상대할 수 있단 말인가! 여기 있는 모든 인원이 힘을 합친다 하더라도 어림도 없는 일이었다.

제갈영영이 암기를 만지작거리는 그 짧은 순간에 이와 같은 생각을 떠올린 당천호가 뒤이어 닥칠 파국(破局)을 막기 위해 소리를 쳤지만 결국 늦고 말았다.

"어느… 정도입니까?"

설마 하는 불안감에 질문을 하는 소문의 음성에 약간의 떨림이 있었다.

"힘들 것이야. 저것은 전문적으로 고수들만을 상대하기 위해 만들어진 것. 웬만한 호신강기로는 막지 못하네. 더구나……."

"암기마다 극독(劇毒)이 묻어 있지요, 부시혈독(腐屍血毒)이라는."

당천호의 말을 자르며 제갈영영이 말했다. 못마땅한 표정으로 제갈영영을 노려본 당천호가 이어 설명을 했다.

"수없이 많은 독문들이 명멸(明滅)하면서 나타났다 사라진 독들 또한 그 수를 헤아릴 수 없을 정도로 많네. 하지만 누가 뭐라 해도 독의 제왕은 딱 한 차례 나타났다가 사라진 무색(無色), 무미(無味), 무취(無臭)의 세 가지 성격을 지닌 무형지독(無形之毒)이고 무형지독이 사라진 지금 부시혈독은 그 위치를 대신하고 있네. 단 한 방울로도 수백 명의 목숨을 뺏을 수 있는 실로 지독한 절독이지. 삼매진화로 태워 버리면 되는 여느 독과는 달리 그것도 여의치 않는 지독한 것이라 보면 되네."

"해독약은 없습니까?"

"해독약이 개발되지 않은 것은 무형지독뿐이네. 하지만……."

당천호는 뒤의 말을 쉽게 잇지 못했다. 그러나 소문은 당천호가 하고 싶은 말을 듣지 않아도 알 수 있었다.

"결국 형님은 이대로 죽을 수밖에 없다는 것이군요."

"미안… 하네."

당천호는 마치 자신의 잘못인 양 고개를 들지 못했다. 소문은 한숨을 내쉬며 환야를 바라보았다. 꼼짝도 하지 못하고 얼굴을 가리고 있는 환야. 내공을 이용해 필사적으로 독기와 싸우는 모양이었다.

"이런! 기쁜 마음에 제가 제 소개도 하지 않았군요. 저는 환야라고 합니다. 나이는 올해로 스물넷입니다."

"청하야 여자라고 친다지만 형님은 그 눈물이나 닦으세요. 남자가 돼가지고는. 쯧쯧!"

"홍, 원래 남자가 흘린 눈물이 얼마나 가치가 있는 것인지 모르는구먼. 여자에게 눈물은 흔하디흔한 것이지만 대장부의 눈물은 그게 아니지!"

"무슨 일이 있어도, 설사 큰 오라버니와 싸우는 일이 있다손 치더라도 그를 미워해서는 안 돼요. 절대로 미워하면 안 돼요. 약속할 수 있죠?"

"형님……."

환야의 모습에서 죽음의 그림자를 느낀 소문은 환야와 만났던 지난날을 떠올리며 가슴 아파했다. 청하가 죽으며 했던 말들이 그런 소문을 더욱 슬픔에 잠기게 만들었다. 그러나 제갈영영에게 있어 환야는 정도맹의 적을 떠나 사랑하는 사람을 해친 원수였다.

"홍, 제아무리 무공이 강하고 내공이 높아도 부시혈독이 묻어 있는 암기를 맞은 이상 네놈은 이제 죽을 수밖에 없다. 구차하게 발버둥 치지 말고 죽음을 달게 받아라."

어느새 한 발 물러선 무인들의 뒤로 돌아간 제갈영영이 원독에 가득 찬 말들을 내뱉었다. 그러자 지금껏 걱정스럽게 환야를 바라보던 소문의 몸이 천천히 돌려졌다. 모든 슬픔과 안타까움이 분노가 되어버린 지금 소문은 이제까지의 소문이 아니었다.

"조용히… 조용히 해라!"

그런 소문의 손엔 어느새 환야의 애검인 풍혼이 들려 있었다.

"나는… 참았다. 네년의 서찰을 받고 코웃음을 치면서도, 수작을 뻔히 알면서도 이곳에 왔다. 패천수호대와 만나게 되었을 때, 내가 네년에 의해 한낱 미끼로 던져졌다는 것을 알았어도 참았다. 내게는 너무도 소중한 사람들이 위험에 빠질 수도 있다는 이유 때문이었지."

소문의 시선이 잠시 곽검명 등에게 머물렀다.

"그들로 인해 의형의 아버님이 돌아가셨다는 말을 듣고 당황할 수밖에 없었지만 그래도 그냥 넘어갔다. 그리고……."

잠시 동안 높아졌던 소문의 음성이 갑자기 낮아졌다. 검을 쥔 주먹은 손잡이가 가루가 될 정도 힘이 들어갔고 입술은 찢어질 정도로 물려 있었다.

"네년의 농간(弄奸)에 의해 조문 형님이 죽임을 당하고 청하가… 청하가 그리되었어도 참았다. 당장에 배를 가르고 사지를 잘라 청하가 근 일 년 동안 느꼈을 고통, 지옥에 떨어진다 한들 알지 못할 고통을 십 분의 일이나마 느끼도록 만들어주고 싶었다. 그것이 전 무림인을 상대해야 하는 일이라도 그렇게 하려 했다. 수천 수만의 목숨을 빼앗는 일이 있더라도 그리하려 했다. 하지만 차마 그럴 수 없었다. 네년이 가여워서? 천만에! 할아버님 말씀대로 네년을 쳐 죽이는 과정에서 여기 있는 검명 형님이, 단견이, 아니면 또 다른 사람들이 희생당할까 그것이 염려되어 그랬던 것이다. 손녀의 목숨을 끊어야 했던 암왕 어르신을 생각해서도 그렇게 하지 못했다. 결국 모든 것을 덮고 네년을 용서하기로 했다. 그런데… 그런데 결과가 이것이었느냐? 결과가!!"

소문의 눈에는 더 이상 눈동자가 보이지 않았다. 숨이 막힐 정도로 끔찍한 살기로 뒤덮인 눈은 온통 붉은색으로 변한 지 오래였다.

"그때 네년을 죽였어야 했는데… 그랬다면 이런 일도 없었을 것인데……."

"제, 제가 무슨 일을 했다는 것인지… 무슨… 오해를 하신 것이……."

소문의 살기를 접한 제갈영영은 조금 전의 도도함은 어디로 갔는지 사라지고 두려움에 몸을 떨며 변명을 하려 하였다. 하지만 그 모습은 오히려 역효과만 일으켰다.

"크크크크! 발뺌을 하려 하는 것이냐? 그럴 줄 알았다. 하지만 언제까지 비밀이 지켜질 줄 아느냐? 세상에 영원히 가는 비밀이란 없다. 네년이 나와 청하가 고향으로 돌아가는 길을 기수곤에게 알렸다는 것은 결코 네년만 아는 비밀이 아니다."

제갈영영의 순간적으로 휘청거렸다. 청천벽력(靑天霹靂)이었다. 극도로 비밀을 유지했건만 소문이 어떻게 그 일을 알고 있단 말인가! 그러나 놀란 것은 비단 그녀뿐만이 아니었다.

"그, 그 말이 도대체……."

두 눈을 부릅뜬 곽검명이 제갈영영을 향해 고개를 돌렸다. 하지만 그의 질문은 더 이상 이어지지 못했다. 덜덜 떨고 있는 제갈영영의 모습에서 소문의 말이 결코 허언이 아님을 감지한 그로선 더 이상 할 말이 없었기 때문이다.

"형님을 부탁드립니다."

"아, 알았네."

고개도 돌리지 않은 소문의 말에 자신도 모르게 움찔한 검왕이 얼떨결에 대답을 했다. 소문의 살기에 순간적인 반응하고 검을 반이나 뽑은 자신의 모습이 그렇게 한심할 수가 없었다.

'나도 모르게 검을 뽑고 말았다.'

고개를 절레절레 흔들며 실소를 터뜨린 검왕이 환야의 곁으로 다가갔다. 그리고 잠시 침묵을 지키고 멈추었던 소문의 신형이 제갈영영을 향해 움직이기 시작했다. 반사적으로 제갈영영을 둘러싸고 있던 무인들이 앞으로 나섰다.

"움직이지… 마십시오, 형님. 죽을지도… 모릅니다……."

곽검명을 향해 당부를 한 소문이 자신의 앞을 막는 무인들을 향해 최후의 경고를 했다.

"그대들도 마찬가지다. 비켜라. 그렇지 않으면… 죽는다."

하나 굳은 표정으로 서로의 얼굴을 바라보는 그들은 물러설 생각이 없는 모양이었다. 궁귀 을지소문의 위명이 얼마나 대단하지는 잘 알고 있었지만 그들로서는 정도맹의 부군사를 맡고 있는 제갈영영을 보호하지 않을 수 없었다. 또한 많은 상처를 입고, 특히나 조금 전 환야의 위기를 보고 무리해서 출행랑을 시전하느라 피가 치솟고 있는 소문의 부상에 약간의 자신감도 있는 듯했다. 하지만 그들 중 소문의 무위를 제대로 본 사람은 아무도 없었다. 그들은 왜 오상이, 그토록 나서기 좋아하는 오상이 정신을 차렸음에도 뒤에 처박혀 입을 다물고 있는지 생각을 했어야만 했다. 그들은 용기라 생각했겠지만 그것이 만용임이 드러나는 것은 한순간이었다.

"비키지 않는다면 어쩔 수 없지."

소문은 더 이상 망설이지 않았다. 애당초 시간을 끌 생각이 없는지 절대적인 위기나 강적을 만났을 때나 펼치는 절대삼검. 그것도 마지막 초식인 무극지검을 사용하고 있었다.

꽈과과광!!

무기의 부딪침도 소문을 막아서던 무인들의 비명도 없었다. 그들은 변변한 대항조차 하지 못하고 쓰러져 갔다.

단 한 번의 출수! 그것이 보인 위력은 실로 엄청났다. 너무나 압도적인 힘의 차이에 더 이상 나서는 사람이 없었다.

"어, 어르신!"

무방비로 소문에게 노출된 제갈영영이 당천호를 불렀다. 암왕이라면, 당천호가 지닌 무공이라면 소문을 막을 수 있다고 생각하는 듯했다. 하지만 이어지는 당천호의 행동은 구원의 빛을 원하던 그녀를 절망이라는 벼랑으로 밀어버렸다.

"이곳에선 그 누구도, 나는 물론이고 설사 수호신승이 온다 하여도 그를 막을 수는 없다."

제갈영영은 간절하게 당천호를 불렀지만 당천호의 음성은 무심하기만 했다. 청하의 고통을 바로 옆에서 지켜보았던 당천호로서는 아무리 정도맹을 위하는 일이었다 해도 제갈영영을 두둔하고 싶은 마음이 없었다.

"더 이상 네년을 위해 나설 사람이 없는 모양이군. 죽을 준비는 되었으리라 믿는다."

제갈영영의 정면에 선 소문이 스산한 미소를 지으며 말을 하였다.

"오, 오지 맛!"

제갈영영은 뒷걸음을 쳤다. 하지만 그녀가 물러설 곳은 아무 곳도 없었다.

"네년의 손이 붓을 놀렸겠지."

풍혼이 춤을 추었다. 이어 들리는 비명성.

"까악!"

비명성과 함께 제갈영영의 양팔이 허공으로 튀어 올랐다.

"청하는 그날 이후 걸어본 적이 없다. 항상 누워서 생활해야만 했지."

풍혼이 춤을 추었다. 그리고 또다시 울리는 비명성.

"아악!"

비명성과 함께 그녀의 몸에서 더 이상 다리라는 것이 존재하지 않았다.

"시끄럽군. 그 세 치 혀로 사람들을 농락했겠지."

풍혼이 제갈영영의 입을 향했다. 깜짝 놀란 제갈영영이 입을 다물자 조금도 주저없이 볼을 뚫고 들어간 풍혼이 정도맹의 부군사로서 인정을 받게 하고 남궁진과 밀어(密語)를 나누며 미래를 계획하던 혀를 잘라 버렸다.

"끄아아아아!"

혀를 잃어버린 제갈영영이 고통에 몸부림치며 땅바닥을 뒹굴었다. 하나 소문의 표정엔 전혀 변함이 없었다. 용서를 했다지만 마음 한구석에 남아 있던 원한들이 제갈영영의 환야에 대한 공격으로 폭발한 이상 그것을 제어할 이성은 이미 남아 있지 않았다.

"청하가 볼 수 있었던 것은 어두컴컴한 골방의 천장뿐이었다."

잠시 멈추었던 풍혼이 다시 춤을 추었다. 그리고 제갈영영은 더 이상 사물을 바라볼 수 없었다. 핏물을 콸콸 흘리는 두 개의 구멍만이 과거 그곳이 지혜로 번뜩이던 제갈영영의 눈동자가 있던 곳이라는 대변할 뿐이었다.

이제는 비명도 들리지 않았다. 아니, 들리기는 했다. 목구멍에서 울리는 괴기한 소리에 불과했지만.

장내엔 어떤 움직임도 음성도 감지되지 않았다. 사람들은 숨도 쉬지 못했다. 벌써 고개를 돌린 당천호는 눈을 감고 있었고, 사지를 잃고 혀를 잃고 눈마저 잃은 제갈영영을 차마 볼 수 없었던 사람들 모두 고개를 돌려 애써 외면을 했다. 하지만 그 누구도 감히 나서서 소문을 말릴 엄두를 내지 못했다. 나서고 싶어도 소문의 엄청난 기세에 몸이 움직이지 않았고 특히 당천호가 절대로 움직이지 말라는 엄명을 전음을 통해 보내왔기 때문이었다. 그들이 제갈영영을 외면하는 동안에도 소문의 행동은 계속되었다.

"청하는 아무것도 먹을 수가 없었다. 아무것도."

소문의 손에서 춤을 추던 풍혼이 이번엔 여리디여린 제갈영영의 배를 파고들었다. 비명처럼 들리던 목구멍의 울림도 들리지 않았다. 간간이 꿈틀대는 몸만이 아직까지 제갈영영이 살아 있음을 알 수 있게 할 뿐이었다.

"청하는……."

"그만 하게."

소문은 자신의 손을 잡는 사내가 누군지 다가오는 순간부터 이미 알고 있었다.

"그쯤 했으면 되었네. 제수씨도 형님도 이만하면 만족했을 것이네."

"움직이지 말라고 하지 않았습니까?"

소문은 온통 핏빛으로 물든 고개를 돌리며 차갑게 대꾸했다.

"나를 죽이려는가? 마음대로 하게. 난 자네의 검을 막을 힘이 없으니. 하지만 더 이상 두고 보지는 못하겠네. 자네가 아니라도 그녀는 곧 죽을 목숨이야. 그녀가 죽는 것은 애석치 않으나 자네가 어찌 될까 두렵군."

소문을 막고 있는 곽검명의 표정에는 진정 어린 걱정이 담겨져 있었다.

"……."

"웃음도 인정도 많고 장난하기를 좋아하는 자네가 아니었나? 다소 엉뚱하고 멍청한 감이 있기는 했지만 이렇게 잔인한 모습은 아니었네. 지금 자네를 보고 있자니… 마치 지옥을 빠져나온 악귀 같군. 복수도 좋지만 제수씨나 형님은 이런 자네의 모습을 보고 싶지는 않을 것이네. 물론 나도 그렇고. 하니 이제 그만 물러나게."

"……."

곽검명의 말이 끝났지만 소문은 아무런 대꾸도 하지 않았다. 그렇다고 그의 경고대로 곽검명을 어찌한 것은 아니었다. 곽검명의 말에도 일리가 있었다. 조금의 미동도 없이 쓰러져 있는 제갈영영은 이제 손을 쓰지 않아도 될 만큼 처참하게 망가져 있었다. 아무런 말도 행동도 없이 제갈영영을 바라보던 소문이 입을 연 것은 한참이 지난 다음이었다.

"멍청하지는 않았소."

제갈영영에게서 몸을 돌려 곽검명에 시선을 던지는 소문의 입에서 무뚝뚝한 음성이 튀어나왔다. 하지만 조금 전처럼 차갑고 감정이 실리지 않은 말이 아니었기에 곽검명의 굳은 얼굴에 살짝 미소가 지어졌다.

"그건 자네의 생각이지. 자네는 부정할지 모르나 조금 멍청한 구석이 있어."

"하긴, 그럴 수도 있겠군요. 멍청하지 않았다면 애당초 이런 일도 없었을 것이니."

자신을 바라보며 안도의 한숨을 내쉬는 곽검명에게 허탈한 미소를 보낸 소문은 천천히 걸음을 옮겼다. 검왕과 함께 있는 환야는 어느새 땅바닥에서 가부좌를 틀고 앉아 있었다.

"어떻습니까?"

"다행히 고비는 넘긴 것 같군. 일단 내공으로 억제를 하기는 했지만 장담하지는 못하겠네. 암왕이 준 해독제도 큰 힘이 되었네."

소문의 얼굴이 당천호를 향했다.

"감사합니다."

"감사는 무슨. 내가 준 약은 부시혈독의 해독제가 아니네. 다만 그 기운을 조금 지연시키는 정도라고나 할까? 그나저나 자네도 그렇지만 자네의 의형 또한 대단하군. 부시혈독에 중독되면 웬만한 고수도 그 자리에서 즉사를 할 것인데 그것을 내공으로 억제시키다니. 이러한 괴사는 처음 보았네."

당천호는 세상에 부시혈독을 억누르는 사람이 있을 줄은 꿈에도 생각을 하지 못했다는 듯 고개를 흔들었다.

"하지만 그것도 잠깐이네. 내공으로 억누른다는 것이 근본적인 치료는 아니지. 언제까지 그렇게 지낼 수도 없고. 최대한 빨리 치료를 해야 할 것이네."

"음, 그것은 염려하지 말게. 환야의 일이라면 자다가도 벌떡 일어나는 생사괴의가 있으니 치료하는 데에는 그다지 문제가 없을 것이네. 어쨌든 고맙군. 자네의 입장에서 보면 우리는 적인데 이렇게 염려를 해주니 말이야."

검왕이 사의를 표했지만 당천호의 귀에 그 말은 들려오지도 않았다.

"새, 생사괴의 노선배도 패천궁에 있다는 말이오?"

"패천궁의 원로라네. 그게 그렇게 놀랄 일인가?"

검왕은 고개를 끄덕이며 별로 대수롭지 않게 말을 했지만 당천호는 깜짝 놀랄 수밖에 없었다. 생사괴의까지 패천궁에 있다니… 패천궁이 지닌 힘이 도저히 가늠되지 않았다.

"제아무리 부시혈독이라지만 그분이면 충분히 치료가 가능할 것입니다."

마음속의 격동과는 달리 당천호가 밝은 표정으로 말을 하자 소문의 어두웠던 안색도 활짝 펴졌다. 꼼짝없이 죽을 줄 알았던 환야가 살 수 있다는 소식이니 그 이상 바랄 것이 없었다. 하지만 그 모습을 보는 검왕은 뜻 모를 미소만 짓고 있었다.

"너무 오래 걸리는 것 같지 않습니까? 정말 괜찮은 것인지 걱정이 됩니다."

고비는 넘겼다지만 한참이 지나도록 환야의 모습에 변화가 없자 초조해진 소문은 옆에 선 검왕을 바라보며 물었다. 안면이 없던 검왕보다는 당천호에게 답답함을 토로하고 싶었지만 함께 있었던 당천호는 어느새 정도맹의 무인들에게 돌아간 상태였다. 몸을 돌린 당천호가 가장 먼저 한 일이 살았지만 살아 있는 것이 아닌 제갈영영의 사혈을 짚어 고통을 덜어준 것이라는 것을 알고 있는 소문은 차마 환야의 상세에 대해 물을 수가 없었다.

"괜찮을 것이네. 별일이야 있겠는가? 조금만 더 지켜보세나."

검왕은 그다지 대수롭지 않게 대답을 했다. 대답을 하는 검왕의 음성에서 환야에 대한 염려의 기색을 조금도 찾아볼 수 없었던 소문은 의아한 눈초리로 검왕을 바라보았다.

'흥! 그렇게 봐도 할 수 없다. 염려를 할 이유가 있어야지!'

소문의 시선을 슬쩍 외면하며 환야를 바라보는 검왕의 표정엔 영 못마땅해하는 기색이 역력했다.

그런데 염려할 필요가 없다니? 그건 또 무슨 말인가?

사실 소문이나 당천호를 비롯하여 그 누구도 알지 못했지만 제갈영영에게 불의의 암습을 당한 환야의 몸에는 조금의 이상도 없었다. 오직 환야와 오랜 시간을 보낸 검왕만이 진실을 알고 있었다.

처음 소문과 함께 환야의 앞을 막아선 검왕의 분노는 소문에 못지않았다. 하지만 제갈영영이 부시혈독 운운할 때부터 그는 뭔가 이상함을 느끼고 있었다.

생사괴의와 함께 지내온 환야는 이미 만독불침의 경지를 이루고 있었다. 당연한 것이, 환야를 친손자 이상으로 여기고 있던 생사괴의는 환야가 걸음을 떼기 전부터 몸에 좋은 것이라 하면 영약이든 독약이든 닥치는 대로 복용을 시켰다.

특히 평생을 바쳐 만들어낸 역천단. 그 역천단에 들어간 수백 가지의 성분 중에 부시혈독이 들어 있는 것을 알고 있었던 검왕은 환야가 중독되지 않았다는 것을 확신할 수 있었다. 더구나 당천호의 말에 의하면 그 암기가 웬만한 고수의 호신강기는 가볍게 파괴한다고 했지만 환야는 보통 고수가 아니었다. 비록 약간의 상처는 있을 수 있겠지만 그의 말대로 치명적인 상처는 입지 않았을 것이다.

생각이 이쯤에 이르자 분노했던 검왕은 돌연 행동을 멈추고 묵묵히 환야의 지켜보았다. 아니나 다를까? 도둑이 제 발 저린다고 검왕의 시선에 부담을 느낀 환야는 잠시만 모른 척해달라는 전음을 재빨리 날려왔다. 잠깐 동안이나마 자신을 깜짝 놀라게 한 것이 괘씸하기도 했지만 환야의 의도를 파악한 검왕은 부탁대로 침묵을 지켰다. 그리고 아무것도 모른 채 미친 듯이 날뛰는 소문을 가엾다는 듯 지켜보았다.

애당초 소문은 환야의 심각한 부상에도 불구하고 검왕이 나서지 않는 이유를 생각했어야 했다. 하지만 그와 같은 생각은 전혀 하지 못한 소문은 마냥 불안에 떨 뿐이었다.

[언제까지 그러고 있을 것이냐? 네 말대로 하긴 했다만 이제 그만 일어나도 되지 않겠느냐?]

[너무 빨라도 의심을 사는 법입니다. 잠시만 더 기다려 주십시오.]

[쯧쯧, 하는 짓 하고는…….]

환야와 전음을 날리는 검왕은 차마 내색은 하지 않았지만 몹시 불편해하는 눈치였다.

[그만 하도록 하자. 계속 이곳에 있기도 뭐하구나. 나야 상관이 없지만 네 녀석 때문에 저 아이의 입장만 곤란해지지 않았느냐?]

[부인의 목숨 빚을 갚았는데 곤란해질 것이 뭐가 있겠습니까? 하지만 그렇게 걱정을 하니 이제 일어나 볼까요?]

[의뭉스러운 놈!]

검왕의 마지막 전음을 들으며 지금껏 눈을 감고 있던 환야가 살며시 눈을 뜨는 것으로 더 이상 은밀한 전음은 오고 가지 않았다.

"혀, 형님! 괜찮으십니까?"

환야가 눈을 뜨자 뚫어지게 환야를 살피던 소문이 격동에 찬 음성으로 말을 걸었다.

"살아 있는 것을 보니 괜찮겠지. 어이쿠!"

부드러운 미소와 함께 몸을 일으키던 환야가 돌연 이마를 짚으며 휘청거렸다.

"이런!"

깜짝 놀란 소문이 환야를 부축했다.

"조금 어지럽군."

"독기 때문에 그렇습니다. 빨리 치료를 해야지 이대로 방치하면 큰
일 나겠습니다."

소문이 자신의 허리를 손으로 감싸고 부축하자 약간 얼굴을 붉힌 환
야가 입을 열었다.

"곧 치료를 할 수 있을 것이니 너무 걱정하지 말게. 그나저나 이제
는 어쩌려는가? 나는 이 길로 소림으로 가려 하는데……."

"소림으로요? 호북성으로 간다고 하지 않았습니까?"

소문이 고개를 갸웃거리자 환야의 설명이 계속되었다.

"그랬지. 하지만 어차피 소림으로 가게 되어 있네. 나와 약조를 한
분들이 계시네. 내가 돌아갈 때쯤이면 정도맹을 제압하고 소림에서 나
를 기다리겠다고 하시는 분들이."

"허! 그게 가능하겠습니까?"

"물론이네. 그분들은 능히 그 정도의 능력을 지니고 계시지. 여기
계신 검왕 할아버지에 비해 손색이 없는 분들이거든. 참, 그러고 보니
아직 인사를 여쭙지도 못했지? 인사드리게."

환야는 비로소 검왕을 소문에게 소개했다.

'흠, 이분이 검왕이시군. 과연 예사롭지 않으신 분이라 여겼거
늘…….'

전신에서 뿜어져 나오는 심상치 않은 기운들을 느끼며 처음부터 노
인의 정체를 궁금해하던 소문은 '역시나!' 하는 표정을 지으며 급히

허리를 숙였다.

"을지소문입니다. 명성 높으신 검왕을 뵙게 되어 영광입니다."

검왕도 인사를 받으며 자기소개를 했다.

"비사걸이라 하네. 그리고 검왕이란 명호는 이미 버렸다네. 검신을 보았는데 검왕은 무슨……."

"예?"

순간적으로 검왕의 말을 이해하지 못한 소문이 어리둥절한 표정을 짓자 환야가 재빨리 말을 자르고 나섰다.

"괜한 말씀이시라네. 어쨌든 난 소림으로 갈 것이네. 자네는 어찌하겠는가?"

"어찌하기는요. 저 때문에 형님이 이 지경이 되셨는데 함께 가야지요. 저 또한 소림으로 가는 길이잖습니까? 혼자 가지 않아서 외롭지 않고 좋겠습니다."

"하하! 그렇게 말해 주니 고맙군. 잘됐네, 잘됐어. 그럼 바로 가세나."

은근히 마음을 졸이며 대답을 기다리던 환야가 환하게 웃으며 기뻐했다. 그런 환야를 바라보며 검왕은 혀를 차고 고개를 흔들었다.

"잠시 기다려 주십시오."

소문은 몸을 돌려 어떤 행동을 할지 망설이고 있는 정도맹의 무인들에게 다가갔다. 그사이 벌써 목숨을 잃은 무인들과 제갈영영을 위한 무덤이 만들어져 있었다.

"후~ 결과가 이렇게 되어 뭐라 말씀을 드리지 못하겠습니다."

"아니네. 이곳에서 자네의 입장을 이해 못 할 사람은 없다네. 그래, 이제 가려는가?"

당천호가 씁쓸한 미소를 지으며 물었다.

"예."

"그렇군."

고개를 끄덕이며 한숨을 내쉰 당천호가 입을 다물자 그런 당천호를 뒤로하고 소문은 곽검명을 찾았다.

"어디로 가는가?"

소문을 은근히 적대시하는 다른 이들과는 달리 곽검명의 태도는 전과 다름이 없었다.

"소림에서 할아버님이 기다리고 계십니다."

"음, 그곳에 계셨군. 알았네. 소림에 계시다니 자네가 고향으로 돌아가기 전에 한번 뵐 수 있겠군. 설마 인사도 없이 떠나는 것은 아니겠지?"

"어찌 될지는 저도 모르겠습니다. 어쨌든 단견 아우와 두일충 형님께 잘 말해 주십시오."

소문은 부상으로 인해 미리 길을 떠난 단견과 두일충을 떠올리며 당부를 했다.

"알았네. 그리하지. 자네도 몸조심하게."

"예."

곽검명과 인사를 나눈 소문은 곧 몸을 돌리려고 하였다. 왜 이렇게 일이 꼬였는지를 한탄하는 소문의 안색은 그다지 좋지 않았다. 그런데 소문으로선 넘어야 할 벽이 하나 더 있었다.

"이대로 가시는 건가요?"

"아! 남궁 소저."

갑작스레 들려오는 음성에 깜짝 놀란 소문의 정면에 슬픈 표정의 남궁혜가 서 있었다.

"남궁 형께 죄송하다는 말씀을 꼭 드려주십시오. 이럴 생각은 진정 없었는데……."

남궁진과 제갈영영의 사이를 알고 있었던 소문은 고개를 들지 못했다. 하나 남궁혜는 고개를 가로저을 뿐이었다.

"그건 문제가 아니에요. 정녕 이대로 떠나시는 건가요?"

"예?"

"이대로 떠나시냐고 물었어요."

"……."

자신을 생각하는 남궁혜의 마음이 어떤지 이미 눈치 채고 있었고 지금 하는 말이 어떤 의미인지도 알고 있었지만 소문은 뭐라 대답을 하지 못했다. 침묵을 지키는 소문의 태도에 눈물을 비추던 남궁혜가 다시 한 번 물었다.

"대답해 주세요. 이대로 그냥 떠나시는 건가요?"

"그, 그것이……."

그때였다. 소문이 우물쭈물거리는 사이 기다리던 환야가 부르는 소리가 들려왔다.

"소문 아우! 빨리 가세나."

손짓으로 대답을 한 소문이 남궁혜에 말을 했다.

"이만 가봐야겠습니다. 그럼 몸조심하십시오. 언제가 다시 뵐 날이 있겠지요. 그럼 이만."

"자, 잠……."

소문의 행동에 당황한 남궁혜가 소문을 부르려 하였지만 몸을 돌린 소문의 등을 보는 순간 그녀는 입을 다물고 말았다.

"결국… 이렇게 끝나고 말았군요……."

소문의 신형이 순식간에 멀어지고 힘없이 서서 독백처럼 몇 마디를 내뱉는 그녀의 볼에 두 줄기의 눈물이 흘러내리고 있었다.

제 41 장

소림사(少林寺)

소림사(少林寺)

패천궁의 전격적인 기습으로 다시 시작된 정도맹과 패천궁의 싸움은 초반 패천궁의 절대적인 우세로 진행되었다. 패천궁의 전력이 호북성을 점령하고 하남성을 넘어 정도맹이 있는 곳까지 이르자 모든 사람들이 패천궁의 승리를 예상했다. 하지만 패천궁의 강남 총타를 친다는 무모할 정도로 과감하고 성공 가능성이 희박했던 정도맹의 계획이 성공을 거두면서 불리했던 전세는 일시에 역전되었다.

패천궁의 무인들은 연이어 들려오는 비보(悲報), 강남 총타가 무너지고 군사인 귀곡지는 물론 궁주인 관패까지 목숨을 잃었다는 소식에 눈물을 머금고 후퇴를 할 수밖에 없었다. 정도맹은 후퇴를 거듭하면서도 보존하였던 전력을 투입하며 차근차근 잃었던 지역을 회복했다. 그러나 정도맹의 승리로 끝날 것처럼 보이던 싸움은 또다시 예상치 못한 방향으로 흘러갔다.

패천궁 원로들의 참여. 인원은 몇 되지 않았지만 그들이 지닌 힘은 실로 상상을 불허했다. 그 누구도 그들을 막지 못했다. 정도맹 맹주인 영오 대사를 비롯하여 모든 수뇌들이 힘을 합치고 끌어들일 수 있는 모든 고수들을 동원했지만 권왕을 필두로 한 일곱 명의 원로들을 막을 수 있는 사람은 아무도 없었다.

패퇴에 패퇴를 거듭하다 본성에까지 밀린 정도맹에선 본성을 지키기 위해 수없이 많은 무인들을 동원하여 패천궁을 막았다. 하지만 그런 노력도 헛되이 사흘 만에 엄청난 사상자를 내며 성을 내주는 참담한 결과를 맞게 되었다. 정도맹과 패천궁의 싸움은 사실상 그것으로 끝이었다. 그러나 본성에서조차 쫓겨난 그들이었지만 아직 희망을 버린 것은 아니었다.

소림사!

그들 뒤엔 아직 소림사와 수호신승이라는 최후의 보루가 버티고 있었다. 그것은 패천궁 또한 알고 있는 사실이었다. 소림과 수호신승을 쓰러뜨려야만이 진정한 승리를 얻을 수 있다는 생각에 그들은 정도맹 본성을 점령한 지 하루 만에 모든 휴식을 끝내고 소림을 향해 이동하기 시작했다. 소림에는 이미 퇴각한 정도맹의 모든 무인들과 각지에서 몰려든 백도의 무인들이 마지막 일전에 대비하고 있었다.

"아직도 소식이 없는가?"

"예. 사흘 전에 연락이 온 뒤로는 아직 이렇다 할 소식이 없습니다."

궁사혼은 은근히 짜증이 섞인 권왕의 질문에 대답을 하며 탁자 위의 장기판으로 시선을 돌렸다.

"아직까지 두고 계십니까? 벌써 한참을 두고 계시는 듯합니다."

"흠, 그렇게 되었네. 딱히 할 것도 없고. 또 이 친구와 나는 아직 제대로 승부를 겨루지 못해서."

권왕과 마주 앉아 장기를 두던 궁왕이 겸연쩍은 미소를 보였다.

"그나마 이제는 이것까지 질리는군. 이럴 줄 알았으면 환야와 약속을 하는 것이 아닌데 그랬어."

"무슨 소리인가?"

궁왕의 물음에 권왕이 아직 승부가 나지 않은 장기판을 거두며 대꾸했다.

"지루해서 그러네. 이건 내 성격과 맞지 않아. 싸우면 싸우는 것이고 그렇지 않으면 돌아가는 것인데 이건 이도 아니고 저도 아니니……."

"쯧쯧, 얼마나 기다렸다고 그러는가?"

"이곳에 온 지도 벌써 열흘이 지났어. 그 시간이면 소림을 갈아엎어도 열 번은 더 갈아엎었겠네."

"그렇게 지루하면 자네 먼저 돌아가지 그러는가?"

궁왕이 살짝 핀잔을 주었다.

"나도 그러고 싶은 마음은 굴뚝같지만 그럴 수야 없지. 누구하고 한 약속이라고."

고개를 절레절레 흔든 권왕이 옆에 놓인 술병에 입을 가져갔다.

"흥, 그러니 불평일랑 하지 말고 얌전히 기다리게. 금방 오겠지. 나도 한잔 주고."

궁왕은 권왕이 따라준 술을 단숨에 마셨다. 양에 차지 않는지 연거푸 넉 잔의 술을 마신 뒤에야 잔을 내려놓았다. 말은 그리했지만 그 또한 몹시 지루한 모양이었다.

"그나저나 다른 늙은이들은 어디에 있는가?"

궁사혼에게도 술을 권하던 권왕이 불현듯 생각이 나는 듯 물었다. 그러자 궁사혼의 입가에 절로 미소가 지어졌다.

"생사괴의 어르신은 약재를 찾는다고 산으로 올라가셨고 무불살 어르신은 땅을 파고 은신하셨습니다. 혈승 어르신은 계속해서 불공을……."

"됐네. 안 봐도 뻔한 것이지. 그 버릇이 어디 가겠나?"

권왕은 재빨리 궁사혼의 입을 막고 질린 듯한 표정을 지었다. 그러자 궁왕이 너털웃음을 터뜨렸다.

"허허, 술잔을 옆에 끼고 장기판을 벌이고 있는 자네나 나도 똑같지 뭘 그러나?"

"흠, 하긴… 그건 그렇군. 어쨌든 빨리 결판을 내야지 너무 지루해, 너무."

"어디까지 왔습니까?"

정도맹의 맹주에서 이제는 소림사의 장문인의 위치로 돌아간 영오 대사가 물었다.

"숭산의 초입에 그대로 머무르고 있습니다."

제갈공이 공손히 대답했다. 애지중지하던 딸의 충격적인 죽음을 듣고 또 연일 계속되는 싸움에 대한 계획을 수립하느라 몸과 마음이 지칠 대로 지친 제갈공의 몸은 그새 반쪽이 되어 있었다.

"음, 아직도 움직이지 않고 있다는 말이오? 그들이 그곳에 진을 친지 벌써 열흘이나 지났소. 도대체 그 이유가 무엇이오?"

"저들이 무슨 연유로 그리하고 있는지 도무지 짐작이 가지 않습니다. 휴식을 취하려는 것이라면 그 시간이 너무 길고 다른 계획을 세우고 있다고 보기엔 어떤 움직임도 감지되지 않습니다. 후~ 용서하십시오. 제가 능력이 부족해서⋯⋯."

운상 진인의 말에 짧게 대꾸한 제갈공이 고개를 숙였다. 이렇게까지 몰린 것이 모두 자신의 잘못이라는 듯 스스로 자책하고 있었다.

"아니외다. 그게 무슨 말씀이십니까? 그나마 군사께서 계셔서 이만큼이나 버틴 것입니다. 군사의 신묘한 계책이 없었던들 저들에게 변변한 타격을 주지도 못하고 일방적으로 당하기만 했을 것입니다."

"그렇습니다. 군사께서는 모든 능력을 십분 발휘하셨습니다. 군사의 선조이신 공명 선생께서 오신다 한들 군사만큼 잘하시지는 못했을 것입니다."

하일청이 석부성의 말에 동의하며 제갈공을 두둔했다.

"⋯⋯."

그럼에도 제갈공은 쉽사리 고개를 들지 못했다.

"군사께서는 너무 자책을 하고 계시는 듯합니다. 토끼를 잡으려고 판 함정으로 어찌 범을 잡겠습니까? 아무리 신묘한 계책이 세워져 있다 한들 그 계책을 이루어낼 고수가 없는 것이 문제였습니다. 저들을 막을 고수만 있었다면 이렇게 밀리지는 않았을 것입니다. 석 장문인의 말씀대로 그나마 군사께서 계셨기에 아군에게 있어선 많은 피해를 줄일 수 있었고 적에겐 많은 피해를 준 것이 아니겠습니까? 그러니 그만 고개를 드십시오."

영오 대사까지 나서서 말을 하자 그제야 힘겹게 고개를 든 제갈공이 기나긴 한숨을 내쉬었다.

"후~ 아둔한 저를 너무 좋게 봐주시니 몸 둘 바를 모르겠습니다.

하지만 여기까지인 것 같습니다. 여기까지가 제가 할 수 있는 한계란 생각이 드는군요."

"무슨 말씀을! 군사께서 약해지시면 정도맹은 말 그대로 끝장이오. 힘을 내시구려. 이대로 끝낼 수는 없지 않겠소? 하는 데까지는 해봐야지. 비록 우리 무당의 인원이 얼마 남지 않았지만 그들은 모두 죽을 각오를 하고 있소."

운상 진인이 굳은 표정으로 말을 하였다. 그러자 각 문파를 대표해서 이 자리에 있던 모든 사람들이 저마다 고개를 끄덕이며 말을 받았다.

"우리 청성파 또한 모두 죽을 각오가 되어 있습니다."

"점창 또한 그렇습니다."

호기롭게 외치는 그들의 음성에 장내가 소란해지자 영오 대사가 나서서 혼란을 진정시켰다.

"아미타불! 진정들하십시오. 여기 계신 모든 분들의 마음이 그와 같을 것입니다. 그러한 마음가짐으로 적을 대한다면 반드시 승리를 하여 땅바닥에 처박힌 정의를 다시 세울 수 있을 것입니다. 쉽지 않다는 것은 소승 또한 알고 있습니다. 하지만 운상 진인께서 말씀하신 대로 할 수 있는 데까지는 최선을 다해야 한다고 생각합니다. 어쩌면 저들이 움직이지 않는 지금이 우리에겐 호기일 수 있습니다. 그사이 전력을 충원하고 조금이라도 힘을 키우는 기회로 만들어야 할 것입니다. 비록 지금은 이렇게 힘든 상황에 몰렸지만 사필귀정(事必歸正)이라! 정의는 승리하기 마련입니다. 우리가 포기하지 않고 끝까지 노력한다면 반드시 그리될 것입니다."

영오 대사의 말에는 어떤 신념이 담겨져 있는 듯했다. 하지만 그렇게 되기를 간절히 원하면서도 그것이 이루어지기가 얼마나 힘든 것인지 알고 있던 이들의 마음은 무겁기만 했다.

"흠, 그러니까 자네의 강호행은 사실상 소림에서 시작되었다고 해도 과언이 아니겠군."

"그렇지요. 소림사에서 노스님도 만나고 수호신승에 대해서 알게 되었지요. 그리고 구양 할아버지를 만난 것도 소림에서였고 혈참마대를 처음 본 것도 이곳이었지요."

소문이 과거를 생각하며 살짝 미소를 지었다. 환야 또한 소문을 마주 보며 웃었다.

"그러고 보니 내가 자네를 처음 본 곳도 바로 소림이었군. 자네는 몰랐겠지만."

"그렇게 되는군요."

둘의 대화를 지켜보던 검왕이 입을 열었다.

"이제 어떻게 할 것이냐? 저기 보이는 산이 숭산이다. 서로의 입장도 있고 하니 이쯤에서 헤어지는 것이 좋지 않겠느냐?"

"예, 전 이대로 소림으로 가는 것이 좋겠습니다. 패천궁에서도 제게 좋지 않은 생각을 가지고 있는 사람이 꽤 있을 겁니다."

소문이 웃으며 말을 받았다.

"좋은 생각을 가지는 것 자체가 이상하지. 하지만 함부로 덤비지는 못할 것이다. 어느 놈이 단신으로 패천수호대를 박살 낸 위인에게 덤빈단 말이냐? 그런 간덩이를 지닌 놈이 있다곤 도저히 생각하지 못하겠다."

검왕이 소문의 어깨를 툭 치며 말을 하였다. 근 한 달여를 함께 보낸 검왕은 이제 소문에게 스스럼없이 대하고 있었고 그것은 소문도 마찬가지였다. 싸늘한 시선하며 냉막한 표정은 여전했지만 그것이 검왕의 천성이라는 것을 알고 있는 지금 소문은 자신의 어깨를 건드리는 검왕의 행동이 매우 친근감있는 표현이라는 것을 알고 있었다.

"자네에게 덤비려면 그전에 나와 면담을 해야 할 것이네. 그놈이야 혼자 덤벼서 죽으면 그만이지만 여차하다간 패천궁의 기둥 뿌리가 흔들리게 되지 않겠나? 그것은 막아야지."

환야가 주먹까지 쥐며 심각한 표정을 짓자 그 모양에 연신 웃음을 터뜨린 소문이 손을 저으며 말을 하였다.

"하하하! 농담은 그만 하십시오. 어쨌든 형님, 전 이만 소림으로 올라가겠습니다. 제가 형님을 따라 패천궁으로 갈 수야 없는 노릇이니."

"흠, 알았네. 이제 고작 며칠을 함께 지냈는데 벌써 헤어지려니 아쉽군. 하나 어쩔 수 없는 일이겠지."

"허! 며칠이라니요. 한 달이 훌쩍 넘었습니다."

소문이 어이가 없는 표정으로 대꾸했다.

"그게 그것 아닌가? 난 그저 아쉽다는 것이네. 그러나 늦어도 내일까지는 다시 보게 될 것이네. 나 역시 이 길로 바로 소림에 갈 생각이거든."

"예? 그게 무슨 말입니까? 독상을 치료하자면 며칠은 걸리지 않겠습니까?"

소문이 깜짝 놀라 물었다.

"험험, 생사괴의 할아버지의 능력이면 이 정도 독상은 하루면 완쾌될 것이네. 너무 걱정하지 말게."

"하하! 알겠습니다. 그렇게 하시지요. 하지만 너무 무리하시면 안

됩니다. 그럼 소제는 이만 가보겠습니다."

소문은 검왕에게 허리를 숙여 작별 인사를 했다.

"그래, 환야의 말대로 금방 다시 보게 될 것이다. 그리고 모든 일을 꾸며놓고 자신은 절간에 처박혀 유유자적(悠悠自適)하고 있는 늙은이에게 안부나 전해주거라."

"하하! 알겠습니다."

검왕이 말하는 사람이 누구인지는 말을 안 해도 알 수 있었다. 소문은 다시 한 번 허리를 숙이고 헤어짐을 아쉬워하는 환야를 뒤로한 채 소림사로 향했다.

소문과 헤어진 환야와 검왕은 발걸음을 재촉했다. 그동안은 소문의 눈을 의식해 일절 경공을 쓰지 않았지만 그가 떠난 지금은 상황이 달랐다.

"쯧쯧, 그동안 답답해서 어찌 살았느냐?"

환야가 말도 없이 무시무시한 속도로 달려가자 재빨리 따라붙은 검왕이 대뜸 핀잔을 하였다.

"하긴 답답할 리가 없었지. 내가 멍청한 소리를 했구나."

"그건 무슨 말씀이십니까?"

"시치미 뗄 것 하나 없다. 그동안 네가 한 행동을 생각해 보면 알 것 아니더냐."

"가시지요."

슬쩍 눈꼬리를 올리며 말을 하는 검왕의 표정에 얼굴을 붉힌 환야는 더욱 속도를 높였다.

그렇게 얼마를 달렸을까? 그들은 곧 숭산의 아래에서 대기하고 있던 패천궁의 진영에 도착할 수 있었다.

"그동안 고생 많으셨습니다."

환야는 자신을 보기 위해 달려온 원로들에게 큰절을 하며 인사를 했다.

"고생은 무슨. 잘 지냈느냐?"

궁왕이 인자한 미소를 지으며 환야를 일으켜 세웠다.

"예, 잘 지냈습니다."

"흠, 꼭 그렇지만은 않은 것 같구나! 어느 놈이냐, 네게 독을 쓴 자가?"

어느새 곁으로 다가와 환야를 살피는 생사괴의의 표정엔 은근한 분노가 깔려 있었다.

"독? 독이라니?"

느닷없는 말에 권왕 등을 비롯한 원로들이 소리를 질렀다. 그들의 시선은 일제히 환야에게 향해 있었다. 환야는 고개를 절레절레 흔들었다. 벌써 한 달이 지난 일이건만 생사괴의는 환야가 독에 중독되었다는 것을 단번에 알아차리다니… 검왕과 환야가 동시에 질린 표정을 지었다.

"생사괴의 할아버지의 눈은 속일 수가 없군요. 하지만 걱정하지 마십시오. 이까짓 독이 제게 해를 끼칠 수는 없으니까요."

"암! 당연하지. 누가 만든 약을 먹었는데. 단언하건대 네게 해를 끼칠 만한 독은 오직 무영지독뿐이니라. 보아하니 부시혈독인 것 같은데 아마 도움이 되면 되었지 해가 되지는 않을 것이다."

한참을 살피던 생사괴의가 만족한 미소를 지으며 고개를 끄덕였다.

"그래, 소문인 어디로 갔느냐?"

소문이 환아와 함께 지내고 있다는 것은 궁왕뿐만 아니라 다들 알고 있는 사실이었다. 그런데 소문의 모습이 보이지 않자 이를 궁금히 여긴 궁왕이 질문을 하였다. 하나 환아가 뭐라 대답을 하기도 전에 권왕이 나섰다.

"자네가 보기에 어떤가?"

"어떻다니?"

검왕이 권왕을 바라보며 되물었다.

"몰라서 묻는가? 그자가 과연 소문대로 대단했느냔 말일세. 자네가 직접 나서서 겨루어보았으면 잘 알 것 아닌가?"

권왕은 소문과 검왕의 대결을 기정사실처럼 받아들이며 말을 했다. 다른 원로들 또한 깊은 관심이 있는 대화에 귀를 기울였다. 하지만 질문을 받은 검왕은 쓰디쓴 미소만을 지을 뿐 쉽게 대답을 하지 못했다.

"답답하네. 말을 좀 해보게."

"말? 무슨 말을 하란 말인가? 싸워봤냐고? 허허! 검을 뽑지도 못했네."

"그, 그게 무슨 말인가? 검을 뽑지도 못하다니!"

검왕의 말을 이해하지 못한 권왕이 눈을 크게 뜨며 외쳤다.

"말 그대로이네. 난 검을 뽑지도 못했어. 환아가 나서서 말리기는 하였지만 그게 중요한 것은 아니지. 자신이 있었다면, 아니, 자신이 아니라 어느 정도 해볼 만하다는 생각이 들었다면 환아가 말렸어도 그 아이와 싸웠을 것이네. 하지만……."

검왕은 잠시 눈을 감고 그 당시 상황을 회상했다. 원로들은 숨도 쉬지 못하고 뒤이을 검왕의 말을 기다렸다.

"하지만 안 되는 것은 안 되는 것이야. 그 아이가 쓰는 검법은 내가 도저히 감당할 만한 것이 아니었네. 그것은 구양 궁주라 해도 마찬가지. 구양 궁주가 일전에 궁왕에게 승부를 점칠 수가 없다고 말을 했다지만 내가 보기엔 구양 궁주 또한 소문을 이기기가 힘들 것으로 보이더군."

"……"

경악이었다. 허탈한 검왕의 음성과는 달리 그 말이 지닌 의미는 너무나 엄청난 것이었다. 검왕을 넘어 구양 궁주까지… 도저히 믿기지 않는 말이었다. 그러나 자존심이 하늘을 찌르는 검왕의 입에서 나온 말이었다. 더 이상 부연 설명은 필요없었다. 그 누구도 토를 달지 못했다.

잠시 동안 숨이 막힐 듯한 침묵이 이어졌다. 더 이상 그것을 참을 수 없었던 환야가 입을 열었다.

"지금 즉시 떠나겠습니다."

"옹? 그게 무슨 소리더냐? 떠나다니?"

생사괴의가 깜짝 놀라며 물었다.

"여기까지 왔는데 머뭇거릴 필요가 없지요. 충분한 휴식도 취한 것 같으니 바로 소림으로 가겠습니다."

"그게 무슨 소리더냐? 이대로 소림을 치겠다는 것이냐?"

"소림을 치는 것은 아닙니다. 덤빈다면 당연히 싸워야겠지만 당장은 그렇게 하지 않을 것입니다."

"그럼 어쩌려는 것이더냐?"

권왕이 물었다.

"지난번 말씀드린 것처럼 수호신승과 대결을 할 생각입니다. 조건을 걸고 말이지요."

"옳거니! 구양 궁주가 했던 것을 그대로 따라하겠다는 것이로구나! 좋다. 네 말대로 머뭇거릴 필요가 없겠지. 이보게, 태상장로."

"예."

권왕의 부름에 궁사흔이 공손히 대답을 했다.

"환야… 아니지, 이제는 패천궁의 궁주가 되었으니 궁주라 불러야겠군. 궁주가 하는 말을 들었을 것이네. 병력을 이동시키게. 목표는 소림이네. 단, 불필요한 싸움은 하지 않을 것이니 저들에게 미리 궁주의 뜻을 전하도록 하고."

"알겠습니다."

대답과 함께 궁사흔의 몸이 사라졌다. 그리고 지금껏 침묵을 지키던 패천궁이 움직이기 시작했다.

장소는 중원무림의 태산북두(泰山北斗) 소림사였다.

전운(戰雲)에 휩싸인 소림사. 백도의 명운이 소림에 달려 있고 헤아릴 수 없이 많은 무인들이 이곳으로 몰려들었지만 소림의 산문은 평소와 조금도 다름없었다. 물론 소림에 이르는 길마다 많은 무인들이 경계를 서고 있었고 산문 근처에도 알게 모르게 각 문파에서 지원 나온 무인들이 은신하고 있었다. 다만 그것을 드러내지 않을 뿐이었다. 그런 소림의 산문을 향해 누군가가 다가오고 있었다. 환야와 헤어진 소문이었다.

천천히 걸음을 옮기는 소문은 자신을 바라보는 따가운 시선을 느낄 수 있었다.

'흠, 이곳저곳 많기도 하군. 하긴 소림이 이들에게 남은 마지막 희망이니…….'

소림을 향해 걸음을 옮기는 순간부터 자신을 감시하는 눈이 있다는 것을 알고 있었지만 소문은 애써 모른 척했다.

"후~ 정말 오랜만이구나."

잠시 걸음을 멈추고 바라본 소림의 산문. 감개가 무량할 수밖에 없었다.

"아미타불! 시주는 누구십니까?"

소문이 멈추었던 걸음을 옮기자 산문을 지키던 두 명의 승려가 앞으로 나섰다.

"하하! 오랜만입니다, 스님!"

"누구… 을지 시주! 을지 시주 아니십니까?"

소문이 누구인지 알아본 무허는 반가운 마음에 재빨리 달려와 아는 체를 했다.

"예, 진정 오랜만입니다. 그런데 아직도 산문을 지키고 계십니까?"

"그렇게 되었습니다. 저희 사형제가 있을 곳은 오직 이곳이라는 사부님의 엄명이 계셔서……."

약간은 무안한 듯 대답을 하는 무허의 안색에 발그레한 홍조가 보였다.

"하하! 그래도 스님께서 이곳에 계시니 전 반갑기만 합니다."

소문의 웃음에 무허 또한 밝은 웃음으로 대해주었다.

"태사숙조님을 뵈러 오신 것입니까? 그렇지 않아도 오실 때가 되었다고 말씀하셨습니다. 저를 따라오시지요."

무허는 앞장서 소문을 안내했다. 가본 적이 있는 길. 장경각을 향해서였다.

'이래서 무허 스님이 서두르는 거군.'

경내에 모여 있는 사람들을 힐끔 바라본 소문이 내심 웃음을 참지 못했다. 무허가 안에다 별다른 통보도 하지도 않고 자신을 안내하는 것을 보니 사전에 모든 말이 끝난 듯싶었다.

'쓸데없는 걱정을 한 모양이군. 후후, 나야 편하지만.'

소문이 소림사 경내로 들어서자 산사 이곳저곳에 모여 있던 모든 이들의 움직임이 멈추어졌다. 숨소리도 내지 못하는 그들의 시선은 온통 소문을 향해 있었다.

한 달 전 소문과 패천수호대의 경천동지(驚天動地)할 싸움은 이미 세 살 먹은 어린아이라도 알고 있을 정도로 유명한 사건이 되어 있었다. 많은 싸움을 통해 궁귀라는 명성을 얻고 있었지만 소문은 그 싸움으로 명실상부(名實相符)한 천하제일인(天下第一人)으로 추앙받게 되었다. 이에 대해 그 누구도 이견을 달지 못했다.

패천수호대가 어떤 집단이었는가? 개개인이 고수가 아닌 사람이 없었고 그들이 지닌 힘은 상상을 불허했다.

일례(一例)로 아미파가 그들에게 굴복해 봉문까지 하는 치욕을 맛보지 않았는가? 그런데 누가 있어 그들에게 덤빌 수 있단 말인가? 그것도 개인이…….

하지만 소문은 해냈다. 대항한 것에 불과한 것이 아니라 아예 전멸을 시켰다. 무림사에 있어 이런 엄청난 일이 과연 몇 번이나 있었을까? 단언하건대 단 한 번도 없었다. 단지 비교하여 견줄 만한 것은 그 옛날 단신으로 소림에 도전했던 구양풍이 그때까지 무패의 신화를 자랑하던 백팔나한진을 격파한 것뿐이었다. 하나 백팔나한진이 지닌 힘이 패천수호대에 비해 한 수 아래라는 것을 감안하면 소문의 활약은 그 유례가 없는 것이었다.

사람들은 큰 충격에 빠졌다. 패천궁의 무인들은 강남 총타에 이어 그들의 자부심이자 희망이었던 패천수호대가 무너지자 큰 슬픔에 빠졌고 정도맹의 무인들은 환호성을 질렀다. 하지만 그것도 잠시, 제갈영영을 비롯하여 그녀를 보호하고자 한 몇 명의 무인들이 소문의 검에 쓰러졌다는 소식에 패천궁의 무인들이 맛보았던 슬픔을 그들 역시 겪어야 했다.

일이 이렇게 되자 사람들은 더욱 큰 혼란에 빠져 버렸다. 과연 소문은 어느 쪽에 설 것인가? 정도맹인가, 아니면 패천궁인가? 자연 모든 이의 시선이 소문을 쫓았다. 그러나 소문을 알고 있는 대부분의 사람들은 소문이 그 어느 쪽의 편에 서지도 않을 것이고 이제 더 이상 싸우지도 않을 것이라는 것을 알고 있었다. 그럼에도 그들은 소문의 일거수일투족에 촉각을 곤두세울 수밖에 없었으니… 그대로 외면하기엔 소문이 지닌 능력이 너무나 뛰어났기 때문이었다.

이미 소문이 소림을 향해 오고 있다는 것을 알고 있던 정도맹의 수뇌부들은 혹시 모를 충돌을 염려해 모든 제자들에게 절대로 경거망동하지 말라는 엄명을 내렸다. 그것도 부족해 대부분의 문파에선 잠시나마 금족령(禁足令)을 내렸다. 하지만 아무리 지엄한 존장의 명이라도 강호무림사(江湖武林史)를 새롭게 장식한 소문을 보고자 하는 그들의 열망을 막지는 못했다. 소문이 오고 있다는 소식을 접한 그들은 한참 전부터 경내에 모여 소문을 기다리고 있었다. 그리고 마침내 소문을 보게 된 것이었다. 그러나 막상 소문을 보게 되자 그 누구도 별다른 말과 행동을 하지 못했다.

"험험, 빨리 따르시지요."

자신은 한참을 앞서 걷고 있었는데 소문의 걸음은 마냥 느리기만 하자 다시 되돌아와 걸음을 재촉하는 무허의 표정에는 난처함이 서려 있었다.

"하하! 알겠습니다."

그런 무허의 입장을 이해한다는 듯 고개를 끄덕인 소문의 발걸음이 점차 빨라지기 시작했다.

장경각 지하의 비밀 연무장. 외인의 출입이 절대로 엄금된 그곳에서 할아버지와 구양풍이 태연히 앉아 잡담을 나누고 있었다.

"대단하군. 하루가 다르게 실력이 느는 것 같지 않은가?"

"그렇군요. 처음보다는 많이 좋아졌습니다. 하지만……."

그러나 할아버지의 질문에 대답하는 구양풍의 얼굴에선 자신감이 넘쳐흘렀다.

"아직 많이 부족합니다. 저 정도 실력으로는 원로들을 상대하는 데에는 별문제가 없겠지만 환야를 상대하진 못합니다."

"흠, 그런가? 보지를 못했으니 뭐라 말을 하진 못하겠네. 하지만 무무 스님의 무공도 결코 범상한 것이 아니거늘… 환야라는 아이가 보고 싶구먼. 대체 얼마나 뛰어난 아이기에 그러는지."

"조만간 보게 될 것입니다."

구양풍은 다시 무무에게 시선을 돌리며 대꾸했다.

그런데 한가한 이들과는 달리 연무장 한가운데에서 무무를 지도하고 있는 노승의 입에선 연신 호통이 터져 나오고 있었다.

"그게 아니라고 하지 않았느냐! 왜 그렇게 초식에 연연하는 것이더냐? 달마삼검은 검을 마음속으로 끌어들이는 것이지 마음을 검에 맡기는 것이 아니라고 하지 않았느냐!"

"죄송합니다, 태시숙조님. 소손이 불민하여……."

노승의 호통을 받은 무무는 고개를 들지 못하고 어쩔 줄을 몰라 했다. 그 모양을 본 노승이 길게 한숨을 내쉬었다.

"후~ 아니다. 나도 너만할 때에는 그리했었거늘… 그렇게 자책할 것은 없다. 많이 지친 것 같으니 오늘은 그만 하도록 하자꾸나."

노승은 힘들어하는 무무를 뒤로하고 구양풍과 할아버지가 기다리는 곳으로 다가왔다.

"시간이 너무 촉박해. 실력이 늘고 있는 것은 분명하나 그것도 한계가 있는 법."

"그만하면 훌륭하지 않습니까?"

구양풍이 말을 받았다.

"훌륭하지. 훌륭하긴 한데……."

뭐라 말을 하려던 노승의 음성은 연무장과 지상의 장경각으로 통하는 입구에서 들려오는 음성에 가로막혔다.

"태시숙조님, 무허입니다."

"웬일이냐?"

"을지 시주께서 오셨습니다."

무허의 말에 앉아 있던 구양풍과 할아버지가 신형이 위로 솟구쳤다.

"그래, 왔구나. 들여보내라."

고개를 끄덕이며 대답을 하는 노승의 시선에 철궁을 메고 조금도 거리낌없이 당당히 들어서는 소문의 모습이 들어왔다.

"그간 평안하셨습니까? 소문입니다."

"잘 왔네. 어서 오게나."

소문이 허리를 굽혀 인사를 하자 지금껏 걱정으로 뒤덮여 있던 노승의 얼굴에 웃음이 피어올랐다.

"아이구! 휘소야! 아비다. 그동안 잘 있었느냐?"

노승과 인사를 한 소문이 구양풍의 품에 안겨 있는 휘소를 보자마자 호들갑을 떨며 달려갔다. 잠을 자고 있는지 두 눈을 감고 있는 휘소. 헤어진 지는 얼마 되지 않았지만 그사이 마치 몇 년이 지나간 듯했다. 하나 그런 반가운 마음은 오래가지 않았다.

"아비가 너를 얼마나… 아이쿠!"

어느새 날아와 이마에 적중한 곰방대를 바라보는 소문의 얼굴이 일 그러졌다. 오늘따라 유난히 더한 그 아픔에 반가움이고 뭐고 싹 사라진 지 오래였다.

"네놈의 눈에는 자식 놈밖에 보이지 않느냐! 나도 있고 작은할아버지도 있는데!"

할아버지는 고소한 표정으로 서 있는 구양풍을 가리키며 곰방대를 다시 휘둘렀다. 재빨리 곰방대를 피한 소문의 얼굴에 억울함이 스쳐 지나갔다. 그러나 할아버지에게 인사도 하지 않고 휘소를 찾은 것은 분명히 자신의 잘못이라 변명을 할 수도 없었다.

"흥, 그래도 네놈의 입에선 잘못했다는 소리가 나오지 않는구나. 자식을 봤다고 이제는 할아버지가 눈에도 들어오지 않는다는 뜻이겠지. 옜다. 그렇게 자식놈이 귀여우면 데리고 가거라."

할아버지는 구양풍의 품에서 자고 있는 휘소를 빼앗더니 그대로 뒤로 던져 버렸다.

"크악!"

뭔가 심상치 않은 기운을 느끼고 있었지만 저런 극단적인 방법을 쓸 줄이야! 깜짝 놀란 소문은 그 어떤 때보다 빠르게 몸을 날렸다. 그리고 땅에 처박히기 일보 직전의 휘소를 간신히 받아낼 수 있었다.

"훙, 이럴 때만 재빠른 동작을 보여주는구나."

어처구니없는 표정으로 주저앉아 있는 소문을 바라보며 핀잔을 주는 할아버지를 보는 구양풍과 노승의 얼굴은 경악으로 가득 찼다. 할아버지의 이런 행동을 어렸을 때부터 겪어온 소문은 충격이 덜했지만 노승이나 구양풍은 놀란 가슴을 쉽사리 진정시키지 못했다.

"그래도 아직 정신을 못 차린 것이냐!"

"아, 아닙니다. 그동안 평안하셨습니까?"

할아버지의 호통에 화들짝 정신을 차린 소문이 재빨리 일어나 큰절을 올렸다.

"오냐. 그래, 네놈의 활약상은 나도 익히 들어 알고 있다. 또 쓸데없는 싸움에 휘말려 이리저리 돌아다녔다지?"

"그, 그게……."

"변명일랑은 하지 마라, 나도 귀가 있고 안 봐도 뻔하니."

할아버지는 소문의 변명은 듣기도 싫다는 듯 고개를 돌려 버렸다.

"후~ 놀란 가슴이 아직도 진정이 되지 않는군. 다시는 그러지 말게. 그건 그렇고 환야라는 자네의 의형도 왔는가?"

할아버지를 향해 못마땅한 시선을 던진 노승이 소문에게 질문을 던졌다.

"예, 숭산의 초입에서 헤어졌습니다."

"그가 왔다니 이제 침묵을 지키고 있던 패천궁에서 움직이기 시작하겠군."

노승이 이맛살을 찌푸리며 말했다.

"그렇지만 소림에 밀려 들어와 싸우는 일은 없을 것입니다. 그건 제가 용납할 수가 없습니다."

"허허, 고마운 말이군. 그렇다면 저들이 어떻게 나오겠는가?"

소문의 말이 조금 위안이 되었는지 노승의 얼굴이 조금은 밝아졌다.

"환야 형님이 말하기를 지난날 구양 할아버지가 하신 대로 하겠다고 했습니다. 단신으로 소림에 도전하겠다는 것이지요."

"음……."

예상하지 못한 것은 아니었다. 그랬기에 간신히 살아 돌아와 몸도 성치 않은 무무를 지금껏 몰아붙인 것이었다. 하나 막상 그것이 현실로 다가오자 가슴 한곳이 묵직해지는 것은 어쩔 수 없었다.

노승과 소문의 대화가 길어지자 그제야 놀란 가슴을 쓸어내린 구양 풍이 별일없다는 듯 서 있는 할아버지에게 다가갔다.

"그나저나 휘소가 다쳤으면 어찌하려고 그러신 겁니까?"

"어쩌긴 별일없지 않았는가?"

"그건 소문이가 재빠르게 움직였기에 그런 것이지 조금이라도 늦었다면 큰일 날 뻔했습니다."

구양풍의 말속엔 할아버지의 행동에 대한 힐난의 뜻이 담겨 있었다. 그러나 소문의 품에 안겨 여전히 잠을 자는 휘소를 물끄러미 바라본 할아버지의 대답은 태연하기만 했다.

"당연히 받았어야지. 혹시나 놓쳐 을지 가문의 대를 이을 휘소가 다치는 일이 발생했다면 소문인 그날로 나에게 죽은 목숨이지. 제놈도 그걸 알기에 그토록 필사적이었던 게야. 흥, 귀를 그렇게 쫑긋 세우고 어른의 대화를 엿듣는 그런 버릇은 어디서 배워먹은 것이더냐?"

말을 하던 할아버지가 갑자기 고개를 돌리며 소문을 노려보았다.

움찔!

소문은 자신도 모르게 몸을 움츠렸다.

'젠장, 그렇게 큰 목소리로 말을 하는데 못 듣는 사람이 바보지. 괜한 트집을……'

그렇지만 고개를 돌려 반발을 할 엄두도 내지 못하는 소문이었다.

"올 것이 오고 말았습니다."

막 날아온 전서구를 받아 든 영오 대사의 얼굴이 어두워졌다.

"……"

좌중에 모인 사람들의 시선이 영오 대사에게 모아졌다.

"패천궁이 움직였다고 합니다."

"음!"

"결국!"

그렇지 않아도 언제 공격이 시작될까 조마조마한 마음으로 지내고 있던 정도맹의 수뇌들은 저마다 한숨을 내쉬었다. 영오 대사의 말은 계속 이어졌다.

"그리고 이것은 저들의 수뇌가 우리에게 보내온 서찰입니다."

영오 대사는 또 한 장의 서찰을 보여주었다.

"항복을 권하는 것입니까?"

제갈공이 물었다.

"아닙니다."

"그럼 어떤 서찰입니까? 공격을 감행하는 지금, 저들이 우리에게 서찰을 보낼 까닭이 없지 않습니까?"

운상 진인의 말에 영오 대사는 잠시 침묵을 지켰다.

"답답합니다. 말씀을 해주시지요."

"……."

"맹주님!"

"아미타불!!"

운상 진인의 거듭된 재촉을 받은 영오 대사는 길게 불호를 외웠다. 그리고 닫혔던 입을 열었다.

"패천궁의 신임 궁주가 우리와 대화를 원한다고 합니다. 그것도 이곳 소림에서 말입니다."

"아니, 그게 무슨 말씀이십니까? 이해가 되지 않습니다."

"소승 또한 그것이 무엇을 의미하는지 확실하게 알지는 못합니다. 다만 어렴풋이 짐작이 가기는 하는군요."

영오 대사의 말은 중인들을 더욱 궁금하게 만들었다. 그때였다. 한 승려가 다급한 목소리로 영오 대사를 찾았다.

"방장님! 방장님!"

"어허! 무슨 일이기에 이리 소란을 피운단 말이냐?"

영오 대사의 곁을 지키고 있던 영각 대사가 노기 띤 음성으로 소리쳤다. 그러나 밖에서 들려오는 음성은 멈추어지지 않았다.

"패천궁의 신임 궁주와 그를 따르는 노인들이 산문을 지나 이곳으로 오고 있다고 합니다."

"뭣이!"

"그게 무슨 소리더냐! 이제 막 움직였다는 전갈을 받았거늘 산문을 지나?"

영각 대사의 질문이 끝나기도 전에 영오 대사와 정도맹 수뇌들은 벌써 튕겨져 나가듯 방장실을 나섰다.

"어느 쪽으로 오고 있다더냐?"

"무허 사형이 대웅전(大雄殿) 쪽으로 안내하고 있습니다."

"알았다."

영오 대사가 대웅전을 향해 걸음을 옮길 때였다. 도복을 입은 무당의 제자가 운상 진인 쪽으로 뛰어왔다. 그 또한 급히 달려왔는지 승려와 마찬가지로 거친 숨을 몰아쉬고 있었다.

"도대체 어찌 된 일이냐?"

"저들이 따로 움직이기 시작했다는 소식을 듣고 경계를 하였지만 도저히 막을 수가 없었습니다. 연락이 올라오는 속도보다 저들의 움직임이 더 빠를 정도였습니다."

"허! 그렇다면 나머지 병력은 어디 있느냐? 패천궁의 모든 인물이 올라온 것이더냐?"

망연자실한 표정을 짓던 운상 진인이 급히 물었다.

"아닙니다. 그들을 제외한 패천궁의 병력은 아직 소림사에 이르지 못했습니다."

"음!"

짧은 침음성을 내뱉은 운상 진인이 영오 대사를 바라보았다.

"저들이 저렇듯 적은 인원으로 소림을 찾은 것으로 보아 서찰에 적힌 내용이 맞기는 맞는 것 같습니다."

"예. 그렇지 않고서야 그 인원으로 이곳을 찾을 리가 없지요. 이러고 있을 것이 아니라 우선 그들을 만나보아야겠습니다."

"너는 이제 돌아가 조금도 동요하지 말고 철저히 경계를 하라고 일러두어라. 언제 저들이 몰려올지 모르니."

더 이상 대화는 아무런 의미가 없었다. 운상 진인이 무당의 제자에게 몇 가지 당부의 말을 전하는 동안 영오 대사와 수뇌들의 발걸음은 대웅전을 향해 움직이고 있었다.

그들이 대웅전에 도착했을 땐 이미 주변에 수십 명의 무인들이 몰려 있었다. 그러나 어떤 행동도 하지 못하고 우물쭈물거리고 있는 그들의 표정에는 은연중 공포가 자리 잡고 있었다. 그도 그럴 것이 지금 그들이 에워싸고 있는 인물들이 누구던가? 지난 한 달여의 싸움을 하면서 정도맹의 무인들을 끝없는 절망으로 밀어 넣은 사람들이었다. 애당초 그들이 없었다면 정도맹이 이곳 소림사까지 밀리는 수모도 겪지 않았을 것이었다.

"쯧쯧, 싸우러 온 것이 아니니 무기를 거두어라."

권왕이 그런 그들을 바라보며 실소를 터뜨렸다. 하지만 아무도 대꾸하는 사람은 없었다.

"아미타불! 그렇다면 이곳까지는 웬일이십니까?"

때마침 대웅전에 도착한 영오 대사가 예를 차리며 물었다.

"하핫, 싸우러 오지 않았다면 대화를 나누기 위함이 아니겠소? 패천궁의 신임 궁주가 그대들과 대화를 하고 싶다고 하여 이렇게 길을 나섰소이다."

권왕이 대소를 터뜨리며 뒤로 물러났다. 그러자 전면에 환야가 나섰다.

"환야라고 합니다. 덕분에 아버지의 뒤를 이어 패천궁의 궁주 자리를 맡게 되었습니다."

언중유골(言中有骨)! 예를 차리며 허리를 굽혀 인사를 하는 환야의 말엔 강남 총타를 기습한 정도맹의 행위에 대한 책망이 깃들어 있었다.

"허!"

"음!"

스스로 궁주임을 자청하는 환야의 말에 대부분의 수뇌는 놀람을 감추지 못했다. 소문으로 들어 알고는 있었지만 어려도 너무 어렸다.

"정도맹의 맹주라는 과분한 자리에 있는 영오라고 합니다."

다른 이들과는 대조적으로 조금도 동요치 않은 영오 대사는 담담한 표정으로 마주 보며 인사를 했다.

"무슨 말씀을. 대사님의 덕망(德望)이 사해를 진동시키고 있음을 천지가 다 알고 있는 사실입니다."

환야는 당치도 않다는 듯 말을 하였다.

"과찬입니다. 그런데 어찌하여 이렇게 본 사를 찾은 것입니까?"

질문을 하는 영오 대사의 음성이 가늘게 떨리고 있었다.

"보내드린 서찰에 적힌 대로입니다. 대화를 하고자 왔습니다."

"대화라… 그래, 어떤 대화를 원하시는지요."

"소림에 도전하고 싶습니다."

"아미타불!!"

충분히 예상했던 말이었다. 그럼에도 영오 대사는 일순 불호를 되뇌고 말았다.

"과거 패천궁을 세우신 구양풍 궁주님께서 소림에 도전한 적이 있습니다. 결과는 그다지 좋지 않았지만 말이죠. 해서 이번에는 제가 그분을 대신하여 소림의 힘을 경험해 보고자 합니다."

"물론 조건이 있겠지요?"

영오 대사를 대신하여 제갈공이 물었다. 제갈공이 누군지를 금방 알아본 환야의 눈가에 서늘한 기운이 스쳐 지나갔다.

"제갈 군사시군요. 그렇습니다. 소림에 도전코자 하는데 그만한 조건이 없을 수는 없지요."

"그 조건은 무엇이오?"

"간단합니다. 과거 구양 궁주께서 그러신 것처럼 제가 이긴다면 패천궁이 중원을 접수하는 것으로 하겠습니다."

"음!"

장내는 일순 찬물을 끼얹은 듯 침묵 속으로 가라앉았다.

"대신 제가 패하면 패천궁은 이대로 돌아갈 것입니다."

"돌아간다 함은 어디까지 말씀하시는 겁니까?"

제갈공의 물음에 그럴 줄 알았다는 듯 미소를 지은 환야가 대꾸를 했다.

"만약 제가 패한다면 패천궁은 처음 있던 그 자리로 돌아갈 것입니다. 물론 지금껏 점령하고 있던 지역을 버리고 말이지요."

"만약 도전을 거부하면 어찌 되는 것이오?"

운상 진인의 질문에 대답을 한 사람은 검왕이었다.

"허허, 거부라… 막을 수 있다면 거부를 해도 무방할 것. 차라리 그 편이 더 확실한 방법이겠군."

"……"

검왕의 자신감 넘치는 말에 뭐라 반박을 하지 못한 운상 진인이 얼굴을 찌푸리며 뒤로 물러섰다.

"이것은 매우 중요한 사항이라 급히 대답을 하기가 어렵습니다. 저희 소림의 문제라면 상관이 없겠으나 소림뿐만 아니라 다른 문파의 운명까지 걸려 있으니 제가 독단으로 결정을 내리기에는 다소 무리가 따릅니다."

"그럼 어찌하면 좋겠습니까?"

영오 대사의 말에도 일리가 있었기에 환야의 음성엔 조금도 언짢은 기색이 없었다.

"우선은 산을 내려가시지요. 그럼 오늘이 지나기 전에 의견을 조율하여 소식을 전하겠습니다. 소림이 단독으로 도전을 받든지 아니면……."

"알겠습니다. 그렇게 하시지요. 하지만 후자의 생각은 하지 않는 것이 서로에게도 좋을 것 같습니다. 여러분들도 그러시겠지만 저 또한 패천궁의 무인들이 상하는 것은 원하지 않습니다. 그럼 소생은 이만 물러가겠습니다."

영오 대사에게 예를 표한 환야는 몸을 돌려 걸음을 옮겼다. 그 뒤를 따라 원로들도 몸을 돌렸다. 그들이 소림사를 벗어나고 산을 오르던 패천궁의 무인들이 회군을 하기 전까지 그 누구도 마음을 놓지는 못했다. 하나 그것이 끝은 아니었다. 그들에게는 환야가 제시한 조건을 의논해야 하는 문제가 남아 있었다. 중원무림의 운명을 결정하는 중요한 문제가…….

환야가 돌아간 이후 영오 대사와 정도맹의 수뇌들은 한참 동안 서로의 의견을 나누며 격론을 벌였다. 하지만 환야가 소림에 올 때부터 이미 결론은 나 있는 것이나 마찬가지였다. 그저 자파의 운명을 소림에 맡겨야 한다는 자괴감에 몇몇의 반대가 있었을 뿐 지금 처한 상황에선 환야가 내건 조건을 받아들일 수밖에 없다는 것은 누구도 부인하지 못했다.

중지(衆志)가 모아지자 영오 대사는 환야에게 회의의 결과를 전했다. 대결은 정확히 칠 일 후, 그리고 상대는 당연히 수호신승이었다.

패천궁의 새로운 궁주가 단신으로 소림에 도전했다. 그리고 소림에 선 그의 도전을 받아들여 다가오는 보름, 건곤일척(乾坤一擲)의 승부가 벌어진다.

이와 같은 소식에 중원은 요동 쳤다. 수십 년 만에 대를 이어 벌어지는 대결을 보기 위해 엄청난 인파가 소림으로 몰려들었다. 무림에 적을 두고 있는 사람들은 물론이고 전혀 상관도 없는 사람들까지 소림을 향해 움직이기 시작했다. 하지만 몰려드는 인원에 비해 소림사는 너무 작았다. 더구나 소림사엔 이미 정도맹의 무인들이 진을 치고 있었고 패천궁의 무인들 또한 산자락에서 소림사를 포위하고 있는 상황. 이들이 소림사에 오른다는 것은 거의 불가능했다. 그래도 사람들은 포기하지 않았다. 비록 소림사에 들어가지 못하고 환야와 수호신승의 대결을 직접 보지는 못한다 하더라도 역사적인 자리에 함께했었다는 감동을 느끼기 위해 사람들은 소림이 있는 숭산, 그중에서도 태실봉(太室峰)으로 꾸준히 몰려들었다.

그러기를 며칠, 사상 최고의 인파가 몰려든 사이 마침내 결전의 날이 다가왔다. 아침 일찍 길을 나선 환야는 급할 것이 없었다. 많은 인원도 필요없이 그저 원로들과 태상장로인 궁사혼만을 대동하고 한가로이 걸음을 옮기던 환야는 정오가 되기 전에 소림의 산문에 도착할 수 있었다.

"어서 오십시오. 기다리고 있었습니다."

"대사께서 직접 마중을 나와주시다니 몸 둘 바를 모르겠습니다."

환야는 자신을 맞이하기 위해 산문 밖에서 기다리고 있는 사람이 정도맹의 맹주이자 소림사의 장문인인 영오 대사임을 알아보고 황급히 예를 표했다.

"무슨 말씀을. 수십 년 만에 모시는 귀빈이 아니겠습니까? 방장인 제가 마중을 나오는 것은 당연하지요."

영오 대사는 당황하는 환야에게 마주 예를 표하며 앞서 걸음을 옮겼다.

경내에는 별다른 인원이 보이지 않았다. 의아한 느낌이 드는 것도 잠시, 대웅전을 지나 약간은 외진 곳으로 향할 때부터 느껴지는 기운들이 있었다.

'벌써 다들 모여 있는 모양이군.'

들려오는 함성과 뿜어져 나오는 열기가 감지되자 환야 또한 은근히 긴장되는 모양이었다.

"왜, 겁이 나는 것이냐?"

은근슬쩍 다가와 말을 거는 권왕의 얼굴은 평상시와 조금도 다름이 없었다.

"그렇게 보입니까?"

미소를 지은 환야가 되물었다.

"흠, 겁을 먹었는 줄 알았는데 이제 보니 별로 그런 것 같지도 않구나."

환야의 무덤덤한 대응에 별로 재미가 없자 권왕은 입맛을 다시며 뒤로 물러섰다. 그 모양을 보던 다른 원로들이 혀를 차며 웃었다.

환야와 원로들이 영오 대사의 안내를 받고 도착한 곳은 장경각이었다. 환야의 예상대로 정도맹의 모든 무인들은 이곳에 모여 있었다. 그런데 막상 자리를 차지하고 있는 사람들 중 정도맹의 무인들은 얼마 되지 않았다. 삼엄한 경계와 목숨의 위협을 무슨 수로 극복했는지는 몰라도 모여 있는 사람들의 대부분은 환야와 수호신승의 대결을 보기 위해 소림으로 몰려든 사람들이었다. 자리가 비좁아 심지어 건물 위에까지 올라간 사람도 많았지만 그들은 어떻게든지 자리를 지키고 있었다.

"후~ 많기는 많군."

고개를 절레절레 흔드는 환야의 시선에 정도맹의 수뇌이자 소림에 문파와 가문의 운명을 맡긴 장문인과 가주들의 모습이 들어왔다. 그들은 저마다 굳은 표정으로 환야를 바라보고 있었다.

"잠시 기다리시지요."

장경각에 도착한 영오 대사는 홀로 장경각으로 들어갔다. 얼마의 시간이 지났을까? 약간은 어두컴컴한 곳에서 영오 대사가 나오고 이어 무무가 걸어나왔다. 일순 울려 퍼지는 함성.

"수호신승이다!"

"와아!"

장경각을 빠져나온 사람들은 그들뿐만이 아니었다. 무무의 뒤를 이어 노승의 신형이 보이자 아까와 같은 함성은 들리지 않았지만 일대의 모든 무인들이 허리를 굽혀 예를 표하는 장관의 벌어졌다. 그것은 각 문파의 장문인이나 가주라 해도 예외는 아니었다.

"과거의 천하제일인이구나!"

노승을 바라보던 검왕의 입에서 절로 탄성이 터져 나왔다. 자신들을 꺾은 구양풍을 꺾은 유일한 사람이었다. 원로들은 자신들도 모르게 허리를 숙여 예를 표했다. 노승의 뒤를 이은 사람은 구양풍이었다. 사람들이 소리를 지르든 혼란을 일으키든 별다른 관심이 없었던 구양풍은 자신을 기다리는 사람들에게 다가갔다.

"오랜만이네. 네가 결국 이곳에 왔구나!"

하나 남은 팔을 들어 원로들에게 아는 체를 한 구양풍이 환야에게 다가가 살며시 어깨를 감쌌다. 그리고 무슨 말인가를 나누는 듯했다. 하지만 구양풍과 환야가 대화는 곧 이어 들린 엄청난 함성에 잠겨 버렸다.

"을지소문!"

"궁귀다!"

"천하제일인!!"

사람들은 소문을 바라보며 환호했다.

"뭐, 뭐야!"

아무 생각 없이 장경각을 나서다가 갑자기 들려오는 함성에 놀란 소문이 가장 먼저 한 일은 품에 안고 있는 휘소의 귀를 막는 일이었다. 그러나 소림사를 집어삼킬 듯 울려 퍼지는 함성은 좀처럼 멈추어지지 않았다.

"하하! 대단한 함성이군. 이거 어째 자네가 오늘의 주인공 같네그려."

소문을 알아본 환야가 반색을 하며 다가왔다.

"이 아이가 자네와 청하의 아이로군. 이리 줘보게."

"아, 아니……."

환야는 소문이 뭐라 할 새도 없이 휘소를 빼앗듯 안아갔다.

"울리지 말고 이리 주십시오. 저놈은 내가 있으면 할아버지께도 안 가는 놈입니다."

그러나 휘소를 안기 위해 내밀던 소문의 손은 곧바로 들려오는 환야의 말에 슬쩍 뒤로 감추어졌다.

"울긴 누가 운다고 그러는가? 자, 보게. 나를 보고 이렇게 웃지 않는가?"

과연 환야의 말처럼 낯선 남자의 품에 안긴 휘소는 평소와는 다르게 방실방실 웃고 있었다.

"허! 이것이 어찌 된 일인지……."

이해가 가지 않는 소문은 연신 입맛을 다시며 머리를 긁어댔다.

"이놈아! 길을 막지 말고 비켜라! 자네가 소문과 구양 동생이 말하던 사람인가?"

머리를 울리는 통증. 소문은 질문을 던진 사람이 할아버지임을 알자 재빨리 뒤로 물러섰다.

"형님, 이분이 제 할아버지십니다."

그러나 소문이 불만스런 음성으로 말을 하기도 전에 환야의 허리는 깊게 숙여져 있었다. 천하에 누가 있어 궁귀 을지소문의 머리를 곰방대로 강타할 수 있단 말인가? 그럴 수 있는 사람은 오직 단 한 사람, 할아버지뿐이었다. 소문을 통해 할아버지가 소림사에 계시다는 것을 알고 있던 환야는 정중하게 인사를 하였다.

"환야라고 합니다. 만나뵙게 되어 영광입니다."

"영광까지야… 어쨌든 반갑구먼."

흐뭇하게 웃으며 환야의 인사를 받은 할아버지의 눈은 곧바로 소문에게 돌려졌다.

"흠, 듣던 대로군. 이놈과는 영 딴판이야."

"뭐가 딴판이란 말입니까?"

"시끄럽다. 예의라고는 쥐뿔도 없는 놈이."

할아버지는 주변의 시선은 조금도 신경 쓰지 않고 소문을 몰아세웠다. 그러나 한참을 그렇게 호통을 치던 할아버지도 영오 대사가 나서서 환야과 수호신승의 대결을 공표하자 은근슬쩍 뒤로 물러서고 말았다.

"여러분도 아시겠지만 이번 대결로 지금껏 일어났던 모든 것들이 일시에 해결될 것입니다. 수호신승께서 이긴다면 패천궁은 처음의 자리로 돌아갈 것이고, 반대로 환야 시주가 승리를 한다면… 구대문파는 물론이고 오대세가 역시 일제히 봉문에 들어갈 것입니다."

주변이 소란스러워지자 잠시 말을 끊고 조용해지기를 기다린 영오 대사가 다시 말을 이었다.

"우리는 이미 그렇게 결정을 보았고 약속을 하였습니다. 패천궁에선 어떻습니까?"

"물론 그렇게 될 것입니다. 제가 패한다면 이대로 조용히 물러나겠습니다."

다짐을 원하는 영오 대사의 말에 환야는 고개를 끄덕이며 대답을 하였다.

"그것으로 되었네. 싸우기로 한 이상 더 이상 머뭇거릴 것은 없겠지. 환야라고 했던가?"

"예."

환야는 노승의 물음에 공손히 대답했다.

"이곳은 장소가 좋지 못하니 나를 따르게. 무무도 따라오도록 하고. 이보시게, 방장."

"예, 사숙조님."

영오 대사가 재빨리 허리를 숙였다.

"자리를 옮길 것이네."

"하지만……."

"그리 알게."

"알겠습니다."

영오 대사가 어쩔 수 없이 대답을 하자 노승은 주저없이 몸을 돌렸다.

"따라들오게."

무무와 환야를 부른 노승은 천천히 장경각으로 들어갔다. 무무와 환야 또한 노승의 뒤를 따랐다. 상황이 이렇게 돌아가자 둘의 대결을 잔뜩 기대하고 있던 사람들의 실망이 이만저만이 아니었다. 그러나 장내를 둘러싸고 있는 심각한 분위기에 기가 질린 사람들은 드러내 놓고 불만을 표현하지도 못했다.

얼마의 시간이 지났을까? 확연히 드러난 것은 아니었지만 땅을 울리는 소리가 들려왔다.

"흠, 시작된 모양이군. 보지 못해서 아쉽기는 하지만 어쩔 수 없지."

구양풍이 땅바닥을 툭툭 치며 말을 하였다.

"하하! 왜 들어가지 않으셨습니까? 구양 할아버지는 충분히 자격이 있고 감히 뭐라 할 사람도 없는데 말이지요."

소문이 다가오며 말을 걸었다.

"꼭 해야 할 일이 있다. 그러는 너는 왜 들어가지 않았느냐?"

"별로 보고 싶지 않아서요."

대답을 하는 소문의 안색이 일순 어두워졌다.

"하긴 누가 이겨도 쉽지는 않을 것이야. 물론 환야가 이기기는 하겠지만."

구양풍은 여전히 환야의 승리를 확신하고 있었다.

"참, 네게 중요하게 할 이야기가 있다."

"예?"

"잠시 자리를 옮기자꾸나. 아주 중요한 이야기다."

구양풍은 어리둥절하는 소문의 팔 소매를 끌어당겼다.

"잠시 다녀오겠습니다."

구양풍은 소문의 품에서 휘소를 안아 할아버지에게 맡기며 양해를 구했다.

"꼭 그래야 하는가?"

"……."

"쯧쯧, 그놈의 성질 하고는. 알았네."

혀를 차면서도 휘소를 받아 드는 할아버지. 할아버지는 구양풍이 말하고자 하는 것이 무엇인지 알고 있는 듯했다.

"도대체 무슨 일이기에 그러시는 겁니까?"

"가보면 알게 된다. 빨리 따라오너라."

구양풍은 소문의 대답을 기다리지 않고 몸을 날렸다. 영문은 몰랐지만 중요한 얘기라는 말에 소문 또한 몸을 날렸다. 순식간에 소림사를 벗어난 구양풍이 멈춘 곳은 소림사의 반대 편 능선에 위치한 공터였다. 지금은 잡초만 무성하게 자라나 있었지만 남아 있는 주춧돌이 제법 많은 것을 보아 한때는 이곳도 꽤 규모가 있는 절이 있었음을 짐작케 했다.

"도대체 무슨 중요한 일이 있어 이곳까지 온 것입니까?"

구양풍의 뒤를 이어 공터에 도착한 소문이 고개를 돌려 주변을 두리번거리며 말을 하였다.

"중요한 일이 있지. 암! 이보다 중요한 일이 있을까?"

소문의 질문에 대답을 하는 구양풍의 기도가 일신한 것은 바로 이때였다.

"아, 아니, 왜 이러시는 겁니까?"

뭔가 이상함을 느낀 소문이 재빨리 뒤로 물러나며 소리쳤다. 그러나 구양풍은 그런 소문을 가만두지 않았다. 어느새 검을 든 구양풍이 순식간에 거리를 좁혀왔다.

"그렇게 우물쭈물거리다가는 크게 당할 것이다."

"이런, 젠장!"

단번에 사태를 파악한 소문이 출행랑을 펼치며 어깨에 메고 있던 철궁을 풀러 손에 들었다. 다른 사람도 아닌 천하의 구양풍이었다. 그런 그가 호승심을 버리지 못하고 손을 쓰고 있으니 손속이 보통 매운 것이 아니었다. 여유를 부리기는커녕 잠시 틈을 보였다가는 어떤 일을 당할지 모를 일이었다.

출행랑을 이용해 간신히 공격권에서 벗어난 소문은 처음부터 극강한 무공을 쓰기 시작했다.

"이것이 바로 궁귀라는 이름을 얻게 해준 무영시로구나!"

자신에게 날아오는 무형의 기운을 느낀 구양풍이 탄성을 터뜨리며 검을 움직였다. 그리고 상당한 파공성과 함께 무영시의 기운은 씻은 듯 사라졌다.

"이제 시작입니다."

당연한 결과라고 생각하며 고개를 끄덕인 소문이 연속적으로 무영시를 날려댔다. 어찌나 빠르게 시위를 튕겨대는지 손의 움직임이 감지가 안 될 정도였다. 온 천지가 순식간에 무영시의 기운에 둘러싸였다. 구양풍이 피할 방위를 완벽하게 차단한 수발의 무영시가 구양풍을 노리며 날아들었다.

"대단해! 정말 대단해!"

까딱 잘못하다간 목숨이 날아갈지도 모르는 상황에서도 구양풍은 연신 감탄사를 내뱉었다. 그러나 그의 두 눈과 전신의 감각들은 곧 이어 닥칠 위기를 철저하게 느끼고 있었다.

"하앗!"

구양풍의 입에서 기합 소리가 터지고 힘없이 늘어뜨리고 있던 검이 춤을 추었다. 그러자 검을 통해 흘러나오는 기운들. 그것은 조금의 틈도 없이 구양풍의 전신을 보호하기 위해 사방으로 뻗어 나갔다. 이어 엄청난 소용돌이가 주변을 휩쓸었다.

꽈과광!!

무영시와 구양풍의 검기가 충돌하는 소리는 천둥과 비견될 만한 것이었다. 그러나 정작 당사자들은 아무런 일도 없었다는 듯 태연하기만 했다.

"한 번에 이렇게 많은 무영시를 날린 적은 없었는데 역시 대단하십니다."

"위력적이긴 하지만 그렇게 정직해서는 나를 잡지 못한다."

"하하! 알고 있습니다. 그럼 다시 받아보십시오."

소문은 또다시 시위를 튕겼다. 이번엔 이기어시를 이용한 무영시였다. 더구나 연환시를 이용한 세 발의 무영시. 이것은 과거 궁술의 최고봉으로 추앙받던 궁왕을 굴복시키고 궁왕에게서 '절대궁술' 이라는 거창한 이름마저 얻은 무공이었다. 비록 성공을 확신하지는 못했지만 구양풍에게 최소한 낭패감이라도 줄 것이라 여겼다.

'과연……'

소문은 은근한 기대를 가지고 자신이 날린 무영시를 바라보았다. 하지만 그런 기대도 잠시, 결과를 지켜보던 소문의 안색이 심각하게 굳어졌다.

소문이 날린 무영시는 뱀의 혓바닥처럼 춤을 추며 구양풍을 향해 날아갔다. 한 발은 어느새 뒤로 돌아 배후를 노렸고, 한 발은 하늘 높이 날아 정수리를 노렸다. 마지막 한 발은 땅을 스치듯 낮게 날아가 다리를 노렸다. 그러나 그런 무영시의 위협 속에서도 구양풍의 대응 방법은 간단한 것이었다. 그는 자리에서 조금도 움직이지 않았다. 다만 검을 들어 묘하게 움직였을 뿐이었다. 조금 전과 마찬가지로 치켜 올린 검에서 무수히 많은 검기들이 뿜어져 나와 구양풍을 보호하기 시작했다.

'이번에도 힘들겠구나! 저것이 사람들이 말하던 검막이던가? 어쩐지 무애지검과 비슷한데……'

소문의 예감은 정확했다. 회심의 일격으로 날린 무영시도 구양풍이 만들어낸 검기의 그물을 뚫지 못했다. 하지만 상당한 충격이 있었는지 구양풍의 입에서 한줄기 피가 흘러내렸다.

"후~ 정말 대단한 위력. 하지만 나를 쓰러뜨리기엔 조금 부족한 감이 있구나. 물론 내가 너의 경공을 따라잡지 못하는 한 이대로 싸움이 계속되면 나의 패배는 불을 보듯 뻔하다. 하지만 내가 보고 싶은 것은 이것이 아니다. 나는 네 검법을 보고 싶다. 절대삼검이라 불리는 네 검법을 말이다."

"너무 위험합니다."

"상관없다. 나도 내 한 몸을 지킬 무공은 지니고 있으니 염려하지는 말아라."

소문은 물끄러미 구양풍을 바라보았다. 단호한 자세. 조금도 물러서지 않을 구양풍의 태도에 한숨만이 흘러나왔다.

"알겠습니다."

결국 구양풍의 고집을 꺾지 못한 소문이 철궁의 시위를 제거했다. 그러자 휘어졌던 철궁이 곧 제 본모습을 찾았다.

"오시지요."

소문은 철궁을 가슴께로 끌어당기며 자세를 취했다. 구양풍의 얼굴에 화색이 돌았다.

"고맙다. 사양하지 않으마."

서서히 기를 끌어 모은 구양풍은 처음부터 달마삼검을 꺾기 위해 수십 년을 참오하여 만들어낸 파검삼식을 사용했다.

"파검삼식(破劍三式) 제일초, 천검만파(天劍萬波)!!"

검기의 홍수란 이런 것을 말함인가!

구양풍의 공격이 시작되기도 전에 강하게 압박해 오는 기운에 정신을 차릴 수가 없었던 소문은 끊임없이 이어지고 시간이 지나면서 계속 위력이 배가 되는 공세에 놀라며 화급히 철궁을 움직였다.

끊어질 듯 끊어질 듯하면서도 끊어지지 않고 처음 공격과 연계되어 훨씬 더 강한 위력을 보여주던 구양풍의 공격. 그러나 소문의 무애지검은 구양풍의 공격을 완벽하게 막아내고 있었다.

"그것은 본 적이 있다. 아마 무애지검이었지?"

자신의 검기가 순식간에 사라지는 것을 목도한 구양풍이 소리쳤다.

"하지만 이번은 쉽지 않을 것이야."

입술을 질근 깨문 구양풍의 검이 원을 그리기 시작했다. 그리고 이어지는 변화.

"파검삼식(破劍三式) 제이초, 천검무영(天劍無影)!!"

구양풍의 검이 순식간에 수십 수백으로 늘어나며 눈을 어지럽혔다.

'환영시와 같은 원리군.'

다른 사람이라면 이와 같은 무공에 크게 놀랐겠지만 이미 궁왕의 환영시를 접해보았고 자신 또한 환영시를 사용할 수 있었던 소문이다. 그 원리를 알고 있는 이상 두려워할 것이 없었다.

'모두 다 허상이다. 진실된 것은 오직 하나!'

소문은 피할 생각도 하지 않고 냉정한 눈빛으로 눈앞까지 다가온 검들을 뚫어져라 노려보았다. 그러기를 잠시, 위험천만한 순간 속에서 소문은 마침내 허상에 몸을 숨기고 은밀히 다가오는 검을 찾아낼 수 있었다. 그러나 그것을 발견했을 때에는 미처 몸을 피하고 할 여유가 없었다.

"하앗!"

챙!

소문의 외침과 동시에 날카로운 금속성이 울렸다.

간신히 공격을 막고 재빨리 뒤로 물러나는 소문의 등줄기엔 어느새 식은땀이 흘러내리고 있었다.

"무심지검이군. 과연 빨라. 피할 틈이 없다고 생각했는데……."

아무리 생각해도 어처구니가 없는지 구양풍은 고개를 절레절레 흔들었다.

"결국 밑천을 다 드러내게 만드는구나. 하긴 애당초 그럴 생각이었지만."

엷은 미소를 보인 구양풍이 검을 곧추 잡았다. 그리고 커다란 기합성과 함께 소문을 향해 몸을 날렸다.

"파검삼식(破劍三式) 제삼초, 천검파천(天劍破天)!"

엄청난 검기가 뿌려지기 시작했다. 그리고 그 검기는 하나하나가 여러 개의 환영을 만들어냈다.

'일 초와 이 초의 연결이군.'

소문의 마음은 편안했다. 처음 보았을 때야 당황했지만 두 번째 보는 지금은 눈에 익은 무공이었다. 충분히 막을 자신이 있었다. 하지만 진정한 천검파천은 소문이 생각한 것처럼 그렇게 간단한 것이 아니었다. 그것은 곧바로 증명되었다. 검기의 파도와 환영 속에 이어지는 구양풍의 마지막 공격. 실로 위력적인 검기를 방출한 구양풍은 들고 있던 검마저 소문에게 던졌다. 더 이상 뒤는 없다는 듯 모든 내공을 동원하여 날린 검은 그 힘을 못 이겨 산산조각이 나면서 소문에게 짓쳐들었다.

'이런 공격이!'

단순하게 생각하다 낭패를 당한 소문이 구양풍의 공격을 막을 수 있는 방법은 오직 하나였다. 머리가 생각하기도 전에 몸은 이미 움직이고 있었다.

"절대삼검(絶對三劍) 제삼초, 무극지검(無極之劍)!!"

꽈꽈꽈꽈꽝!!

엄청난 굉음과 충격이 주변을 휩쓸었다.

제 42 장

귀향(歸鄕)

귀향(歸鄉)

"가거라!"

"……."

"더 이상 괴로워하는 네 모습을 볼 수가 없구나. 지금이라도 늦지 않았다. 어서 쫓아가거라."

"……."

남궁진의 말에 남궁혜는 고개를 숙이고 아무런 대답을 하지 못했다.

"그래, 그건 진아의 말이 맞다. 너의 이런 모습을 보는 우리의 마음이 몹시 괴롭구나. 네가 왜 떠나지 못하고 이곳에 머물러 있는지 잘 알고 있다. 하지만 가문의 재건(再建)은 나와 진아면 충분하다. 비록 힘들겠지만 그것이 지금껏 살아남은 나와 진아가 할 일이 아니더냐. 물론 네가 우리와 함께 있으면 많은 도움이 될 것이다. 그러나 그로 인해 혜아, 네가 희생당하는 것을 바라진 않는다. 그러니 우리의 말을 듣도록 하여라."

남궁진의 곁에 서 있던 남궁우는 안타까움과 슬픔이 교차되는 표정을 지으며 말을 하였다.

"숙부님……."

"그래, 네 마음을 우리가 어찌 모르겠느냐? 그렇지만 가문을 위한다고 언제까지 너를 붙잡아둘 수도 없는 노릇이다. 네가 행복하다면 그것으로 우리는 만족할 수 있다. 무엇을 걱정하느냐? 아무런 염려도 하지 말고 떠나도록 하여라. 서둘러 가면 그가 국경을 넘기 전에 따라잡을 수 있을 것이다."

"말을 구해놓았다. 그리고 간단한 식량과 여비도."

남궁진의 다정한 말에 고개를 숙이고 있던 남궁혜가 결국 눈물을 보이고 말았다. 싫다고 말을 해야 했지만 도저히 입이 떨어지지 않는 자신이 그렇게 미울 수가 없었다.

"숙부님… 오라버니……."

"후~ 그럼 네 마음대로 하여라. 떠나든지 남든지. 더 이상 강요는 하지 않으마."

측은한 눈빛으로 남궁혜를 바라보던 남궁우는 긴 한숨을 내쉬곤 방으로 들어갔다.

"혹시 나 때문에 그런 것은 아니겠지? 그렇다면 난 정말 견디지 못할 것 같구나. 또 네가 어떤 결정을 하더라도 나는 너를 믿고 너의 결정을 존중하겠다. 하지만 잘 생각하여라. 절대로 후회할 결정을 해서는 안 된다. 무엇보다 중요한 것은 네 마음이야. 마음이 내키는 대로 해. 다른 것은 생각하지 말고."

말을 마친 남궁진 또한 남궁우를 따라 방으로 들어갔다. 이제 모든 것은 남궁혜에게 달려 있었다. 이대로 세가에 남아 세가의 재건을 돕든지 아니면 사랑하는 사람을 찾아 떠나든지…….

어느 것 하나 쉬운 것이 없었다. 생각이야 당연히 이곳에 남아 숙부와 오라버니를 돕는 것이었지만 가슴을 울리는 소리가 그런 결정을 내리지 못하게 했다.

얼마를 그렇게 갈등했을까? 마침내 결정을 내린 남궁혜가 몸을 움직였다. 그녀가 걸어가고 있는 곳은 방문과는 정반대로 남궁진이 준비해 둔 말이 있는 정문이었다.

'죄송합니다. 죄송합니다. 언젠가는 이 죄를…….'

걸음을 옮기는 남궁혜의 두 뺨에 진한 눈물이 흘러내렸다.

'그래, 잘 선택했구나. 옳은 선택이야. 부디 행복해야 한다.'

남궁혜의 기척이 멀어지는 것을 느끼며 남궁진은 조용히 눈을 감았다.

*　　　　*　　　　*

"아직도 말해 주지 않을 것인가?"

"무엇을 말입니까?"

"그러니까 구양 할아버지와의 싸움 말이네. 내가 수호신승과 싸우고 있을 때 자네와 구양 할아버지도 몰래 비무를 했다고 하지 않았나?"

환야는 답답하다는 듯 가슴을 쳤다.

"정말 질기기도 합니다. 그게 언제 적 일인데 아직도 궁금해합니까? 그리고 말하지 않았습니까? 내가 졌다고."

소문이 질린 표정을 지으며 대꾸했다. 하지만 환야는 좀처럼 물러서지 않았다.

"말이 안 돼. 싸움에서 진 사람은 멀쩡한데 이긴 사람이 피를 뚝뚝 흘리며 비틀거리는 게 말이나 되느냔 말일세. 지나가는 사람 아무에게나 물어보게. 백이면 백 나와 같은 생각을 할걸. 그러니 지금이라도 사실대로 말해 주게. 어떻게 된 것인가?"

환야는 싸움을 끝내고 만나게 된 구양풍의 모습을 떠올렸다.

"후~ 이제 그만 합시다. 어떻게 하루도… 아니지. 한 시진도 되지 않아 똑같은 질문을 할 수 있습니까? 벌써 며칠째인지 아십니까?"

"흥, 자네가 구양 할아버지의 자존심을 생각해서 말을 못하는 모양인데 그런다고 내가 모를 줄 아는가? 그때의 비무는 틀림없이 자네가 이겼어. 내 말이 틀린가?"

계속되는 환야의 말에 소문은 더 이상 대꾸할 기운도 없는 듯 고개를 흔들었다.

"마음대로 생각하십시오. 나는 모르겠으니."

"자넨 참 이상한 사람이야. 그냥 사실대로 말해 주면 될 것을 왜 그리 고집을 피우나?"

"이상하다고요? 이상한 것은 오히려 형님이지요!"

소문이 기도 안 찬다는 듯 소리쳤다.

"내가? 그건 무슨 말인가? 내가 이상하다니. 나는 지극히 정상이네."

"아니, 지극히 정상인 사람이 그런 행동을 한단 말입니까? 수호신승과의 대결에서 승리를 거두면 무림을 접수하겠다고 공표한 사람이 접수는커녕 아무 말도 없이 물러나지 않았습니까?"

소문의 물음에 순간 정색을 한 환야가 대꾸를 했다.

"무슨 소리! 난 내가 말한 대로 행동을 했네. 무림도 접수했었고."

"삼 일간 봉문이 어디 말이 되는 소립니까?"

"삼일천하(三日天下)가 어때서 그런가? 과욕은 화를 불러오는 법이네. 삼 일이면 어떻고 하루면 어떠한가? 중요한 것은 전 백도가 나의 명에 의해 봉문을 했다는 것이지. 더 이상 무엇을 더 원하겠는가?"

환야의 말에도 일리는 있었기에 어느 정도 수긍을 한 소문이 다시 물었다.

"그럼 패천궁을 해체하고 나를 따라오는 이유는 뭡니까? 사분오열(四分五裂)한 저들이 세력을 잡기 위해 날뛸 것은 자명한 일. 그렇지 않아도 어지러운 무림에 혼란만 가중시키지 않겠습니까?"

"이런, 잘못 알고 있었군. 자네는 내가 패천궁을 해체했다고 하는데 그것은 사실과 다르네. 자네도 알다시피 패천궁에선 그동안 정도맹과의 싸움을 위해 이곳저곳의 문파를 마구 끌어들이지 않았는가? 난 그것을 원상복구한 것뿐이네. 애당초 패천궁의 소속이었던 사람들은 그대로 남아 있지. 그리고 뒷일은 모두 원로원의 할아버지들께 맡겨놓았으니 그다지 걱정할 것은 없을 걸세. 그분들이 버티고 있는 한 함부로 경거망동하는 인간들은 없을 것이야. 그리고 난 자네를 따라가는 것이 아니라 구양 할아버지를 따라가는 것이네. 어떤가? 이래도 내가 이상하다고 말을 하겠는가?"

"관둡시다. 내 말을 말아야지."

할 말을 찾지 못한 소문은 슬쩍 고개를 돌려 버렸다. 그런 소문을 바라보는 환야의 얼굴엔 미소가 번지고 있었다.

그때 그들을 부르는 음성이 들렸다. 앞서 걷고 있던 할아버지와 구양풍이 이들을 부르는 소리였다.

"뭣들 하느냐, 빨리 오지 않고!"

"예, 갑니다."

소문과 환야는 행여나 불호령이 떨어질까 두려워 재빨리 몸을 움직였다.

"휘소가 잠이 깼구나."

구양풍은 환야에게 울고 있는 휘소를 안겨주었다. 환야가 조심스레 휘소를 안자 언제 울었냐는 듯 울음을 멈춘 휘소는 옹알이를 하며 즐거워했다.

"참 이상한 놈이라니까. 소림에서도 그러더니만 이제는 내가 달래도 울음을 멈추지 않고 꼭 형님만 찾으니……."

소문이 고개를 갸웃거리자 그 모양을 보던 할아버지가 혀를 찼다.

"네놈이 어떻게 혼인을 하고 애를 낳았는지 도무지 이해가 가지 않는구나. 그렇게 눈치가 없으니……."

"예?"

"모르면 되었다. 아무래도 고생을 덜 한 모양이다. 이럴 줄 알았으면 사천이 아니라 좀 더 먼 곳으로 보내는 것인데."

할아버지는 멍청한 표정을 짓고 있는 소문의 머리를 강타하려 했지만 소문의 신형은 어느새 환야의 곁으로 물러가고 없었다. 환야에게 다가간 소문이 은근한 목소리로 물었다.

"형님."

"왜 그러나?"

"중원에서 가장 멀리 떨어진 곳이 어딥니까?"

"멀리 떨어진 곳?"

"예, 사천보다 먼 곳이 있을 것 아닙니까?"

"글쎄, 사천보다 멀다면… 해남도(海南島) 정도일까?"

"해남도요?"

"응. 대륙의 끝에서도 배를 타고 한참을 가야 하는 아주 먼 곳이지."

"그렇군요. 그런 곳이 있었군요……."

"그런데 그것은 왜 묻나?"

"아닙니다."

환야의 말에 말끝을 흐린 소문의 뇌리엔 벌써 해남도라는 말이 각인 되었다. 몇 번이고 해남도를 되뇌는 소문의 음침한 시선이 환야의 품에 안겨 즐겁게 놀고 있는 휘소에게 향하고 있었다.

'흐흐흐! 해남도… 해남도란 말이지…….'

· 終 ·

★ 궁귀검신 제2차 Best & Worst 캐릭터 투표

• Best 캐릭터

1위:을지소문(1위 36표, 2위 17표, 3위 11표→242점)

2위:환야(1위 23표, 2위 25표, 3위 12표→202점)

3위:남궁혜(1위 12표, 2위 9표, 3위 11표→98점)

4위:철면피(1위 4표, 2위 7표, 3위 4표→45점)

5위:청하(1위 3표, 2위 8표, 3위 11표→40점)

지난번 1차 조사 때 철면피에게 수위를 내주었던 주인공 소문이 대망의 1위를 차지했습니다. 전체적으로 고르게 점수를 얻었습니다.

2위는 환야입니다. 개인적으로 1위를 하지 않을까 예상을 했지만 막판에 남궁혜에 대한 질투로 점수를 많이 깎아먹은 점이 눈에 띄는군요.

3위는 남궁혜입니다. 주인공에 대한 일편단심이 큰 호응을 얻은 것 같지만 환야보다 무공이 약하고 비중있게 다루어지지 못해 3위로 밀린 듯합니다.

4위는 철면피입니다. 이미 4권에서 목숨을 잃은 철면피의 인기는 역시 대단합니다. 1차 투표 때는 철면의 죽음과 관계된 사람들이 Worst 캐릭에 무더기로 당첨되는 영광(?)도 누렸지요.

5위는 청하입니다. 그녀 역시 일찍 목숨을 잃었지만 죽음을 앞두고도 휘소를 낳고 소문을 진정으로 사랑했다는 점이 크게 작용한 듯 보입니다. 1차 때 철면피처럼 그녀의 죽음과 직접적으로 연관이 있는 사람들은 이번 Worst 투표에서 철퇴를 맞습니다.

그 외의 인물로 할아버지(35점), 당천호(33점), 구양풍(27점), 곽검명(24점) 등이 좋은 점수를 얻었습니다. 아주 소수의 의견으로 기수곤을 뽑으신

분도 있었습니다.

• Worst 캐릭터
1위:제갈영영(1위 71표, 2위 12표, 3위 10표→401점)
2위:기수곤(1위 6표, 2위 27표, 3위 15표→126점)
3위:오상(1위 4표, 2위 19표, 3위 17표→94점)
4위:당소희(1위 6표, 2위 14표, 3위 12표→84점)
5위:을지소문(1위 5표, 2위 4표, 3위 3표→40점)

예상했던 결과입니다. 다른 사람들의 모든 점수를 합해도 제갈영영이 얻은 점수를 따라잡지 못하는군요. 대단한 점수입니다. 역시 청하의 죽음에 관련이 있고 계속해서 소문과 불편한 관계를 이루어서 독자님들의 몰표를 얻은 듯싶습니다.

2위는 기수곤입니다. 어찌 보면 청하의 죽음과 가장 직접적인 연관이 있는 인물이지만 제갈영영의 선전에 빛이 바랬군요.

3위는 오상입니다. 나름대로 귀여운 캐릭터로 만들고 싶었는데 성공하지 못한 듯합니다. 이렇게 표를 많이 얻을 줄은 꿈에도 몰랐습니다. 역시 비겁했다는 것이 문제일까요?

4위는 당소희입니다. 1차 투표에서 타의 추종을 불허하는 성적으로 1위를 하더니 이번 투표에서도 상당히 선전을 했습니다. 철면피가 Best 캐릭 4위에 오른 만큼 반대 급부로 당소희가 표를 얻은 것 같습니다. 철면피를 사랑하시는 분들은 아직 그녀의 만행(?)을 잊지 못했다는 증거죠.

5위는 을지소문입니다. 비록 Best 캐릭에서 1위를 차지했지만 우유부단하고 약간은 답답한 성격이 많이 밉보인 모양입니다.

그 외의 인물로는 할아버지(18점), 환야(14점), 목인영(12점), 철가면(8점) 등이 많은 표를 얻었습니다. 특히 아버지인 철면피와는 달리 어설픈 해동청 철가면이 제법 표를 얻은 것이 색다릅니다. 그리고 혹시나 했더니 역시나 빠질 리가 없었습니다. 작가 또한 14점을 얻는 엄청난 활약을 했습니다. 억울하기 그지없습니다.

　이상이 투표 결과입니다. 이번엔 1차 투표 때와는 달리 각 분야에서 1, 2, 3위를 지명하는 방식으로 투표를 했습니다. 1위는 5점, 2위는 3점, 3위는 3점의 점수를 주었고 그 총합에 따라 순위를 결정했습니다. 이름이 조금씩 틀린 것도 있었지만 구별이 가능한 것은 최대한 반영을 하였고 세 명이 아닌 한 명씩을 뽑아주셨어도 집계에 포함했습니다. 끝으로 이번 이벤트에 참여해 주신 분들께 다시 한 번 깊은 감사를 드립니다.

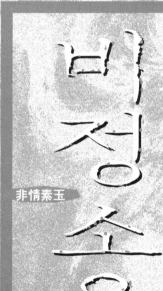

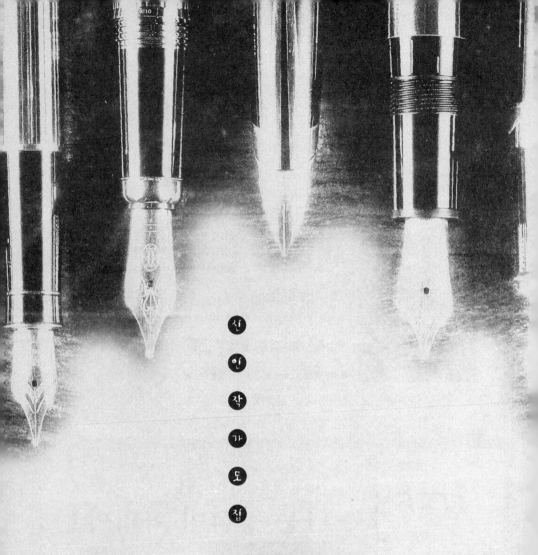

신

인

작

가

모

집

시작이 반이라고 했습니다.
작가의 길에 대한 보이지 않는 벽을 과감히 깨뜨리십시오!
청어람은 작가 지망생 여러분들의
멋진 방향타가 되어드리겠습니다.

저희 도서출판 청어람에서는
소설 신인 작가분들을 모집합니다.
판타지와 무협을 사랑하시는 분들의 많은 참여를 바랍니다.
소정의 원고(A4용지 150매)를 메일이나 우편으로 보내주시면
검토 후 출판 여부를 알려드리겠습니다.

주소:경기도 부천시 원미구 심곡1동 350-1 남성B/D 3F 우편번호420-011
TEL:032-656-4452 · **FAX**:032-656-4453
http://www.chungeoram.com
e-mail:chungeoram@chungeoram.com